Te Hoa Ngaro

Tara

Ko te 2 karaka i te ahiahi o te 7 o te 1915. Te lusitania i patua e nga toronao e rua e whai raru ana, ka tere haere ana, ka tere ana nga kaipuke me te tere o te tere. Nga wahine me nga tamariki e poipoihia ana hei tatari mo ta ratou waa. Ko etahi ka piri tonu ki nga tane me nga matua; ko etahi ka whakapiki i a ratau tamariki ki o ratou uma. Kotahi te kotiro i tu kotahi anake, he mea wehe atu i te toenga. He taitamariki ia, kaore i neke atu i te tekau ma waru. Kāore ia i te mataku, ā, ka titiro totika tonu te titiro ki tōna kanohi.

"e tohe atu i au murua."

He reo tangata i te taha o ia na te timatanga o te waa. I kite ia i te kaikorero kua neke atu i te kotahi i waenga i nga kaihi hikoi tuatahi. Kua puta he kupu ngaro mo tana mea i kii atu ai ki tana whakaaro. Kahore ia i korero ki tetahi. Ki te mea ka korero tetahi ki a ia, ka tere tana whakatikatika. Ko ia ano te ahua o te aitua ki te titiro ki tona pokohiwi me te tere, te whakapae

Ka kite ia i tenei e tino pouri ana ia. He koroka heu kei runga i tona rae. Ko ia pea kei te kaha o te wehi. Heoi ano kaore ia i patu i a ia ano ko te ahua o te tangata ka mataku ki te mate!

"ae?" i tutaki ona kanohi urupa ki tana uiui.

Ka tu ia ki te titiro atu ki a ia me te ahua o te aukati i te tino kino.

"ko tenei!" i ki ia ia. "ae - koinei anake te huarahi." katahi ka puaki tana kupu: "he tangata amerika koe?"

"ae."

"he tangata maori?"

Ka ngenge te kotiro.

"ki taku mahara kaore he mea tika ki te patai he korero penei! Ko ahau tonu! "

«eiaha e inoino. E kore koe e waiho ki te mohio koe ki te nui i te tūpono. Engari me whakawhirinaki he tangata — he wahine. "

"he aha?"

"na te wahine me nga tamariki i te tuatahi. '" Ka titiro ia, ka tuku i tana reo. "kei te kawe pepa - he tuhinga tino nui. Kia kaha ai to raatau rereketanga i nga hoa rangatira i te pakanga. Kei te mohio koe? Kua tiakina enei pepa! Nui atu to ratou noho ki a koe i to au. Ka tangohia ranei koe?

Ka totoro te ringa o te kotiro.

"tatari — me whakatupato ahau ki a koe. Tera pea he tupono-ki te whai i ahau. Kaore au e kii kei a au, engari kaore tetahi e mohio. Mena, ka tupono he raru. Kei a koe ano te koromatua kia haere?

I ataata te kotiro.

"ka haere au me te pai. A he tino whakapehapeha ahau kia whiriwhiria! Me aha ahau ki a ratou i muri iho?

"tirohia nga niupepa! Ka panui ahau i roto i te kohinga whaiaro o nga waa, ka tiimata ana ko te 'shipmate'. I te mutunga o nga ra e toru ki te kore he mea-pai, ka mohio koe kua heke ahau ki waho. Katahi ka mau te paepae ki te whare karawaka o amerika, ka tukuna atu ki o ringaringa a te emorehe. He maamaa tenei?

"tino maamaa."

"ka noho rite - ka kii ahau." ka mau tona ringa ki a ia. "pai. Kia pai ki a koe, "ka mea ia ma te reo kaha ake.

I kati tana ringaringa ki runga i te kete hinu hiu i takoto i tona uma.

I tau te lusitania me tetahi rarangi whakaaro nui ki te papa. Hei whakahoki i te whakahau tere, ka haere te kotiro ki te tu i tana kainga i te poti.

Pene i. Ko nga kaihōpara hou, ltd.

"tommy, mea tawhito!"

"tuppence, bean old!"

I haruru mai nga rangatahi tokorua ki a raua ano, ka aukati i te waa ki te aukati i te ngongo rori o te huarahi ki te mahi. Ko te kupu "tawhito" he pohehe. Ko o raatau tau kotahitanga e kore e mate i te wha tekau ma rima.

"kaore koe i kite i a koe mo nga rautau noa," kei te haere tonu taua taitama. "kei hea koe ki hea? Haere mai ki te kowhiri i tetahi pi ki ahau. Kei te miiharo tatou i konei - ka aukati i te huarahi penei. Tena ra, kia haere atu tatou i reira.

Ko te kotiro e kii ana, ka tiimata ratou ki te haere ki te huarahi o te ara ki te pikikaa.

"na," e haere ana, "me haere tatou ki hea?"

Ko te tino pouri o te riipene i tana reo kaore i mawhiti i nga taringa ohorere o te kauhau tupato, i mohiotia e ana hoa piripono mo etahi take muna he "tuppence".

"tommy, he wahine koe!"

"ehara i te mea iti noa iho," i kii te tiia a tommy. "hurihuri moni."

Hei tā tuppence, "he kaikohuru i nga wa katoa," i te wa i whakaae koe i te tuahine greenbank kua whakahaua e te taakuta te pia ki a koe, engari i wareware ki te tuhi ki te raarangi. Kei te mahara koe?

Ngotea a tommy.

"me whakaaro e au! Ehara i te ngeru tawhito i te riri ia ka kitea e ia? Ehara i te mea he ahua kino ia, he greenbank whaea tawhito! Pai te hōhipera tawhito - e rite ana ki era atu mea katoa?

Tuppence oho.

"ae. Ko koe ano hoki?

Tere a tommy.

"e rua marama ki muri."

"gratuity?" hiri tuppence.

"pau."

"aue, tarai!"

"kare, mea tawhito, kaore i roto i te wehewehe whanoke. Kaore he waimarie! Te utu mo te noho — te maamaa noa, te maara kari ranei e noho nei inaianei, ka tiakina e au, ki te kore koe e mohio --- "

"e taku tamaiti aroha," e raru ana te tupapaku, "kaore he mea e mohio ana ahau mo te utu o te koiora. Tenei kei a matou nga riona, ka utua e taatau ki te utu taatau ake. Koinei! "na te tuppence i arahi i te huarahi ki runga.

Ki tonu ana te waahi, a, i kopikopiko noa ratou ki te rapu tepu, ki te hopu i nga keehi me nga mutunga o nga korero pera i a raatau.

"a, kei te mohio koe, ka noho ia me te tangi i taku kii atu ki a ia kaore e taea e ia te papatahi." "he tiakore noa iho, e taku hoa! Pēnei i te mabel lewis i kawea mai i te paris-- "

"rorirori rorirori kei te rangona te katoa," amuamu a mama. "i haere au e rua nga johnnies i te huarahi ki te ra nei e korero ana mo tetahi e kiia ana ko jane finn. I rongo ranei koe i tetahi ingoa penei?

Engari i taua wa ano ka ara nga wahine tuahine e rua, ka kohia e ia nga peehi, a ko te tuppence ka tino whakapiki i a ia ki tetahi o nga nohoanga noho.

I whakahau te whaea i te tiihi me te pi. Ka whakahau te tupapaku i te tiihi me te paraoa.

"me te mahara kei te haere mai te tiihi i roto i nga taapots motuhake," ka tapiritia e ia.

Noho ana a tommy ki tana taha. I whakakitea e te mahunga o tana makawe he raru o nga makawe whero-whero. Ko te ahua o te ahua o te ahua o te tangata rangatira me te kaitakaro ia i te ahua o te kanohi. Ko tana koti parauri ka tino tapahia, engari ko te tata o te mutunga o tana taera.

He tokorua ratou no nga ra o tenei wa i a raua e noho ana i reira. Kaore he mana o te tuppence ki te ataahua, engari he ahua me te huatau o nga raina o te ahua iti o tona mata iti, me tona koina me te nui, he kanohi hina-nui te ahua e puta mai ana i raro o nga hiwi pango. I mau ia i tetahi whariki matomato kanapa ka mau ki tana huruhuru te kiri pango, a ko tana huringa tino poto me te huruhuru tino kitea i te takirua o nga uaua kore. I puta tana ahua i tetahi ngana kaha ma te mohio.

I muri mai ka tae mai te ti, ka tupuna, e whakaohooho ana ia ia ki te whakaaroaro, ringihia ana.

"na inaianei," ka kii a mama, ka hopu i te ngau nui, "kia whai ake tatou. Kia mahara, kaore au i kite i a koe mai i tera wa i te hohipera i te 1916."

"pai." awhina tuppence ia ake ki te patu koriri. "te haurongo poto o te kauhau tupato, te rima o te tamahine a te kahui o te arorangi o te miimii iti. Mahue i te kauhoe i mahue nga ahuareka (me nga drudgeries) o tona oranga i te timatanga o te pakanga ka tae mai ki ranana, ka uru atu ia ki te hohipera o nga apiha. Marama tuatahi: horoia nga papa e ono rau e wha tekau ma waru i nga ra katoa. Marama tuarua: i whakatairangahia kia maroke nga papa o mua. Toru marama: whakatairanga ki te tihi rīwai. Marama tuawha: i whakatairanga ki te tarai i te taro me te pata. Te rima o nga marama: whakatairanga i te papa kotahi tae noa ki nga kawenga a te taangata wahine me te muru me te pail. Marama tuaono: i whakatairanga ki te tatari ki te tepu. Te whitu o nga marama: ko te ahua ahuareka me nga ahua ataahua e tino whakaohoohia ana e whakatairangahia ana kia tatari ki nga teina! Marama tuawha: tirohia te mahi iti. Te taatai tuahine i te hua o te tuakana ki te uru! Rarangi matua! Rangatira maarama kia whakahengia! Te aro ki nga take whakahirahira kaore e taea te tarai. Mop me te pail ano ano hoki! Ano te hinganga o nga marohirohi! Te iwa marama: i whakatairangahia ki te kauahi ki nga paahi, ka kitea e au he hoa no taku tamarikitanga i roto i te tote beromas tuuturu (kopere, tommy!), kaore i kitea e rima tau te roa. I pa te hui! Te tekau o nga marama: i whakahokohia e te matron mo te toro ki nga pikitia o te taha o tetahi o nga turoro, ara: te taakahu toma i kiia nei. Tekau ma tahi ma rua nga marama: te maaratanga o te mahi parlourmaid i tino angitu. I te mutunga o te tau i mahue te hōhipera i roto i te mura o te kororia. I muri i tera, ka eke angitu te kauhau ohorere ki te waka kawe tauhokohoko, he motuka motuka me te nuinga! Ko te whakamutunga ko te tino pai. He taitamariki ia! "

"he aha te mea kanapa?" "e tino mate ana i te wa i heke atu ai nga potae parahi mai i te tari pakanga ki te hoia, mai i te hoia ki te tari pakanga!"

"kua wareware ahau ki tona ingoa inaianei," ko te korero tupapaku. "ki te mahi tonu, koinei te ahuatanga o te mahi o taku mahi. I muri ka uru ahau ki tetahi tari o te kawanatanga. I pai matou etahi waahanga tiihi tino pai. I hiahia ahau kia riro mai he whenua whenua, he pouaru, me tetahi rangatira i te pahi na roto i te haehae i aku mahi - engari ka uru te ringa ki roto! I piri atu ahau ki te tari me te paahono pono ki nga marama maha, engari, aue, i kohia mai au i te mutunga. Mai i reira ka rapu ahau i tetahi mahi. Na inaianei — ko to wa.

"kaore he nui o te whakatairanga i roto i au," e kii ana a tommy ma te mihi, "me te mea he iti ake te rereke. I haere ano ahau ki te whakarere, pera me taau i mohio ai. I tukuna atu ahau e ratou ki mesopotamia, a, i tuaruatia ahau mo te wa tuarua, ka haere ki te hōhipera ki waho. Katahi ano ka u tonu ahau ki roto ki te tauira, tae noa ki te wa i mau ai te patu, ka whana oku rekereke ki reira, a, ka rite ki taku korero ki a koe, i te mutunga kua rukuhia. Tekau, tekau pea te roa, kua hoha nga marama kua pau au mahi mahi! Kaore he mahi! A, ki te mea, i reira ratou e kore e tukua mai ki ahau. He aha ahau? Me aha au e mohio ana mo te pakihi? Kaore rawa. "

Kihipihi ana te tuppence.

"he aha mo nga koroni?" ka kii ia.

Ka ruru te tommy.

"kaore au e pai ki nga koroni-a kei te tino mohio au kaore ratou e pai ki ahau!"

"whanaungatanga whai kiko?"

Ano ka ngenge a tommy.

"aue, mama, kaore ano he whaea-kuia?"

"kua tae atu ahau ki tetahi tungane tawhito ko wai te mea iti ake ranei, engari kaore ia i te pai."

"hei aha?"

"hiahia ahau ki te tango i ahau kotahi. Kihai ahau i pai.

"ki taku mahara kei te mahara ahau ki te rongo mo taua mea," ko ta tuppence me te torangapu. "i whakahawea koe na to whaea"

Ngotea te whaea.

"ae ra, he ahua pouri noa iho tera ki te kaieke. Rite mohio koe, ko ahau katoa ia. I kino te tamaiti tawhito ki a ia — te hiahia kia mawehe atu ahau i a ia. He poto noa iho. "

"kua mate to whaea, kaore ranei?" ka kii mai a tuppence.

Tere a tommy.

He ahua pouri nga kanohi hina o tupapence.

"he pai koe, e mama. I mohio ahau ki nga wa katoa. "

"pirau!" i kii tonu ta tommy. "pai, ko taku tuatanga. Kei te hiahia noa atu ahau. "

"ko au hoki! Kua roa e hiahia ana au. Kua taapiko ahau. Kua whakautuhia e au nga panui. Ua tamata vau i te mau mea haamaitaihia tahuti nei. Kua whiu ahau, ka ora, ka tiki! Engari kaore he pai. Me hoki ahau ki te whare! "

"kaore koe e hiahia?"

"o te akoranga e kore au e hiahia! He aha te pai o te whai whakaaro? IIe tama a taku papa — he tino aroha ki a au — engari kaore koe e aro ki taku manukanuka ki a ia! Kei a ia ano te tirohanga pai a te wikitoria i te tuatahi ko nga koti poto me te kai paipa ko te moepuku. Ka taea e koe te whakaaro he aha te tataramoa i roto i te kikokiko ko au! He tangi tonu a ia i te wa i riro atu ai au i te pakanga. Na kite koe, tokowhitu to matou ki te kainga. He mea whakamataku! Mahi whare katoa me nga hui o nga whaea! Kei te huri tonu ahau. Kaore au e hiahia ki te hoki atu, engari —a, e te whaea, he aha etahi atu hei mahi? "

Ka ruru a tommy i tana mahunga. I reira ka ata, kua puta ake te tuppence:

"moni, moni, moni! Whakaaro ahau mo te moni po, te poutumarotanga me te po! E mea ana ahau he kaikiri ano ahau, engari kei kona! "

"rite i konei," whakaae mama me te ongo.

"kua whakaaro ahau mo nga huarahi katoa o te tiki ano hoki," ka haere tonu nga tuppence. "tokotoru pea! Ka waiho atu, hei marena māna, hei mahinga māna. Ko te tuatahi ka kawana. Kaore au i te whiwhi i nga whanaunga pakeke tino pakeke. Ko oku whanaunga kei roto i nga kaainga mo te ngawari wahine pirau! Kei te awhina tonu ahau i nga kotiro tawhito mo te whakawhiti, ka tiki i nga taarai mo nga rangatira tawhito, ina hoki kia huri ratou hei miriona taapiri. Engari kaore tetahi o ratou i ui mai ki ahau i taku ingoa-a he maha kaore ano kia kii 'whakawhetai ki a koe'. "

I paahitia.

"o te akoranga," tonu te tupuna, "te marena ko taku tupono pai rawa atu. I whakaaro ahau ki te marena moni i te wa he tamariki rawa ahau. Tetahi kotiro whakaaro! Kaore au e aro, kua mohio koe. "ka tu tonu ia. "haere mai inaianei, kaore koe e taea te kii he ngoikore noa iho ahau," ka tapiritia e ia.

"tino kore," whakaae whakaae a mama. "kaore tetahi e whakaaro ki nga whakaaro ngawari e pa ana ki a koe."

"ehara tera i te tino whakapono," ka whakahoki a tuppence. "engari ka maia ahau ki te kii kia pai katoa koe. Pai, kei reira! Kua rite ahau, engari kaore ano kia tutaki ki tetahi tangata whai taonga! Ko nga tama katoa e mohio ana ahau he uaua ano ahau. "

"he aha te whanui?" ui a mama.

"i pai ki a ia kia mau tonu ia i tetahi toa pahikara i te wa o te rangimarie," ko te korero a tuppence. "kahore, kei reira! Katahi koe ka marena i te kotiro momona.

"rite ahau ki a koe. Kahore ahau e mohio ki tetahi.

"kaore he mea nui. Kia taea te mohio ki tetahi. Na, ki te kite ahau i tetahi tangata i roto i te huruhuru huruhuru puta mai i te ritz e kore e taea e au te eke ki runga ki a ia ka mea: 'titiro mai, he taonga koe. E hiahia ana ahau kia mohio ki a koe. '

"Ki to whakaaro me mahi au ki tera ki tetahi wahine kairau?"

"kaua e mangere. E takahia ana e koe tona waewae, ka kohia ranei e ia tona maru, he mea pera. Ki te whakaaro ia kei te pirangi koe ki te mohio ki a ia kei te puhipuhi ia, ma te whakahaere ia koe.

"kua whakahawea e koe aku mea ataahua," ka amuamu a tommy.

"ki tetahi atu taha," ka haere tonu te tupuna, "ka eke pea taku mirionaea mo tona ora! Kahore — kua marenatia te marena me nga uaua. To moni — ki te mahi moni! "

"kua whakamatau matou i taua mea, a kua kore," i whakamaumahara e mama.

"i whakamatauhia e matou nga huarahi orthodox katoa, ae. Engari me penei ta tatou whakamatau i te koretake. E tommy, kia manawapa tatou! "

"tino," ko te whakahoki a tommy ma te koa. "me pehea e tiimata ai tatou?"

"koinei te uaua. Ki te mea ka mohio matou ki a maatau, ka utua pea e nga tangata mo tatou te mahi he.

"ahuareka," korero a mama. "rawa mai i te tamahine a te tohunga nui!"

"ko te hara hara," e kii ana a tuppence, "maau ratou - ehara i ahau. Me whakaae koe he rereketanga i waenga i te tahae i te kaimana taimana ki a koe me te utua ki te tahae.

"kaore pea he rereketanga nui mehemea kua mau koe!"

"kaore pea. Engari kaua ahau e mau. He tino mohio ahau.

Ua parau te metua vahine o mama, «te măr was.

"kaua e tuitui. Titiro ki konei, e tama, me mau tatou? Me hanga tahi taatau pakihi? "

"hanga he kamupene mo te tahae i nga taimana taimana?"

"koinei noa tetahi korero. Kia whai maatau — he aha te mea e kiia ana e koe i te pupuri pukapuka? "

"kaore e mohio. Kaore rawa i mahia.

"kua whai ahau - engari i nga wa katoa kua whakauruhia, ka whakamahia e ahau ki te whakauru i nga whakaurunga nama ki te taha o te nama, ko te peera-na reira i pana atu ahau. Aue, e mohio ana au — he kaupapa mahi tahi! I pa ki ahau i penei ano te kii aroha ki te puta puta noa i waenga o nga whakaahua tawhito. Te reira i te rongo elizabethan e pā ana ki reira-hanga tetahi whakaaro o galleons me rearua. He mahi tahi! "

"kei te tauhokohoko i raro i te ingoa o nga kaimori hou, ltd.? Koinei to whakaaro, tuppence? "

"he tino pai ki te kata, engari ki taku whakaaro kei kona ano tetahi mea."

"me pehea e whakaaro ai koe kia uru atu ki nga kaituku mahi?"

"pānuitanga," whakautu wawe. "kei a koe tetahi waahanga pepa me te pene? Ko te tikanga he toa a nga tane. Penei i a matou nga makawe me nga paura-puffs. "

I tukuna e tommy te pukamaka matomato tino pouri, a ka tiimata te tuhi i te tuppence.

"me timata taatau: 'te apiha, kia rua nga patunga i te pakanga -"

"kaore rawa."

"aue, pai, e taku tamaiti pai. Engari ka taea e au te kii atu ki tenei mea ka pa ki te ngakau o te kaipupuri pakeke, a ka uru atu ia ki a koe, katahi ka kore koe e hiahia mo te mahi ohorere taiohi. "

"kaore au e hiahia kia whanaia."

"i wareware ahau kua kino ki a koe. I raru noa koe i a au! Kua ki katoa nga pepa i taua ngako tonu. Tena ra, whakarongo mai: pehea te pehea? 'Tokorua nga kaikorero mo te utu. Hiahia ki te mahi i tetahi mea, haere ma hea. Me utu he pai. ' (Maatau pea e maarama mai i te tiimatanga.)

Katahi pea ka taapirihia: 'kaore he utu whaihua kaore e pekaa-penei i nga whare me nga taonga. "

"ki taku whakaaro ko tetahi utu e whiwhi nei tatou hei whakautu ki tena ka waiho hei kaupapa kuware!"

"tommy! He tohunga koe! Tera noa atu te huatau. 'Kare he whakapae kore e whakaae - mena he pai te utu.' me pehea?

"e kore au e whakahua kia utua ano. He pai ake te titiro. "

"kihai i taea te titiro i te hihiri rite ki taku ite! Tena pea kei te tika tau. Inaianei ka panui tonu ahau. 'Tokorua nga kaikorero mo te utu. Hiahia ki te mahi i tetahi mea, haere ma hea. Me utu he pai. Kahore he whakapaetanga. Me pehea e patu ai koe ki te panui koe?

"ka whiua te reira i ahau ano he peekerapu, ki te kore ranei i tuhia e te miimori."

"ehara i te haurua he porangi hei mea i panuitia e ahau i tenei ata ka tiimata te 'petunia' me te hainatanga i te 'tamaiti pai.'" ka ruia e ia te rau ka tukuna atu ki a tommy. "kei reira koe. He wa, ki taku whakaaro. Whakautu ki te pouaka na-me-na. Te ti'aturi nei au e rima pea mataiti. Ko te hawhe ra he karauna moku.

Kei te pupuri a tommy i te pepa ma te whakaaroaro. Ka tahuna e ia tana whero.

"me whakamatau tatou?" ka mea ia i te mutunga. "e tatou, tuppence? Anake mo te ngahau o te mea? "

"tommy, he hakinakina koe! I mohio ahau ka waiho koe! Tena, kia inu angitu. "i riringi e ia etahi pata parai i te kapu e rua.

"tenei ki a taatau mahi tahi, kia pai hoki!"

"te hunga mania, ltd.!" ka whakahoki a mama.

Ka maka iho e ratou nga kapu, ka kataina. Ka ara te tuppence.

"me hoki mai ahau ki taku aukati paati i te whare noho."

"akene, ko te wa tenei i huri haere ai ahau ki te ritz," i whakaae a tommy me te tangata e ngau ana. "me pehea e tutaki ai tatou? A hea?"

"tekau mā rua haora apopo. Teihana ngongo piccadilly. Ka pai koe?"

"ko taku waa taku wa," ko mr. Beresford kororia.

"kia roa rawa, na."

"pai, mea tawhito."

I haere nga taiohi tokorua ki tera taha. Ko te whare noho o tuppence kei roto i te mea e kiia ana ko te belgravia ki te tonga. Mo nga take ohaoha kaore i eke ia ki te pahi.

Ko ia te hawhe-ara puta noa i te st. James park, i te tangi o te tane i muri ia ia i timata.

"whakapae mai ki ahau," ka mea. "engari ka taea e ahau ki te korero ki a koe mo tetahi wa?"

Pene ii. Mr. Tuku a whittington

Ko te tupapaku i hurihia, engari ko nga kupu e haangai ana ki te pito o tona arero, kaore i korerotia, no te mea ko te ahua me te ahuatanga o te taangata kaore i puta i te whakapae tuatahi me te tino. I mangere ia. Me te mea ka panui i ona whakaaro, ka kii ta taua tangata:

"ka taea e au te kii kia kore koe e tau'a."

Whakapono te tuppence ki a ia. Ahakoa kaore i pai ki a ia, kaore i tiakina ki a ia e kore e tika, ka whai kiko ia ki te tango i a ia mo te kaupapa o tana kaupapa i kii mai ai ki a ia. A ka titiro ake ia ki runga. He tangata nui ia, he maheni ma, me te jowl taumaha. He iti ona kanohi, he mohio, ka huri i tana tirohanga ki raro i tana titiro tika.

"ae, he aha te mea?" ka ui ia.

Te ataata a te tangata.

"i rongo ahau ki tetahi waahanga o to korerorero me te taiohi rangatira i roto i nga rino '."

"pai - he aha?"

"kaore rawa - ko taku whakaaro ka riro pea au i a koe."

Ko tetahi atu whakaaro i akiaki i roto i te hinengaro o te tuppence:

"i whai koe i ahau i konei?"

"i tangohia e ahau te herekore."

"na e pehea te whakaaro e taea ai e koe te whakamahi i ahau?"

I tangohia e te tangata tetahi kaari i tana pute ka hoatu ki a ia me tana kopere.

Ka mau te tuppence me te āta tirotiro. Na te mea i tuhi ai, "mr. Whittington whakararo. "kei raro ko te ingoa nga kupu" esthonia karaehe karaati, "me te wahitau o te tari taone. Mr. I korero ano te whittington:

"ki te karanga koe ki ahau apopo i te tekau ma tahi o nga haora, ka whakatakotoria e ahau nga korero o taku kupu ki to aroaro i a koe."

"i te tekau ma tahi?" ta tuppence e kii ana.

"i te tekau ma tahi o nga haora."

Ko te tuppence tona whakaaro.

"rawa. Ka haere ahau ki reira.

"whakawhetai koe tēnā koutou i tēnei ahiahi.

Ka ara ake tana potae ki te pai, ka haere. Ko etahi tupapence i noho mo etahi meneti e tiro ana i a ia. Katahi ka tukuna e ia he nekehanga mo ona pokohiwi.

"kua timata nga haerenga," ka amuamu a ia ki a ia ano. "he aha tana e hiahia ai kia mahia e au? Kei kona tetahi mea kei a koe, mr. Whittington, kaore au i pai. Engari, i tetahi atu taha, ehara ahau i te mea iti rawa te mataku i a koe. Ana ko au i ki atu i mua, a ka mea ano hoki, ka tiimata te manaaki, ka mihi! "

Me te taarua poto o te mahunga o te upoko ka haere ia ki runga. Hei hua ake o nga whakaaroaro, heoi, i peka ke atu ia i te huarahi tika ka uru ki tetahi tari pou. I reira ka whakaaroaro ia mo etahi wa, he puka waea i tona ringa. Ko te whakaaro mo te rima nga moni e pau ana i whakaponohia ana e ia ki te mahi, a ka whakatau ia ka tupono ki te ururua o te kuare.

I te whakakino i te pene tuuturu me te matotoru, he mangu he whangai i tukuna e te kawanatanga, ka kumea e te tuppence te pene a tommy i tiakina e ia, ka tere tana tuhituhi: "kaua e tuu i te panui. Ka whakamāramahia e ia apopo. "i korero ia ki te whaea ki tana karapu, mai i te marama kotahi nei, me tuku ia ki te rihaina, mena kaore i taea e te waimarie tana whakahou i tana ohaurunga.

"kia mau ai ia," ka amuamu a ia. "ahakoa, he mea tika kia ngana."

I te wa i tukua atu ai ia ki runga i te kaihokohoko i hoatutia e ia mo te kainga, ka tu ki te kaoti kaihanga ki te hoko mai i nga pene e toru nga pauna hou.

I muri mai, i roto i tana kohinga iti i te tihi o te whare, ka whakaatuhia e ia nga moa me te whakaata i nga mea kei te heke mai. He aha te esthonia glassware co., me he aha te hiahia o te whenua mo ana mahi? He rawe whakahihiri koa mo te whakaongaongaa i whakapiki ai i te tuppence. Ahakoa he reanga, kua hoki te whenua ki te papamuri. Hei te ra apopo ka mau nga mana.

He wā roa atu i mua ka haere te tupapaku ki te moe i taua po, a, i te roa ka oti ia, ka moemoea tena ko mr. I whangaia a whittington kia horoi i te puranga o te karaihe esthonia, he rite ano te ahua ki nga papa o te hōhipera!

I hiahia mo te rima meneti ki te tekau ma tahi, no te taenga o te tuppence ki te poraka o nga whare i tu ai nga tari o te whare wananga esthonia. Kua tu. Kia tae ki mua i te waa ka titiro whakamuri. Na ka whakatau a tuppence ki te haere ki te pito o te huarahi ka hoki ano. I pera ia. I runga i te whiu tekau ma tahi i uru ia ki nga hokinga o te whare. Ko te esthonia karaihe co. Kei runga i te papa o runga. I reira ano he ara, engari i whiriwhiria e te tuppence kia haere i runga.

I waho ake o te manawa, ka peka atu ki waho o te tatau karaihe o te whenua me te pakiwaitara i peitahia i te taha o "esthonia glassware co."

Ka patuki te tuppence. Hei whakautu ki tetahi reo mai i roto, ka hurihia e ia te kakau ka haere ki roto i tetahi tari pirau iti.

I heke iho tetahi kaikorero i waenganui o te papa tiketike i te tepu e tata ana ki te matapihi, ka haere ana ki te uiui.

"he wa whakarite taku ki a mr. Whittington, "i kii a tuppence.

"ka haere mai koe, penei." ka whiti atu ia ki te kuaha me te "motuhake" ki runga, patoto ana, katohia ana te tatau ka tu ki te tuku i a ia ki roto.

Mr. Ko te whittington e noho ana i muri o te tepu nui e kapi ana i nga pepa. I whakapumautia e te tupapence tana whakatau i mua. Kei reira tetahi he pohehe mo mr. Whittington. Ko te whakakotahitanga o tana tino ataahua me tana kanohi kanapa kaore i tino ataahua.

Ua hiʻo ihora oia e ua pue atura.

"na kua ea katoa koe? He pai tena. Noho mai, e noho?

Ka noho a tuppence ki runga i te torona e anga atu ana ki a ia. He iti noa iho te ahua o te wahine nei. Noho ana ia i reira, me ona kanohi puhoi ahakoa ko mr. I whakauruhia e whittington ki roto i ana pepa. I te mutunga ka peia atu ratou e ia, ka okioki atu ki te teepu.

"tena ra, e te wahine rangatira, kia uru mai taatau ki te mahi pakihi." i whanui tona mata nui ki te ataata. "kei te hiahia koe ki te mahi? Pai, he mahi taku ki te tuku atu ki a koe. Me pehea e mea ai koe inaianei mo te £ 100 ki raro, a ka utua katoa nga utu? Ko te whittington i hoki ki tona torona, ka tuku ana koromatua ki roto ki nga maru o tana maru.

Tuppence ey him himlyly.

"me te ahua o te mahi?" ko tana tono.

"nominal-he tika. He haerenga tino pai, koira anake. "

"kei hea?"

Mr. I whiti ano te whittington.

"paris."

"aue!" te whakaaro tuppence. Ki a ia ano, i mea ia: "ae ra, ki te rongo te papa ka paahitia e ia! Engari ahakoa kaore au e kite i a mr. Whittington i roto i te mahi a te kaitao takirua. "

"ae," kei te haere tonu te whittington. "he aha te mea e tino pai ake? Ki te whakahoki i te karaka i nga tau torutoru — he ruarua noa iho, ka tino mohio au, ka uru ano ki tetahi o nga penihana whakaongaonga pai mai i jeunes e whakakiihia ana e te parihi "

Na tuppence i turaki ia ia.

"he penihana?"

"rite tonu. Madame colombier's in thevenue de neuilly. "

Ko te tuppence i tino mohio ki te ingoa. Kaore he mea i tohua ake. He maha nga hoa rangatira o amerika i reira. Ko ia tonu ake i nga wa katoa i miharo.

"kei te hiahia koe kia haere ahau ki te maamaa? Kia pehea te roa?

"tei te ti'aturi nei. Pea e toru nga marama. "

"a ko te katoa? Kaore he tikanga? "

"kaore rawa. E tika ana, me haere koe ki te ahuatanga o taku paanga, kaore koe e korero ki o hoa. Me tono e au he muna ngaro mo te waa. E te reo ingarihi, kaore koe? "

"ae."

"heoi kei te korero koe me te paku amerikana?"

"ko taku taangata nui i te hohipera he kotiro iti amerika. Ka kii ahau ka tangohia e ahau i a ia. E kore e roa ka mawehe atu i ahau.

"engari, maamaa ake pea e maamaa ana koe ki te haere me te mea he tangata amerika. Nga korero mo to oranga o mua i roto i te tuawhenua ka nui ake te uaua ki te tautoko. Ae, ki taku whakaaro ka pai ake te pai. Kao "

"kotahi te wa, mr. Whittington! E rite ana koe ki taku whakaae.

I miharo a whittington.

"kaore koe e whakaaro ki te whakahē? Ka taea e ahau te ki atu ki a koe ko te madame colombier's he tino karaehe me te orthodox. Ko nga kupu he tino rangatira. "

"tino," e kii ana a tuppence. "ko reira noa. He nui rawa atu nga here, mr. Whittington. Kaore au e kite i tetahi huarahi e pai ai ahau ki a koe. "

"kare?" i kii ma te whittington. "pai, maku e korero ki a koe. E kore pea e taea e au te tiki mo tetahi atu. Ko te mea e hiahia ana au ki te utu ko te kotiro wahine e nui ana te maramatanga me te mohio ki te poipoi i tana waahanga, me tetahi ano e whai kiko ana kia kaua e nui nga paatai.

Tuppence he ataata iti. I penei tana whika kua whika.

"tera ano tetahi mea. I tenei ra kaore rawa he korero mo te mr. Beresford. Ka haere atu ia ki hea?

"mr. Beresford? "

"taku hoa," te korero tuppence me te rangatiratanga. "i kite koe i a matou inanahi."

"ah, āe. Engari kei te wehi ahau kaore tatou e hiahia ki ana mahi. "

"ka mutu!" ka ara ake te tuppence. "ko e rua ranei. Pouri- engari ko tena peera. Ata mārie, mr. Whittington. "

"tatari mo te meneti. Kia kite tatou mehemea kaore e taea te whakahaere. Noho ano hoki, miss-- "i whakakahoretia e ia nga uiui.

Ko te hinengaro o te tuppence i whakawhiwhia ki a ia i te waa e maumahara ana ia i te arorangi. Ka mau tonu ia ki te ingoa tuatahi i uru ki tona upoko.

"jane finn," i kii wawe ia; katahi ka tuere ka whakatuwhera i te paanga o era kupu noa e rua.

Kua memeha katoa nga peera o te ao o whittington. He papura tena me te riri, tu ana nga whatu kei te rae. Kei muri ko te katoa o reira kei te puhipuhi i tetahi ahua o te tino whakaparahako. I tiakina e ia i mua, ka hamama ia:

"na reira ko taau potiki iti, koinei?"

He tupuna, ahakoa i tangohia katoatia, ahakoa i puritia e ia tona upoko. Kaore ia i te tino ngoikore o tana tikanga, engari he maamaa tere te mahi, me te whakaaro he mea nui kia "whakapiki ake" i tana whakamaoritanga.

I haere tonu te whittington:

"i takaro ahau ki a koe, i nga waa katoa, ano he ngeru me te kiore? I mohio koe i nga wa katoa e hiahia ana ahau ki a koe, engari kei te purihia e koe te pukuhohe. Koinei, eh? "te whakamatao i a ia. Ko te tae whero i puta mai i tona mata. Ko ia tonu. "ko wai kei te pupuhi? Rita? "

Tupua ana te matenga. He ruarua ia mo tana roa ki te mau tonu i tenei whakaaro, engari ka mohio ia he mea nui te kore e kukume i tetahi rita mohio.

"kare," ko tana whakautu me te pono. "kaore e mohio ana a rita ki ahau."

E raru tonu ona kanohi ki a ia ano he motika.

"e hia e mohio ana koe?" ka pana ia.

"he iti rawa nei," ko te whakautu a te tupapaku, a he pai ki a ia te kite i te ngoikore o te whittington, kaore i whakakahoretia. Ki te whakamanamana i mohio ia he maha pea i ara ake nga feaa i roto i tona hinengaro.

"ahakoa," ko te whittington, "i mohio koe ki te haere mai ki konei, ka raupapuhia taua ingoa."

"ko taku ingoa tonu ra," ko te korero a tuppence.

"tera pea, kaore, katahi ka rua nga kotiro whai ingoa penei?"

"ko te mea pea ka pa mai ahau ki te tupono," kei te haere tonu te tupapaku, ka haurangi me te angitu o te pono.

Mr. I mauria mai e whittington tana totoro ki runga ki te teepu me te pihi.

"mutu te poauau! E hia e mohio ai koe? E hia nei nga mea e hiahia ana koe?

Ko nga kupu e rima o muri nei i tino kaha te mahi tuppence, ina koa i muri i te parakuihi iti me te tina kai o te po i mua. Ko tana waahanga o mua he moemoea kaore i te raupapa whakaharahara, engari kaore ia i whakakahoretia. Noho ana ia, ka ataata ki te hau o te tangata e tino pai ana te ahuatanga.

"e taku mr aroha. Whittington, "i kii ia," me tuu katoa o taatau kaari ki runga i te tepu. Me te inoi kaua e riri na. I rongo koe i ahau inanahi kua tono ahau kia ora na aku tikanga. E au ra kua kitea e au i tenei wa kei ahau etahi tohu ki te ora! E whakaae ana ahau kei te mohio ahau ki tetahi ingoa, tera pea ka mutu taku mohio ki reira. "

"ae — me te kore pea," ka whariko te whittington.

"e kaha ana koe ki te he ki ahau," e kii ana a tuppence, a ka ata haere.

"rite ki taku i korero i mua i te waa," ka kii a whittington, "mutu te wairangi, ka tae ki te kaupapa. E kore koe e taea te takaro ki te hunga harakore. E mohio ana koe he nui ake i to mohio ki te whakaae. "

I wa poto nei a tuppence ki te whakamihi i tana mohio mohio, katahi ka ki atu tana kupu:

"kaore au e pai ki te whakahē i a koe, mr. Whittington. "

"na ka tae atu matou ki te paatai i mua atu-pehea te nui?"

He tupuna te tuuturu. I tenei wa i tinihangatia e ia te whittington me te angitu, engari ki te kii i te moni kaore e taea te whakaoho i ana whakapae. Kua puta tetahi whakaaro puta noa i tona roro.

"me kii he korero iti mo taatau, me te korero ano mo tenei mea ake nei?"

Whittington i hoatu he ahua kino ki a ia.

"kaipukapuka, eh?"

Tuppence ataata reka.

"aue! E mea ana hoki kia utua wawe nga utu?

Ko whittington i oho.

"e kite ana koe," e ai ta te tupapence i tino reka, "e pai ana ahau ki te moni!"

"ko koe mo te rohe, koinei koe," ko te whittington, me te ahua o te miharo kaore e hiahia ana. "i pai katoa koe ki ahau. I whakaaro koe he tamariki ngawari koe me te kuene noa mo taku kaupapa. "

"te ora," moriko tupuna, "ki tonu i nga maere."

"ōrite katoa," tonu te whittington, "kei te korero etahi. Ka mea koe ehara i te rita. I reira? Tena, haere mai ki roto.

I whai te kaititiro i tana kakano mohio ki te rūma, ka waiho ana i tetahi pepa ki tana hiku o tona ariki.

"kua tae mai te karere waea ki a koe, e te rangatira."

I whiu a whittington ka panu atu. He hiu kohia i tona rae.

"ka mahi, parauri. Ka taea e koe te haere. "

Ka mawehe atu te kaitiaki, ka kati te tatau i muri ia ia. Ko te whittington ka huri ki te tuppence.

"haere mai apopo i te wa ano. Kei te pukumahi ahau inaianei. Ko tenei e rima tekau hei haere.

Katahi ka whakaohohia e ia etahi tuhinga, ka pana ki te taha o te tepu ki te tuppence, ka tu ka tu, e kore e manawanui kia haere ia.

I mau te kotiro ki nga tuhinga mo te mahi pakihi, i purihia i roto i tana peeke, ka whakatika.

"koutou ata, mr. Whittington, "i kii ia ki te pono. "mea iti, au korero, me ki atu ahau."

"rite tonu. Au revoir! "he ahua ano te ahua o te whittington, he whakahokinga mai i te tupapaku i te ngoikore. "au revoir, toku mohio me te wahine ataahua."

Ko te tuppence ka marere iho ki te pikitanga. He wahine mohoao nona. Ko tetahi karaka tata e whakaatu ana i te wa kia rima mencti ki te tekau ma rua.

"me miharo a maama!" ka amuamu a tupapence, ka tiihi tetahi taxi.

Ka kumea mai te motika ki waho o te te ngongo. Ko tommy anake kei te tomokanga. I tuwhera tonu ona kanohi ki te tino rite ki a ia ka tere whakamua ki te awhina i nga tuppence kia tino pai. I kata ia ki a ia ma te aroha, a ka puaki i te reo paku ki a ia:

"utu i te mea, ka, e koe purapura tawhito? Kaore au i iti ake i te nota rima pauna! "

Pene iii. He huinga hoki

Kaore i tino tika te wa mo te wa tika. Hei tiimata, he iti noa te rauemi o nga pute a te whaea. I te mutunga ka whakahaerehia te utu, ko te wahine e maumahara ana i nga tiitatanga o te hoa, me te taraiwa, e pupuri tonu ana i nga tini momo moni kei tona ringa, i kaha ki te neke haere, i oti i a ia i muri i te tono whakamutunga kia rite ki te aha te rangatira whakaaro i hoatu e ia ki a ia?

"ki taku mahara kua nui rawa atu taau ki a ia, mama," ka kii te tupapaku. "kei te hiahia au ki te whakahoki mai i etahi o aua mea."

Na tenei pea i puta ai te korero a te kaihuri kia neke atu.

"pai," ko mr. I te wa roa, ka taea e te beresford te whakamamae i ona kare, "he aha nga — na nga pereti, i hiahia koe ki te riihi i tetahi taima?"

"i mataku ahau kei tuai au me te pupuri ano kia tatari koe," ka kii raru a tuppence.

"e wehi, ko koe - kia-ti'a! Aue, e te ariki, peea! Beresford.

"me te pono me te pono," e haere tonu ana te korero, me te whakatuwhera i ona kanohi, "kaore au i iti ake i te tuhipoka-pauna."

"i mahia e koe tetahi wahi o taua mea, bean tawhito, engari he rite ano te hoa kaore i uru ki roto - kaore mo te wa poto!"

"kaore," e kii ana a tuppence, "kaore ia i whakapono. Koina te wahi tino korero mo te korero pono. Kaore tetahi e whakapono ana. I kitea e ahau i roto i tenei ata. Tena ra, kia kai tatou ki te tina. Me pehea te kaiwhakaora? "

Ka nge a tommy.

"me pehea te ritz?"

"mo nga whakaaro tuarua, e pai ake ana ahau ki te pikikaa. Kei te tata mai. Kaore e tika kia eke taatau. Haere mai. "

"koinei te waitohu ngawari hou? Kei te kaha ake ranei to roro? "ui a tommy.

"ko to whakaaro whakamutunga ko te tika. Kua tae mai ahau ki roto i nga moni, he mea nui rawa atu te ru mo au! Mo tera momo ahua o te raru hinengaro e taunaki ana te taakuta rongonui ki te kaitao, kaore i te mutunga o te kaitao, te lobster à l'américane, heihei hou, me te pêche melba! Tatou ka haere ki te tiki ia ratou.

"tuppence, kotiro tawhito, he aha rawa kua pa ki a koe?"

"aue, te whakaponokore!" ka tupua e tuppence tana putea. "tirohia konei, a konei, a i konei!"

"pai nui! E taku tamahine pai, kaua e peka ki nga kaihao ika penei! "

"ehara i te mea he kaihao ika. Na e rima nga wa e pai atu ai ia ki nga kai hii, a he pai ake te tekau o tenei.

Aue a tommy.

"me i ahau e inu koretake! Kei te moemoea ahau, te tupapaku, kei te kite ranei au i te maha o nga kaute e rima-pauna e peehia ana i te ahua kino? "

"ae ra, e te kingi! Na, e haere mai ana koe ki te kai tina?

"ka haere au ki hea. Tena na te aha i mahi koe? Te pupuri peeke? "

"i roto i te wa pai. He aha te wahi whakamataku piccadilly porowhita. Kei reira tetahi pahi nui e kawe mai ana i a matou. He kino rawa atu ki te patu ratou i nga pukapuka e rima pauna! "

"grill room?" ka ui a maama, i to raua taenga ki te paanga o te noho humarie.

"te utu nui o te tahi atu," tupuna iho.

"ko te taangata kino noa iho. Haere mai i raro. "

"kei te mohio koe ka taea e au nga mea katoa e hiahia ana au ki reira?"

"ko te tahua tino pai kaore i tino whakaarohia e koe i naianei? Ko te aha ka taea e koe — me te mea he pai hoki ki a koe. "

E ai ta mama, "kaore e taea te aukati i tana kaimekau i te kiki, i te wa e noho ana ratou i te whenua e karapotia ana e te tini o nga moemoea tuppence.

Miss cowley told him.

"me te mea tino koinei," ka mutu ia, "i tino hangaia e au te ingoa o jane finn! Kihai ahau i pai ki te hoatu i aku ake na te mea he papa rawakore-ki te uru atu ahau ki nga mea pouri. "

"penei pea," i kii ta tommy maatau. "otira kaore koe i mahi."

"he aha?"

"kare. Kua korerotia e ahau ki a koutou. Kaore koe e mahara, i ki ahau inanahi kua rongo ahau ki nga tangata e rua e korero ana mo te wahine e kiia ana ko jane finn? Koia tena te mea i uru mai ai te ingoa ki roto i o hinengaro.

"pera ai koe. Kei te mahara au inaianei. Pehea mīharo - "tuppence taakened to puku. Ohorere ana ka whakaara ake ia ia. "tommy!"

"ae?"

"he aha te mea e rite ana ratou ki nga tangata e rua i whiti atu koe?"

I pouri a tommy kia maumahara.

"ko tetahi he momo ngako nui o te pene. He ma he pai, he penei taku pouri. "

"ko ia tera," ka tangi a tuppence, i roto i te koretake kino. "ko e te whittington! He aha te tangata i rite?

"kaore au e maumahara. Kaore au i tino aro ki a ia. Koina noa te ingoa o waho kei te aro mai ki ahau. "

"a e kii ana te iwi kaore i te tuturutanga!" ka tiakina e te tuppence tana pêche melba ma te koa.

Engari i tino pakeke te tommy.

"titiro ki konei, tuppence, kotiro tawhito, he aha te mea ka arahi atu?"

"atu moni," whakautu a tona hoa.

"kei te mohio au i tena. Kotahi noa iho o tenei whakaaro. He aha te tikanga, he aha te kaupapa e whai ake? Me pehea e tiakina ai e koe te kēmu?

"aue!" ka maka e te tuppence tana koko. "tika ki a koe, mama, he waahanga o te kaihopu."

"e mohio ana koe, kaore koe e kaha ki te pupuhi ia ia a ake ake. E tino mohio ana koe ka paheke haere tata tonu nei. Ana, ahakoa kaore au i tino mohio e kore e taea te mahi — ko te pango, kei te mohio koe. "

"poauau. Ko te mahi parakipere ka kii atu koe mena ka whakawhiwhia koe ki te moni. Na, kaore rawa e taea te korero, no te mea kaore rawa ahau e mohio ki tetahi mea.

"hm," ta maama matua e kii ana. "pai, ahakoa, me aha tatou? I tere a whittington ki te taangata i a koe i tenei ata, engari no te wa kei te heke mai ka hiahia ano ia ki te mohio ki tetahi atu mea i mua i tana wehenga me tana moni. Ka hiahia ia ki te mohio koe ki to mohio, ki te wahi i whiwhi ai koe i ou korero, me te maha o nga mea kaore e taea e koe te whakatau. He aha taau e mea ai?

He tupuhi te tuppence.

"me whakaaro tatou. Whakahaua etahi kawhe korukura, tiia. Whakaongaonga ana roro. Aue, aue, he aha te nui o aku kai! "

"kua meinga e koe hei kaiwawao mou! Ka pera ano taku take mo tera mea, engari e whakapehapeha ana ahau ko nga mea pai ake o taku rihi kaare atu i a koe. E rua nga kopaka. "(tenei ki te waiterihi." "kotahi korehuri, kotahi france."

Ka taia a tuppence i tana kawhe ki te hau huritao hohonu, a ka whakahawea i te tiia i tana korero ki a ia.

"kia ata. Kei te whakaaro au. "

"te atarangi o te pelmanism!" i kii a tommy, a ka rewa ki te noho puku.

"i reira!" e ai ta tuppence i te mutunga. "kei a au he mahere. He aha ra ta maatau kia rapu korero mo nga mea katoa. "

Patipati ana te matua.

"kaua rawa e tarai. Ka kitea noa e maatau puta atu i roto i te whittington. E ti'a ia tatou ki te kite i te wahi e ora ai ia, he aha tana mahi — he pono ia ia! Inaianei e kore e taea e au te mahi, na te mea e mohio ana ia ki ahau, engari kotahi te meneti, e rua ranei nga roopu i kitea e ia ki a koe '. E kore pea ia e mohio ki a koe. He oti katoa te ahua o te taiohi.

"i paopao rawa ahau i taua korero. Kei te tino mohio au ka wehe atu i aku mano tini nga ahuatanga e puta ana i a au. "

"ko taku mahere tenei," ka haere tonu te tuppence, "ka haere au anake ki te apopo. Ka peia ano e ahau kia rite ki taku i tenei ra. Kaore he aha mehemea kaore au e whiwhi moni ake i te wa kotahi. Kia rima tekau pauna mo tatou kia torutoru nga ra.

"ka roa ake nei ranei!"

"ka whakairihia koe ki waho. Ka puta ahau ki waho e korero ana ahau ki a koe ina hoki e matakitaki ana ia. Engari ka eke ahau ki taku turanga ki tetahi taha tata, a ka tae mai ia ki waho o te whare ka peia e ahau he putea, he mea ranei, ka haere koe! "

"kei te haere ahau ki hea?"

"whai atu ki a ia, ara, poauau! E pehea ana koe?

"ahua o nga mea ka panuihia e te pukapuka. Kei te whakaaro au, i roto i te koiora, ka aro tetahi ki tetahi kaihe e tu ana i te huarahi mo nga haora kaore e mahi. Ka uiui te tangata he aha ahau.

"ehara i te taone. Ia tangata whai i roto i taua ohorere. Penei pea ka kore koe e kite i a koe.

"koinei te waa tuarua i puta ai to korero. Kaua e whakaaro, ka murua koe e ahau. Ahakoa, ka waiho noa iho he putunga. E aha ana koe i tenei ahiahi?

"pai," e kii ana i te tuppence. "i whakaaro ahau ki nga potae! Me nga paanui hiraka ranei! Koinei ranei "

"kia kaha," whakatupato a mama. "he rohe ki te rima tekau pauna! Engari kia kai tatou i te po, i te po whakaatu i nga huihuinga katoa. "

"engari."

I paahitia te ra. Te ahiahi noa atu na. Ko te rua o nga tuhinga rima-pauna kua mate nei ano kua mate.

I tutaki ratou ma te whakarite i te ata i muri mai, ka ahu whakamua. I noho tonu a tommy ki tera taha o te huarahi i te totika o te whare.

I hikoi haere a tommy ki te pito o te huarahi, ka hoki ano. I a ia e haere mai ana i te whare, ka tupapaku te huarahi ki te huarahi.

"tommy!"

"ae. He aha? "

"kua oti te tutaki. E kore ahau e rongo.

"he mea rerekē."

"ehara ko? Haere mai ki ahau, a ma tatou e ngana.

Ko te whaea i whai ia ia. I a raatau e whakawhiti ana i te papa tuatoru ka puta mai te maakete taitamariki i waho o te tari. He wa poto tonu tana korero.

"kei te hiahia koe i te miihini karaehe esthonia?"

"ae, tena."

"kua oti te kati. No inanahi hoki i te ahiahi. Kei te huaki te kamupene, e ki ana ratou. Ehara i te mea kua rongo au i ahau. Engari me waiho e te tari. "

"th - whakawhetai atu" ka pakaru mai te tupapaku. "ki taku mahara kaore koe e mohio ki a mr. Te korero a te whittington? "

"kaua e wehi. I whakarere noa iho ratou.

"ka nui te mihi ki a koe," ko ta mama. "haere mai, tuppence."

Ka haere ano raua ki te huarahi, ki te titiro atu raua tetahi ki tetahi.

"i haehae ia," e kii ana a tommy.

"a kaore rawa au e whakapae ana," e tangi ana i te tuppence.

"whakakari, mea tawhito, kaore e taea te awhina."

"e kore e taea, ahakoa!" i puhipuhi te peene iti o tuppence. "ki to whakaaro he mutunga ranei tenei? Ki te pera, he he koe. Koira te timatanga.

"te timatanga o te aha?"

"mo taatau haerenga! Tommy, kaua koe e kite, mena e mataku ana ratou ki te rere atu penei, kua whakaatuhia he nui rawa atu i tenei umanga moni jane! Pai, ka haere matou ki te raro. Ka rere tatou ki raro! Ka haere tatou i roto i te tino! "

"ae, engari kaore tetahi e toe ki te koretake."

"kare, koinei te take ka tiimata katoa tatou. Homai he pene pene raanei. Whakawhetai. Tatari mo te meneti - kaua e pokanoa. I reira! "ka whakahoki a tuppence i te pene, ka tirotirohia e ia te pepa i tuhia e ia me te kanohi makona:

"he aha tera?"

"pānuitanga."

"e kore koe e pau i taua mea?"

"kaore, he rereke tera." i tukuna e ia te pepa pepa ki a ia.

Ka panui a tommy i nga kupu ki runga:

"hiahia, etahi korero e pa ana ki te jane finn. Tono ya "

Pene iv. Ko wai ana jane finn?

I te ra i haere marie. I tika ai te whakaiti i nga whakapaunga. Ka ata tirohia, ka wha tekau pauna te roa. Waimarie i pai te rangi, a he "kei te haere te haere," ko te tuppence e kii ana. I whai whare pikitia tino pai ki a raatau mo te ahiahi.

Te ra pouri, he ra marena. I te awatea, i tino puta te panui. I te paraire paraihe me tae mai pea ki nga ruma o tommy.

I herea ia ki tetahi oati e kore e tuwhera i nga reta pera ki te tae mai, engari ki te whakatika ki te papaahi o te motu, ka hui tona hoa mahi i te tekau ma tahi.

Ko te tuppence i te tuatahi i te ngahau. I uru ia ki runga i te torona whero whero, ka titiro atu ki nga kaikoana me te titiro kaore e kite ana i te maamaa e uru ana ki roto.

"pai?"

"pai," hoki mr. Whakaahuru beresford. "ko wai to pikitia tino pai?"

"kaua e pouri. Kahore he whakautu?

Ka ruru a tommy i tana mahunga ki te karawaka hohonu.

"kihai ahau i hiahia ki te whakapawera i a koe, o te mea tawhito, ma te korero tika ki a koe. He tino kino rawa. Ka pau te moni. "ka aue. "tonu, kei reira. Kua puta te panui, a, e rua noa iho nga whakautu! "

"tommy, e te rewera!" tata te hamama tuppence. "hoatu ki ahau. He pehea ra koe?

"to reo, tuppence, to reo! Kei te tino maatau ratou i te taiwhanga motu. Whakaaturanga kāwanatanga, mohio koe. A ka mahara, kua rite ki taku korero ki a koe i mua, i te mea he tamahine a nga tohunga o te tohunga-- "

"ko au e tika ana ki runga i te atamira!" ka mutu te mahi tupapaku me te mahanga.

"ehara ko tera te mea ka kii au. Engari ki te mea kua tino koa koe ki te tino koa o te koa i muri o te ngakau pouri o te ngakau kua tukuna e au ki a koe mo te kore utu, me tuku atu ki ta maatau korero, ka pera tonu te korero. "

Ka mau te tuppence ki nga pouwhairangi e rua mai i a ia, ka ata tirotiro.

"pepa matotoru, tenei tenei. He momona. Kia puritia e maatau ake ka whakatuwhera i tetahi atu.

"tika tonu koe. Kotahi, tokorua, tokotoru, haere! "

Ko te koromatua ruarua o tuppence ka ruru te puhera, ka tangihia e ia nga kaupapa.

"e te rangatira,

"e pa ana ki to panui i tenei pepa i tenei ata, ka taea pea e au te whakamahi i a koe. Tera pea ka taea e koe te karanga mai kia kite i ahau i te korero i runga ake nei i te tekau ma tahi karaka i te ata apopo.

"nau ake,

"a. Kaihoko. "

"27 nga kari karamati," ko te tuppence, e korero ana ki te wahitau. "koinei te huarahi rori. Kia maha te waa kia tae mai mena ka ngongo matou. "

"ko te whai ake," ko ta mama, "ko te mahere kaupapa. Kei toku tuunga te whakaaro i nga mahi he. Tuhinga o mua. Kaipara, e hiahia ana ahau ki a raua ano i te ata pai pera me te tikanga. Katahi ia ka ki atu: 'tena koa noho, noho. — er?' he aha taku whakautu ki te tere, me te tino whakahirahira: 'edward whittington!' no mr. Ka hurihia e te kaimera he peariki i te mata ka peke atu te: 'e hia?' ko te utu mo te utu e rima tekau pauna, ka koa ahau ki a koe i te huarahi i waho, a ka haere atu matou ki te waaahi korero me te whakahoki ano i te mahi. "

"kaua e rorirori, e te whaea. Inaianei mo era atu reta. Aue, no te ritz tenei! "

"kotahi rau pauna hei utu mo te rima tekau!"

"ka panuihia e au:

"e te rangatira,

"ano ki to panui, me koa ahau ki te kii koe i tetahi waahi mo te waa tina.

"nau ake,

"julius p. He hersheimmer. "

"ha!" ta mama. "kei te hongi ano ahau he puthe? Ranei tetahi tangata nui o amerika mo te tupuna kohakore? I nga huihuinga ka karanga tatou i te wa o te tina. He waa pai - he maha tonu te arahi ki nga kai kore utu mo te tokorua. "

Tuppence nodded assent.

"inaianei mo te kaari. Kia tere ta tatou whai. "

Ko te papa o te carshalton he tohu kaore e taea te kii mo te tuppence e kiia nei he "whare titiro ahua wahine". 27, ka whakautua e te kuia tika te tatau. He tino whakanuia te ahua o te ngakau o tuppence. I runga i te tono a te whaea me te mr. Carter, i whakaatu ia ki a raatau ki tetahi rangahau iti i te papa o te whenua i waiho ai ia. Kaore he meneti i paahitia, heoi, i mua i te tuwheratanga o te tatau, ka uru te tangata roroa ki te kanohi hiroki me te tino ngenge.

"mr. Ae? "ka mea ia, ka ataata. He tino ataahua tana ataata. "noho mai korua, e rua korua."

I whakarongo ratou. Ko ia tonu i noho i tetahi taha i te taha o te tuppence a ka kata i a ia kia kaha. Ko tetahi mea i roto i te kounga o tona ataata i waiho ai te ngakau o te kotiro i waiho i a ia.

I te mea kaore i rite ki te whakatuwhera i te korerorero, i akiakihia ai te tuppence ki te tiimata.

"i hiahia matou ki te mohio — koinei, ka pai rawa ranei koe ki te korero mai ki a maatau ki a jane finn?"

"jane finn? Ah! "mr. Ka puta te kaata ki te whakaata. "he pai, ko te patai, he aha te mohio ki a ia?"

Ka maranga ake te tuppence.

"kaore au e kite kua pa to mahi."

"kare? Engari kei te mohio koe kei a ia ano. "ka kata ano ia ki tana huarahi ngenge, ka tiimata tonu. "na reira e whakahoki ake ai tatou i a ia ano. Ta koe e mohio mo jane finn?

"haere mai," i haere tonu ia, i te mea e noho puku tonu ana te tuppence. "me mohio koe ki tetahi mea i panuitia koe mai i?" i tuku ia i te iti, ka rangona tona reo ngenge. "ki mai koe ki ahau ...."

Tera tetahi mea tino kaha e pa ana ki a mr. Te tuakiri tuakiri. Ko te ahua o te tuppence kia rukerukehia ana e ia me tana kaha, me tana kii:

"kaore e taea e maatau, ka taea e maama?"

Engari ki tana maere, kihai tona hoa i awhina i a ia. I titiro tonu ona kanohi ki a mr. Te tangata whakaata, me tana reo ina korero ana ia i mau ki tetahi panui rereke.

"kei te maia ahau ki te kii ko te mea iti e mohiotia ana e maatau kaore koe e pai. Engari he penei, he mihi ki a koe.

"tommy!" hamama ana tuppence maere.

Mr. Ko te kaimene i patu i a ia e noho ana. He patai ana ona kanohi.

Tere a tommy.

"ae, e te rangatira, kua mohio ahau ki a koe i taua wa. I kite koe i a koe i te wa i ahau i te taha o te mohio. Ina tae mai koe ki roto ki te ruma, kua mohio ahau --- "

Mr. Ka hapainga te kaata.

"kahore ingoa, tēnā koe. Kei te mohiotia ahau ko mr. Kaitoro i konei. Te whare o toku tuakana, na te huarahi. Kei te hiahia ia ki te tuku moni ki a au i etahi wa ka pa ana ki te mahi i nga raina kaore e mana. "ae ra," ka titiro atu ia tetahi ki tetahi - "ko wai e korero ki ahau?"

"ahi i mua, tupapaku," whakahaua a maatua. "ko to ruau."

"ae, e te kuahine, i roto i te taha."

Me te ngohengohe i mahia e ia, e korero ana i nga korero katoa mai i te hanganga o nga rangatahi, ltd.

Mr. Ka whakarongo a kaihoko ki te whakarongo kau me te whakahoki ano i tana ahua ngenge. Inaianei kua huri tana ringa ki ona ngutu e peehia ana te ataata. Ka mutu ana ia, ka tino muhumuhu ia.

"ehara i te mea nui. Engari whakaongaonga. Tino whakaaro. Ki te whakakahoretia e koe aku kupu penei, he tangata tino taitamariki koe. Kaore au e mohio — ka angitu koe ki te korenga o etahi ... E whakapono ana ahau ki te waimarie, kei te mohio koe - kei nga waa tonu .... "

Ka tu ia mo tetahi wa, a haere ana.

"pai, me pehea te reira? Kei waho koe mo te tirotiro. Pehea e hiahia ai koe ki te mahi mo au? Kaore ano he mana ke, e mohio ana koe. Kua utua nga utu, me te riipene ngawari? "

Ka titiro a tuppence ki a ia, ka puare ona ngutu, ka whanui ake ona kanohi, ka whanui ake hoki.

"me aha tatou?"

Mr. Ka ataata te kaata.

"haere tonu me taau mahi inaianei. Kitea jane finn. "

"ae, engari-ko wai ko jane finn?"

Mr. Ka tino miharo a kaitere.

"ae, e tika ana kia mohio koe ki aku whakaaro."

I okioki ia i tona torona, whiti i ona waewae, ka hono tahi nga tohutohu o ona maihao, ka tiimata ki te riu iti:

"ko nga tikanga pirihimana (ko te tikanga, ko te kaupapa here kino tonu!) Kaore koe e aro ki a koe. E tika ana ki te kii i nga ra tuatahi o te 1915 kua tae mai he tuhinga. Ko te tauira o te whakaaetanga ngaro-tiriti — kiia ko taau e pai ai. He mea whakarite kia hainatia e nga rangatira o te maatauranga, a ka kumea mai ki amerika — i taua wa he whenua kore. I tukuna mai ki tetahi waahi na tetahi karere motuhake i kowhihia mo taua kaupapa, he hoa rangatahi e kiia ana he kaiwaiata. Ko te tumanako kia tiakina nga mea katoa kia kaua e pakaru. Tera ahua o te tino tumanako ka pouri. Kei te korero tonu tetahi!

"i rere nga kaihi mo te tuawhenua i te lusitania. I mau ia i nga pepa utu nui i roto i te peeke hinu hiu i mau ia i muri o tona kiri. I runga i taua haerenga ka panaia te lusitania me te paruru. Ko te hunga kanikani kei roto i te rarangi o enei ngaro. Ka mutu ka horoia tana tinana ki uta, ka mohiotia i tua atu o te feaa. Otira kua ngaro te paikini hinu kiki!

"ko te patai, kua tangohia mai i a ia, kua tukuna ranei e ia ki te pupuri i tetahi atu? I tokoiti nga raru i whakapakari ake i te kaupapa o te ao nei. I muri i te torpedo i patu i te kaipuke, i roto i te wa poto i te wa e whakarewahia ana nga poti, ka kitea te hunga kanikani e korero ana ki te kotiro kotiro amerika. Kaore he tangata i kite i a ia e pa atu ana ki a ia, engari na tera pea. Ki taku mahara kua tukuna e ia nga pepa ki tenei kotiro, ma te whakapono ko ia, he wahine tera, he nui te tupono ki te kawe ia ratou ki uta.

"engari ki te penei, kei hea te kotiro, a he aha tana mahi me nga pepa? Na muri mai o nga korero mai i a amerika te ahua na te hunga kanikani i tino whiti i runga i te huarahi. Ko tenei kotiro kei te takaro me ona hoa riri? I te wa ano ranei, kua pania e ia, ka tarea ranei, ka akiakihia ranei ki te tuku i te paamu utu nui?

"i whakarite maatau ki te mahi ki te whai i a ia ki waho. Koina te tino uaua. Ko tona ingoa he jane finn, a ka puta i te rarangi o nga morehu, engari ko te kotiro ake kua ngaro katoa. Ko nga uiui ki ana antecedents i iti noa te awhina ia matou. He pani, a he aha ta tatou e kii ai he kaiako akonga i tetahi kura iti i te uru. Ko tana uruwhenua i tukuna ki paris, ka uru atu ia ki nga kaimahi o te hohipera. I tukuna e ia tana mahi ma te ngakau, a, i muri i etahi reta i whakaaehia. I tana kitenga i tona ingoa i te raarangi o te hunga i whakaorangia mai i te lusitania, i tino miharo nga kaimahi o te hohipera ki a ia kaore i tae mai ki te tango i tana peke, kaore ano kia rongo i a ia.

"pai, ko nga mahi katoa kia kaha ki te whai i te kotiro - engari he kore noa iho. I peehia ia e matou puta noa i te whenua o te whenua, engari kaore i rongohia te rongo i muri i tana paahitanga ki te taiwhenua. Kaore he mahinga o te mahere tiriti — he ngawari rawa te mahinga - na reira i tupono na maatau i whakangaro te hunga kanikani. I uru mai te pakanga ki tetahi atu waahanga, i hurihia te ahuatanga o te takawaenga, kaore ano kia whakaritea te tiriti. Nga korero mo tona oranga i tino whakahawea. Ko te ngaro o te jane finn kua warewarehia ka ngaro katoa te raru. "

Mr. Ka tu te kaihoko, a he tino manukanuka te tupuna:

"he aha i whakaohohia ake ai katoa? Kua mutu te whawhai. "

He panui mo te maaraki i tae atu ki a mr. Ara o te kaata.

"na te mea nei kaore i ngaro nga pepa, ka ara ake ai pea kei te whai waahi hou me te whakamate."

Tuppence stared. Mr. Ka peke te kaihoko.

"ae, e rima tau ki muri, ko taua tiriti he patu ki o maatau ringa; he patu tenei mo tatou i tenei ra. He puhipuhi nui tenei. Ki te mea ka panuitia ana ona kupu, ka whara .... Tera pea he pakanga ke atu - kaua ki te germany i tenei waa! He tupono tino tenei, a kaore au e whakapono ki tana tupono, engari ko taua tuhinga kaore e tino kitea he maha o nga kaitono kaore e taea e matou te whakahawea i tetahi huarahi i tenei wa. I te mea e tangi ana te roopu mo te mahi ka kore e taea, engari ko te kawanatanga mahi i tenei waa, na, ki taku whakaaro, ko te mate kino mo te hokohoko british, engari he kaupapa noa iho tenei. "

Ka tu ia, ka kii ata:

"akene pea kua rongo koe, kua panui ranei kei te tohe nga bolshevist kei te mahi i muri mai o te koretake o te mahi?"

Ka kūrou a tuppence.

"koinei te pono." kei te ringihia te koura bolshevist ki tenei whenua mo te kaupapa motuhake o te whakangao. Te vai nei te hoê taata, o te hoê taata o tei ore te iʻoa to tatou i itehia, e ohipa ra i te poiri no to 'na iho hopea. Ko nga bolshevists kei muri i te koretake o te mahi - ko tenei taangata kei muri kei te taha o nga bolshevists. Ko wai ia? E kore tatou e mohio. E kiia ana i nga wa katoa e te taitara arumoana o 'mr. Parauri. ' Engari kotahi tonu te mea, ko ia te rangatira mo tenei ao. Kei te whakahaere ia i tetahi kaupapa whakamiharo. Ko te nuinga o te kaupapa whakatö i te rongo i te pakanga i ahu mai i a ia. Kei nga wahi katoa ana tutei. "

"he iria maori?" ka patai a te whaea.

"engari, ko nga take katoa e whakapono ai ahau he tangata ingarihi. He pirimia ia, ano he kaitautoko ia. Ko te mea e hiahia ana ia kia tutuki i a tatou kaore e mohiotia — he mana motuhake ranei mo ia, he momo motuhake i roto i te hitori. Kaore he korero mo tona tuakiri pono. E korerotia ana, ahakoa ko ana ake akonga he kore mohio. Kua tau ke atu taatau ki ona ara, kua waahi ano ia mo tetahi waahanga tuarua. Ka kī tetahi atu i te rangatira rôle. Engari no muri ka kitea e maatau nga take kore take, he kaimahi, he kaikorero ranei, kei te noho tonu i te waa kaore i te mohiotia, me te mea uaua a mr. Kua mawhiti mai te parauri ia tatou. "

"aue!" ka peke ake te tuppence. "e miharo ahau"

"ae?"

"e mahara ana au ki a mr. Tari whittington te kaikorero — ka kiia e ia he parauri. Kaore koe e whakaaro --- "

Ka peke te kaihoko.

"tino pea. He korero tino pai ko te ingoa tonu te whakahuatia. Tuhinga o mua. Ka taea e koe te whakaatu ia ia.

"kihai ahau i kite. He rite noa a ia ki tetahi atu.

Mr. Ka nguguru a carter i tana momo ngenge.

"koinei te korero whakamiharo o te mr. Parauri! Kawea mai ana he waea waea ki te tangata whittington, ko ia? Kite waea i roto i te tari o waho? "

Whakaaro tuppence.

"kahore, e kore au e mea i ahau."

"rite tonu. Ko taua 'karere' ko mr. Te ahua o te parauri ki te tuku kupu ki tana mana whakahaere. I rongo ia i nga korerotanga katoa. I muri i tera wa i tukuna ai koe e whittington ki te moni, ka mea ki a koe kia haere mai i te aonga ake?

Ka kūrou a tuppence.

"ae, ko te ringa o mr. Parauri! "mr. Ka mutu te kaimene. "na, kei reira ana koe, ka kite koe i ta koe e whakapae ana ki a koe? Pea ko te roro taihara kino o te waa. Kaore au e pai ki a koe, e mohio ana koe. Kei a koutou nga mea hou, e rua. E kore ahau e pai ki tetahi mea ka pa ki a koe.

"kaore e pai ana," ko te whakapumau i pai ai a ia.

"ka titiro au ki a ia, e te rangatira," ko ta mama.

"ka titiro au ki a koe," taapiri e whakahoki mai ana, me te riri i te kii a te tangata.

"well, na, kia tupato tetahi ki tetahi," ko ta mr. Kaakau, he ataata. "na, kia hoki tatou ki te pakihi. Kei kona ano tetahi mea ngaro mo tenei mahere tiriti kaore ano kia tino aro atu tatou. I whakawhiwhia taatau ki taua mea - i runga i nga tikanga ngawari me te kore e taea te korero. He pai te waahanga o te whakahoahoa ki te kii kei roto i o raatau ringa, kei te hiahia ratou ki te whakaputa i taua waa. Tetahi atu taha, kei te he ta ratou he mo te maha o ona whakaritenga. Ko te kawanatanga ki te kii he ngoikoretanga noa iho ki a raatau, a, he tika, he he ranei, kua mau tonu ki te kaupapa here o te whakahawea. Kahore ahau e tino mohio. I reira he tohu kore, he whakapae kaore e tika ana, e kii ana he tino tuturu te menace. Ko te tūnga he rite tonu ki te pupuri i te tuhinga whakaohooho, engari kaore i taea te panui na te mea i pa mai te ahua-engari e mohio ana tatou kaore te kaupapa o te tiriti kaore i roto i te ahua o te mea - e kore e horoi. Engari tera ano tetahi mea. Ae ra, ka mate pea a jane finn mo nga mea katoa e mohio ana maatau — engari kaore au e penei. Ko te mea whakahihiri ko ta raatau whai korero mo te kotiro mai ia matou. "

"he aha?"

"ae. Kotahi e rua ranei nga mea ririki kua taka. Ko to korero, e te whaea iti, e whakapumau ana taku whakaaro. E mohio ana ratou kei te rapu tatou mo te jane finn. Pai, ka whakaputaina e ratau te moni aana, ka kii ki tetahi penihana i paris. Ka ataata te kaata. "kaore tetahi e mohio ki te iti rawa o ona ahua, ka pai. Kei te timatahia ia me te tangi o te korero, me tana pakihi tuuturu ko te tiki i nga korero ka taea mai i a tatou. Tirohia te whakaaro? "

"katahi ano koe" —e noho tonu ana ki te mohio ki te whakaaro - "he rite ki te jane finn e hiahia ana ratou kia haere ahau ki te paris?"

Mr. Ka ngenge ake a carter ka tino raru rawa atu.

"e whakapono ana ahau ki nga hononga, e mohio ana koe," ko tana kupu.

Pene v. Mr. Julius p. Hersheimmer

"pai," e kii ana a tuppence, kei te whakaora ia ia ano, "e ahua rite ana ki te kii."

Ka peke te kaihoko.

"kei te mohio au ki to korero. He whakaponokore ahau. Waimarie, me era atu momo mea. Te ahua nei kua tohua koe kia whakakotahi koe i tenei.

I marohirohi a tommy i te tangi.

"toku kupu! Kaore au e miharo i te hau ka whittington ka puea ake e te tuppence taua ingoa! Me i ahau ano. Engari titiro ki tenei, e te rangatira, he maha nga wa o te waa ka mutu. Kei a koe etahi awhina hei whakaatu ki a maatau i mua i a maatau?

"ki taku mahara ehara. Ko aku tohunga, e mahi ana i nga huarahi stereotyped, i taka. Ka kawea mai e koe he whakaaro me te hinengaro tuwhera ki te mahi. Kaua e ngakaukore ki te kore e angitu. Mo te mea kotahi ka kaha te neke. "

Te koretake o te tuppence kaore e taea te mohio.

"i a koe e uiui ana ki te whittington, he wa kei mua i a raatau. I ahau he korero kua whakamaheretia te huringa nui mo te timatanga o te tau hou. Engari kei te whakaaroaro te kawanatanga ki nga mahi a te ture mo te whakatutukitanga o te riri. Kia tere ake ai te hau, mena kaore i a raatau, a ka taea pea e kawe nga mea katoa. Ko te tumanako ko ahau ano. Ka iti ake te wa hei whakapai ake i a raatau mahere kia pai ake. Kei te whakatupato noa ahau ki a koe kaore he wa nui ki mua i a koe, a kaore koe e rukuhia ki te kore koe e taka. Ehara i te mea he kaupapa ngawari noa iho. Ko te katoa. "

Ka ara te tuppence.

"ki taku whakaaro me rite tatou ki te mahi pakihi. He aha ta matou e ahei te whakawhirinaki atu ki a koe, mr. Kaihoko? "mr. Ko te ngutu a te kaihoko he hakarere te ahua, engari ka whakahoki ia: "ko nga putea i roto i nga take, nga korero taipitopito mo tetahi waahanga, kaore he mana mana. Ko te tikanga mena ka raru koe ki nga pirihimana, kaore au e kaha ki te awhina i a koe mai i tera. Kei koe anake. "

Tuppence noa atu ana.

"kei te tino mohio au ki tera. Ka tuhia e ahau tetahi rarangi o nga mea ka hiahia ahau ki te mohio ka whai ahau i te wa ki te whakaaro. Inaianei-mo te moni-- "

"ae, mahue tuppence. E hia pehea ana koe?

"kaore e tino rite. He maha nga mea ka haere maatau mo tenei wa, engari ka hiahia ana maatau --- "

"kei te tatari mai ki a koe."

"ae, engari - kei te mohio au kaore au e hiahia kia whakahawea koe mo te kawanatanga mena kei te whai koe i tetahi mea, engari e mohio ana koe kei te mau te rewera o te wa kia puta tetahi mea i a ia! A ki te whakakii i tetahi peera kahurangi ka tukuna atu, a, muri ake i te toru marama, ka tukuna mai e matou he matomato, a, na, kaore e tino whakamahia, ka oti ranei? "

Mr. Ka kata ohu a carter.

"kaua e awangawanga, kaua e tupua. Ka tukuna e koe he tono totika ki ahau i konei, a ko te moni, ko nga tuhi, ka tukuna ma te hokinga mai. Mo runga i nga utu, ka mea atu tatou kia toru rau ia tau? Me tetahi moni rite mo te mr. Tuhinga o mua.

Ka tau te tupapence ki runga ki a ia.

"pehea te ataahua. He atawhai koe. I aroha ahau ki te moni! Ka purihia e au nga korero ataahua o a maatau whakapaunga ki te nama me te nama nama katoa, me te pauna ki te taha matau, me te raina whero me te taatai i nga taha kei raro. Kei te tino mohio au me pehea te mahi i a au i taku whakaaro."

"kei te tino mohio au. Tena ra, pai, me te waimarie ki a koutou e rua."

I ruru ia i a ratau ki a ratau, i tetahi atu meneti kei te heke iho raua i nga taahiraa o te papaaata 27 taraiwa me o ratau upoko i te tupuhi.

"tommy! Korero mai ki au, ko wai te mea 'mr. Kaihoko'?"

I amuamu a tommy te ingoa ki tona taringa.

"aue!" te korero tuppence, maere.

"ka taea e au te korero ki a koe, he pi tawhito, ko ia!"

"aue!" ka mea ano a tuppence. Katahi ia ka whai kiko,

"e pai ana ahau ki a ia, kaore koe? Ka tino ngenge ia me te ngenge, engari ka aro koe kei raro ano ia e rite ana ki te maitai, ka aro katoa me te uira. Aue!" i tukua atu e ia. "titikihia ahau, tami, pihi mai ki ahau. Kaore au e whakapono he pono!"

Mr. Whakamanahia a beresford.

"ow! E na! Ae, kaore matou i moemoea. He mahi ta matou!"

"me he aha te mahi! Kua tino timata te umanga hono. "

"he nui ake te whakaute mai i taku i whakaaro ai," ka kii te tuppence.

"waimarie kaore au i te hiahia o to hiahia mo te hara! Hea te wā? Kia kai tatou — aue! "

Kotahi ano te whakaaro o taua whakaaro. I korero tuatahi a tommy.

"julius p. Ona kohinga! "

"kaore matou i korero ki a mr. Te peehi mo te whakarongo mai ia.

"pai, kaore he korero nui atu, kia kaua ra ano e kite tatou ia ia. Haere mai, pai ake taatau ki te tango taxi. "

"inaianei ko wai te mea nui?"

"nga utu katoa i utua, mahara. Peke. "

"ahakoa he aha, ka pai ake taatau ki te haere mai i tenei ara," e kii ana a tuppence, ka okioki whakamuri. "kei te mohio au kaore ano kia tae mai nga kaipatu pango ki nga pahi!"

"kua mutu ta matou hei kaikorero," ta tommy i kii.

"kaore au e tino mohio kei ahau," ko te korero tuppence pouri.

Mo te patai mo mr. Hersheimmer, i raua ano ka kawea atu ki tana huinga. He reo manawanui i karanga "uru mai" hei whakautu ki te koki o te tamaiti-wharangi, a ka tu te tama kia tukua atu raua ki roto.

Mr. Julius p. He tino ataahua a hersheimmer i te mea i whakaahua a tommy me te tuppence ranei ia ia. Na ka mate te kotiro, ka toru tekau ma rima nga tau. I waenganui ia, ka hangaia kia rite ki tana kauae. He ahuareka, he ahuareka. Kaore he tangata i he ki a ia mo tetahi mea anake engari ko te amerikana, ahakoa he iti noa iho o nga korero.

"kia kite i taku tuhipoka? Noho mai, korerotia mai ki au ake ko nga mea katoa e mohio ana koe mo taku whanaunga.

"tou whanaunga?"

"mea tino. Jane finn."

"ko ia tou whanaunga?"

"ko taku papa me tona whaea he tuakana, he tuahine," ta mr. Tuhinga ka whai mai.

"aue!" te tangi tupapaku. "na ka mohio koe kei hea ia?"

"kare!" mr. I kawea mai e hersheimmer tana totoro ki te pihi i te tepu. "i whiua au ki te mahi au! E kore koe?"

"i panui mai maatau kia whiwhi korero, kaua kia hoatu," e kii ana a tuppence.

"whakaaro ahau kei te mohio au ki tena. Ka taea e au te panui. Engari i whakaaro au koinei tonu tana korero i muri i a koe, a ka mohio koe kei hea koe?

"pai ra, kaore matou e mahara ki te whakarongo ki tana korero moata," ko ta tuppence i tiaki.

Engari ko mr. Te ahua nei ka tipu ohorere te roriori.

«ka kite koe i konei,» ka mea ia. "ehara tenei i te pai! Kahore he tono utu, e whakawehi ana ranei i ona taringa ki te kore au e pai. Koinei nga moutere puhipuhi, na reira kati i te umanga roriori, tera ranei ka waiatahia e au mo taua pirihimana rangatira ataahua ka kitea e au ki runga whakaahua. "

Tommy tere ki te whakamārama.

"kihai i kahakina to whanaunga. Āe rā, kei te whai mātou kia kitea ia. Mahi matou ki te mahi pera. "

Mr. Ka hoki mai a hersheimmer i tona torona.

"kia whai whakaaro nui ahau," ka korero ia.

I uru mai a tommy ki tenei tono mai i tera wa i hoatu e ia ki a ia he putanga tiaki mo te ngaro o jane finn, me te tupono kua whakauruhia e ia i runga i te kii "i etahi whakaaturanga torangapu." kaitono o nga uiui "i whakahaua kia kitea e ia, a ka koa ana ka koa ratou ki nga korero a mr. I taea e hersheimmer te hoatu ki a raatau.

I whakaae taua rangatira.

"whakaaro ahau kei te pai katoa. He iti noa ahau. Engari ka riro ma riwai taku kao! E mohio ana ahau ki etahi atu tawhito tawhito. Tirohia noa o au patai, a ka whakautu ahau. "

Mo taua wa nei i peehia ai nga kaiwhao o nga taiohi, engari ko te tuppence, e whakahoki mai ana i a ia ano, ka totika atu ki roto i te pakaru me te mahara mai i whakaipoipo.

"no hea koe i kite ai i te tinihanga o to whanaunga, ara?"

"kaore ano kia kite i a ia," ko ta mr. Hersheimmer.

"he aha?" tono a maama, maere.

Ka tahuri atu a hersheimmer ki a ia.

"kare, e te rangatira. E ai ki taku i kii ai, he tuakana, he tuahine, he tuahine, he tuakana, he tuakana, he teina, he tuahine ano koe — kaore a mama i whakatikatika i tenei tirohanga mo o raatau whanaungatanga - "engari kaore i te haere tonu. A i te wa e kii ana taku whaea ki te marena amos finn, he kaiwhakaako kura ngoikore i waho o te hauauru, he tino pukuriri toku papa! I ki mai te mea i mahia e ia tana puranga, i te mea e rite ana tana ki te mahi, kaore ano ia e kite i tetahi pene. Na, ko te mea nui ko te whaea jane i haere atu ki te hauauru, kaore ano kia rongo i a maatau.

"ka purua e te koroua. Haere ana ki te hinu, ka uru ia ki te kowiri, ka takaro ia ki nga tima, ka taea e au te korero ki a koe kia noho te pakitara i te huarahi! "ka mutu tera. "ka mate ia — i te ngahuru whakamutunga - ka whiwhi au i nga taara. Aue, me whakapono koe, kua raru toku hinengaro! Ka toia tonutia ahau, ka mea: tena e pa ana to whaea, te matua, i te uru? Kua raru au i etahi. Kite koe, i kite ahau e kore e pai te hua. Ehara ia i te ahua. I te mutunga o tera mea, ka utua e au tetahi tangata ki te hopu ia ia. Ko te mutunga, kua mate ia, ko te amos finn kua mate, engari i mahue i a ratau ko te tamahine — jane - ko te mea i roohia ki te lusitania i tana haerenga ki paris. I ora katoa ia, otira kaore i pai te rongo ki a ia mo tenei taha. I ki taku mahara kaore ratau e aro atu ana, no reira i whakaaro au ka haere au, ka tere ake nga mea. I waea atu ahau ki te papa o scotland me te mea whakahirahira. Ko te whakanui rangatira ka pana i ahau, engari ko te papa whenua o scotland he piripiri - e kii ana kia uiui, ka tukuna atu e ratau tetahi taangata i te ata tonu nei ki te tiki whakaahua. Ka haere au ki te paris-apopo, kite noa i te mahi a te perehana. Te mana'o nei au e haere au e tai'o atu ia ratou, e mea ti'a ia haa ratou! "

Tuhinga o mua. He tino nui te hersheimmer. Tuohu ana ratou ki mua.

"tena ra, korero inaianei," kaore koe e whai ki a ia mo tetahi mea? Whakahawea ki te kooti, tetahi mea ranei? Ka kitea e te kotiro amerikano whakakake te whakahawea ki o tikanga me o ture i te wa o te pakanga, he uaua noa iho, ka ara ake ai. Ki te penei te take, a he mea ano he whakahiato i tenei whenua, ka hokona e ahau. "

Ka whakamarie a tuppence ia ia.

"kei te pai." katahi ka taea e taatau te mahi. Ka pehea pea mo te tina? Me haere atu ranei ki konei ki te wharekai? "

Ko te tuppence i pai ake ki a muri ake, ana ko te julius i piko ki tana whakatau.

Ko nga tio noa i whakawhiwhia ki te colbert anake i te wa i kawea mai ai te kaari ki tana hersheimmer.

"kaitirotiro japp, cid scotland yard again. Tetahi atu tangata i tenei wa. He aha tana e manako ai ka taea e au te korero atu ki a ia kaore au i korero ki te pene tuatahi? Kei te tumanako ahau kaore i ngaro i a raatau taua pikitia. I tahuna te wahi o te kaitango whakaata hauauru me ana kino katoa -

koinei anake te kape i nohoia. I tangohia e au i te tumuaki o te whare wananga o reira. "

He mataku kore e pa ki runga i te tuppence.

"kaore koe e mohio ki te ingoa o te tangata i haere mai i tenei ata?"

"ae ra. Kare, kaore. Hawhe haurua. Kei runga i tana kaata. Au, e mohio ana au! Kaitirotiro kaitirotiro. He rangimarie, he ahua korekore o te pene. "

Pene vi. He mahere mo te pakanga

Ko te arai ka whai hua ki runga i nga mahinga o te hawhe haora. He pai ki te kii kaore he tangata penei i te "kaitirotiro kaitiro" i mohiotia ki te papa o scotland. Ko te whakaahua o jane finn, he mea nui rawa atu ki nga pirihimana ki te taatai i a ia, i ngaro atu i te whakaora. Ano hoki "mr. Parauri "i wikitoria.

Ko te hua ake o tenei huinga-hoki ko te whakaipoipo i waenga i te julius hersheimmer me nga kaimori taiohi. I heke katoa nga aukati, ana ko te whaea me te tupapence i mahara kua mohio ratou ki nga tamariki amerikana. I whakarerea e ratou te maarama tupato o "nga kairangahau takitahi," a ka whakakite ki a ia nga hitori katoa o te umanga hono, i kii ai taua taitama he "kiki ki te mate."

I huri ia ki te tuppence i te kati o te korero.

"i pai tonu taku whakaaro ko nga kotiro ingarihi he noaiho he pakeke nga kaitoi. He maamaa me te huatau, e mohio ana koe, engari e wehi ana ki te huri haere i waho kahore he tuawahine, he whaea keke ranei. Whakaaro ahau he iti ake ahau i muri i nga waa! "

Ko te kaupapa o te whanaungatanga ake ko te tiia me te tuppence i noho tonu i ta raua noho ki te ritz, kia rite ki te tuppence, kia mau tonu ki te whanau ora noa a jane finn. "ka maka rite," ka kii tonu ia ki te tommy, "kaore he tangata e kaha ki te tarai i te utu!"

Kaore he tangata, ko te mea nui.

"a inaianei," e kii ana te kotiro i te ata i muri o to raatau whakaurunga, "ki te mahi!"

Mr. I tukuna e te beresford te reta a-ra, i tana panui e ia ana, me te piri tonu ki te kaha. I tonoa ia e tana hoa mahi kia kaua e noho hei kaihe.

"whaia, papa, me mahi tetahi mo ta taatau moni."

Ka aue a tommy.

"ae, kei te wehi au kaore te kawanatanga tawhito e tautoko i a maatau i te ritz i roto i te hangai ake ake."

"na, penei i taku i kii ai, me mahi tetahi mea."

"e pai ana," ka kii a mama, ka kuhu ano i te mēra ia ra, "mahia. E kore ahau e kopia e koe.

"kite koe," tonu te tupuna. "kua whakaaro ahau"

I raru a ia i te tangi hou.

"he pai rawa atu ki a koe te noho i reira he mea rorirori, e te whaea. E kore koe e kino ki te mahi i tetahi mahi roro ruarua. "

"ko taku uniana, tupapaku, ko taku uniana! E kore e whakaae kia mahi ahau i mua o te 11 o nga ra "

"tommy, kei te hiahia koe ki tetahi mea e maka ana ki a koe? He mea tino nui kia kore e whakaroa te mahere mahere mahi maatau. "

"whakarongo, whakarongo!"

"pai, me mahi e tatou."

I whakaputahia e tommy tana pepa. "kei kona ano te ngawari o te hinengaro tino mohio ki a koe, e tuppence ana. Tuhinga o mua. Kei te whakarongo ahau.

"ki te tiimata," e ai ta tuppence, "me aha tatou?"

"kahore rawa," ka kii a tommy ma te koa.

"he!" ka whakaparahako te tuppence ki te maihao maihao. "e rua o maatau taa."

"he aha enei?"

"tuatahi clue, e mohio ana matou ki tetahi o te gang."

"whittington?"

"ae. E mohio ana ahau ki a ia ki nga wahi katoa.

"hum," e kii ana ta tommy, "kaore au e kii i tena korero. Kaore koe e mohio ki te rapu i a ia, kei te mano pea o te tangata kotahi te whakatutukitanga atu ki a ia mo te kore ohorere.

"kaore au i te tino mohio mo tera," ka whakahoki te tuppence ma te whakaaro nui. "kua kite au i te waa ka tiimata te tiimata ka haere tonu nga mahi. He maia taku ki te kii he ture taiao tera kaore ano kia maatau. Tonu, ko taau e korero ana, kaore e taea te whakawhirinaki ki tera. Engari tera ano nga waahi kei raanana ka herea nga tangata katoa kia hoki wawe ake nei. Piccadilly porowhita, hei tauira. Ko tetahi o aku whakaaro ko te kawe i taku tu ki reira i ia ra, me nga kara haki. "

"he aha te kai?" ka patai mo te whaea matua.

"ka rite ki te tangata! He aha te mea noa?

"kei te pai katoa. I pai parakuihi pai koutou. Kaore tetahi e pai ake te hiahia ki a koe, ki te tuppence, a na te waa-kai ka kai koe i nga haki, pine me te katoa. Engari, he pono, kaore au e whakaaro ki te whakaaro. Ko te whittington kaore pea i ranana. "

"he pono. Ahakoa, ki taku titiro kaore. 2 he nui ake te kupu whakaari. "

"kia rongo tatou."

"ehara i te mea noa. Ko te ingoa karaitiana anake - rita. I korerotia e whittington taua ra. "

"kei te whakaatuhia ano koe i tetahi panui tuatoru: e hiahia ana, he wahine koretake, e whakautu ana ki te ingoa o rita?"

"ko au ehara. Ka tono atu ahau ki te korerorero i runga i te whakaaro arorau. Ko taua kanikani, ko te hunga kanikani te atarangi i te ara, ehara i a ia? A he nui ake pea te wahine i te tangata --- "

"kaore au e kite i tera."

"kei te tino mohio au he wahine, he ataahua te ahua," ko te whakautu a tuppence ma te ata.

"mo enei waahanga hangarau ka piko ki to whakatau," te amuamu a mr. Beresford.

"na, ko tenei wahine, ahakoa ko wai ia, i ora."

"me pehea e taea ai e koe te whakaputa?"

"mena kaore ia, me pehea e mohio ai ratou ka riro i a jane finn nga pepa?"

"tika. Haere tonu, o sherlock! "

"ināianei kei te tupono noa atu, ka whakaae au he tupono noa pea, ko te wahine nei he 'rita.'"

"a ki te penei?"

"ki te pera, me rapu tatou i nga morehu o te lusitania kia kitea ra e tatou."

"katahi ko te mea tuatahi ko te rarangi ingoa mo nga morehu."

"kua riro i ahau. I tuhia tetahi rarangi roa o nga mea e hiahia ana ahau kia mohio, ka tukuna e ia ki a mr. Kaari. I whiwhi au i tana whakautu i tenei ata, me etahi atu mea kua whakauruhia te korero mana mo te hunga kua ora mai i te lusitania. Me pehea te pai mo te tuppence iti? "

"tohu katoa mo te ahumahi, kore mo te ngawari. Engari ko te mea nui, kei te rita tetahi 'rita'?

"koina noa te mea kaore au e mohio," ko te tuppence e kii ana.

"kaore e mohio?"

"ae. Titiro ki konei. "ka piko ngatahi ratau ki te raarangi. "kite koe, he iti rawa nga ingoa karaitiana ka tukuna. Tata ratou katoa mrs. Kei te ngaro ranei. "

Tere a tommy.

"e raru ana nga take," i amuamu ai ia.

I hoatu e tuppence tana ahuatanga "terrier" ruru.

"well, e tika tatou ki te haere ki raro, ki reira katoa. Ka tiimata to maatau i te waahi i riana. Me tuhi noa i nga wahitau o tetahi o nga wahine e noho ana i ranana, i te waahi karawhiu ranei, i te wa e whakanoho ana ahau ki taku potae. "

Rima meneti i muri mai ka puta ake te tokorua nei ki te piccadilly, a he ruarua nei i muri mai ka kawea mai e tetahi taxi ki a ratou ki te koikoi, ki te rori rori, n.7, te noho o mrs. Edgar keith, ko wai tana ingoa i te tuatahi i roto i te rarangi ingoa e whitu i whakahou i roto i te pute pute a tommy.

He whare rorotu te whare, e tu ana i muri mai i te huarahi me etahi rakau ruarua hei tautoko i te paki o tetahi kari i mua. Ka utua e tommy te riihi, ka haere ki te pere o mua. A i a ia e whakapae ana, ka hopukia e ia tona ringa.

"e pehea ana koe?"

"he aha taku e korero ai? Na, ka mea ahau, aue, kaore au e mohio. He tino rorirori tenei. "

"i whakaaro nui au," ko ta mama ma te tino pai. "ka rite ki te wahine! Kahore he tirohanga! Tena ra tu kehe, ka kite ka ngawari te korero a te tane anake. "ka panaina e ia te kopere. Ka haere a tuppence ki te wahi tika.

He kaimahi poto te titiro, me te kanohi tino paru, me te rua nga kanohi kaore i te rite, ka whakahoki te tatau.

I whakaputaina e tommy he putea me te pene.

"kia pai te ata," ko ia te kii me te koa. "mai i te kaunihera o te papa ruinga. Te rehita pooti hou. Mrs. Kei te noho a edgar keith kaore nei? "

"aeas," ka mea te pononga.

Ka tono a tommy, "ingoa karaitiana?"

"missus's? Jane eleanor. "

"eleanor," taakina a mama. "he tama, he tamahine ranei mo te rua tekau ma tahi?"

"naow."

"whakawhetai ki a koe." ka katia e mama te pukatuhi ki te maharatia te kaha. "kia pai te ata."

I tukuna e te kaimahi tana korero tuatahi:

"i whakaaro au pea ka haere mai koe ki te hau," ka titiro au, ka kati te tatau.

I waihotia ano e tommy tona hoa wahine.

"kite koe, tuppence," ko ia i kite. "te takaro a te tamaiti ki te hinengaro whakarara."

"kaore au e whakaaro ki te whakaae i taua waa kua whiua atu koe. Kare rava au e manako i te reira. "

"pai wheeze, e kore e? A ka taea e taatau te korero ano.

Ko te wa tina tina ka kitea te tokorua o te hunga whakaeke i te taakaa me nga maramara i roto i te whare ngaro i te kino. I kohia e ratou he maramara maramara me te marjorie, kua pania e te hurihanga o te waahi noho, a kua akina ratou ki te whakarongo ki tetahi korero roa mo te whanganga o te ao mai i tetahi wahine amerikana tino ataahua na te ingoa karaitiana i tohu hei pouri.

"ah!" e kii ana a mama, me te whangai i te tauira pia, "ka pai ake te pai. Kei hea te utu?

Ka mau te tuhipoka ki te tepu i waenga i a raatau. Ka tangohia e tuppence.

"mrs. Vandemeyer, "i panui ia," 20 nga whare tirotiro ki te tonga. Paapuna rorirori, huarahi 43 clapington, battersea. He kotiro ia na te wahine, i te mea e maumahara ana ahau, na kaore pea pea i reira, a, ahakoa kaore pea ia. "

"katahi ko te kuia mayfair e tino marama ana ko te tauranga tuatahi o te piiraa."

"tommy, kei te pouri au."

"boka ake, bean old. I mohio matou maatau tonu he tupono kei waho. Ā, ahakoa, kei te timata noa ta tatou. Ki te kapo tatou i nga waatea i raanana, he haerenga pai o te tote, ireland me scotland kei mua i a matou. "

"pono," i korero a tuppence, ana wairua whakanui i te ora. "me nga utu katoa i utua! Engari, aue, tarai, kei te pai au ki te puta wawe mai. I tenei wa, kua angitu te moemoea, engari i tenei ata he puhoi ano he puhoi.

"me riakina e koe tenei hiahia mo te whakawai kino, tupapence. Kia mahara ki te mea ko mr. He parauri nga mea katoa e purihia ana, ko tana whakaaro he kore ano ia i mua i a tatou i mate. He pai te rerenga korero, ko te tino tuhituhi tuhituhi.

"he tino nui ake to koutou whakaaro nui atu i ahau - he iti rawa te kupu! Kaupapa! Engari he pono ko mr. Kaore ano he parauri i wero kia tau mai ki a tatou. (ka kite koe, ka taea hoki e au.) Ka haere taatau i runga i ta matou haere. "

"penei pea kaore ia e whakaaro ki te maatau ki te haangai," ta te taiohi e kii noa nei.

I whiwhihia e te tuppence te korero ma te tino pai.

"ano te kino o koe, mama. Penei kahore matou e tatau.

"pouri, tuppence. Te tikanga o ta maatau mahi kia rite ki nga kiore i te pouri, a kaore ana e whakapae ke i a maatau kaupapa mahi. Ha ha! "

"ha ha!" ta te korero tuppence i pai ai, i tona aranga ake.

Ko nga whare o te riipene ki te tonga ko tetahi poraka whakaheke toto noa atu i te ara hikoi. Kahore kau. 20 kei te papa tuarua.

Na tommy i tenei wa te hakinakina whanau o te mahi. I peehia e ia te tauira ki te tuahine, ka rite ki te rangatira o te kaainga i te pononga, nana i whakatuwhera nga tatau ki a ia.

"ingoa karaitiana?"

"margaret."

Ka peehia e tommy, otira na tetahi atu i au.

"kare, gu e."

"aue, marguerite; parani, kite ahau. "ka kati ia, katahi ka maia. "i heke ia i a ia hei rita vandemeyer, engari ki taku whakaaro he he tena?"

"e kiia ana ko ia tena, e te rangatira, engari ko te ingoa o te tangata marguerite."

"whakawhetai koe ko te katoa. Tēnā koe. "

Kaore e kaha ki te pupuri i tana whakaihiihi, ka tere a tommy ki raro i te pikitanga. Kei te tatari te tupuna i te kokonga o te peka.

"kua rongo koe?"

"ae. Aue, mama! "

Tihikihia e tommy tona ringa aroha.

"mohio ahau, mea tawhito. Kei te rite taku. "

"he mea tino ataahua ki te whakaaro ki nga mea - katahi ka tino tupu!" ka tangi a te tupapaku.

Kei te pupuri tonu tona ringa i a tommy. Kua tae ratou ki te tomokanga. He turanga ki nga pikinga o runga ki runga ake i a ratou, he reo hoki.

Ohorere, ki te tino miharo a tommy, ka toia ia e te tuppence ki roto i te waahi iti ki te taha o te ara e mau ana te atarangi.

"he aha te"

"hush!"

Tokorua nga tangata i heke ra i te pikitanga, ka whakawhiti i te tomokanga. Ka kati te ringa o te tupapaku ki te ringa o tommy.

"tere-whai i muri. E kore ahau e aro. Tera pea ia e mohio ki ahau. Kaore au e mohio ko wai tetahi atu, engari ko te nui o te tokorua ko whittington. "

Pene vii. Te whare i roto i soho

Ko te whittington me tana hoa e hikoi haere ana. Ka tiimata te whai a tommy ki te whai i te waa, a, kua tae ki te waa ka kite ratou e huri ana i te kokonga o te huarahi. No tona wa i kaha ai ia ki te eke ki runga ki a ratou, a, i te wa ka tae a ia, ka tae ki te kokonga te tawhiti i waenga i a raatau. Ko nga rori o nga paahi ruarua ka waihotia, ka whakaaro ia he whakaaro nui kia pai tana korero kia puritia e ia.

Ko te hākinakina he mea hou ki a ia. Ahakoa mōhio ki te technicalities i te akoranga o te pānui pūrākau, i kore whakamātau ia i te aroaro o ki "te whai" tetahi, a ka puta mai te reira ki a ia i taua kotahi, i roto i te mahi tūturu, i wehe ki fifi te puta. Hei tauira, hei tauira, ka whakarere ratau i tetahi taxi? I roto i nga pukapuka, ka uru noa koe ki tetahi atu, i oati i te kaitaana he rangatira - he rite ranei o te ao hou - kei reira koe ano. Meka hoki, kua maarama a tommy i te mea he tino koretake pea kaore he waka reti tuarua. Na me eke ia ki te oma. He aha i tupu mo tetahi taiohi e rere haere tonu ana i nga huarahi o london? I tetahi huarahi nui ka tumanako pea ia kia waihangahia te whakaaro e rere noa ana ia mo te pahi. Engari i roto i enei huarahi huna kaore i ara, engari ka mahara kua aukati te pirihimana i a ia ki te whakamarama i nga mea.

I tenei whakaaro i roto i ona whakaaro ka takahia e tetahi takahi me te haki te haki o te huarahi i mua. I tihi te whaea. Ka tauri ranei ratou?

He tino pouri ia i te wa e whakaaetia ana kia kaua e ohorere. Ko to raatau akoranga ko te zigzag tetahi i hangaia kia tere ai ki te huarahi ki oxford. I te roa ka hurihia e ratou, ka ahu whakamua, ka kaha ake a tommy. He iti te mea i kitea e ia ki runga ki a ratou. I runga i te papaahi, he iti noa te tupono mo tana kukume i to raatau panui, ana ka awangawanga ia mena ka kitea tetahi korero, tokorua ranei. I roto i tenei i tino whakangaromia ia; i korero ratau ki te tangi, ka mutu te tangi o te waka i o ratau reo.

I mua tonu o te teihana ngongo taapiri herea ka whiti atu ratau i te huarahi, tira, kaore i tupono, he pono i o ratou rekereke, ka uru atu ki nga raiona nui '. I reira ka piki e raua ki te papa tuatahi, ka noho ki te teepu iti i te matapihi. I te ahiahi, ka puhipuhi te waahi. I noho a tommy ki te noho i te tepu i to ratou taha, e noho ana i muri o whittington mo te whai mana. I tetahi atu taha, i a ia he tino tirohanga ki te tangata tuarua ka tino ako ia i a ia. He ataahua ia, he kanohi ngoikore, he korekore, me te whaea i tukuna ia kia rite ki te mea he russian ranei he pou. Akene pea i te rima tekau tau ona tau, i te pakoko o ona pokohiwi i a ia e korero ana, ko ona kanohi he iti, he mangere, he tere tonu te huri.

Kua oti i a ia te ngakau, ka makona a tommy ia ia ki te whakahau i te rarebit welsh me tetahi kapu o te kawhe. I whitikia e whittington he kai nui mo ia me tana hoa; ka, i te wa ka haere te wahine kairuri, ka neke tata atu tana noho ki te tepu, ka tiimata ana ki te korero ma te reo haangai. Ka uru tetahi atu tangata ki roto. Whakarongo rite ia, ka taea e tommy te hopu kupu noa iho; engari whakaaro te matū o reira ki te hei te tahi mau tohutohu whakahau ranei i no ni◊ai te tangata nui i runga i tona hoa, a ka ki i te titiro te whakamutunga i te wa wa ki whakahē ki. I puta te whittington ki tetahi atu ko te boris.

Ka mau te tommy ki te kupu "ireland" i etahi wa, ko "propaganda" ano, engari ko te jane finn kaore he whakahua. Ohorere, i roto i te koretake o te rūma, ka whiwhi kupu kotahi ia. I te whittington te korero. "ah, engari kaore koe e mohio ki te flossie. He mīharo ia. Ka oati te kaingapere he tino whaea ia. Ka tika tana reo i nga wa katoa, koina hoki te mea tino nui. "

Kaore a tommy i rongo i te whakautu a boris, engari hei whakautu mo tena, i kii a whittington i tetahi mea penei: "ae ra - ko te ohorere anake ...."

Katahi ka ngaro ano ia ki te miro. Engari i tenei wa kua rereke nga rerenga korero na te mea i kaha ke te reo o etahi tokorua ki te reo, i te mea ranei kua piki ake nga taringa o te whaea, kaore i taea e ia te korero. Otira e rua nga kupu he mana tino whakaongaonga ki te kairongo. I whakatupatohia e nga rangatira nga rangatira me te mea: "mr. Parauri. "

Ko te ahua o te whittington ki a ia, engari he kata noa ia.

"he aha, e toku hoa? He ingoa tino whakahonorehia — he mea tino noa. Kaore i whiriwhiria e ia mo runga i taua take? Aue, me aro ki te whakatau ia ia - mr. Parauri. "

Ko te tangi o te reo o te whittington i tana whakautu:

"ko wai e matau ana? Kua tutaki pea koe ki a ia.

"bah!" ka whakahoki ano tetahi atu. "ko te korero a nga tamariki-he korero mo nga pirihimana. Kei te mohio koe ki nga mea ka ki atu ki au ano i etahi wa? He mea hanga e ia na roto i te whakakai o roto, he porangi hei whakawehi i a tatou. Tera pea.

"kaore pea."

"e miharo ana ... Kei te pono ranei kei a ia ano tatou kei waenganui i a tatou, kaore i te mohiotia ki nga mea katoa, engari he hunga tokoiti? Ki te pera, e tiakina ana e ia tana mea ngaro. A ko te whakaaro he pai pai, ae. Kore e maarama. Titiro tetahi ki tetahi - ko tetahi hoki a mr. Parauri-nei? Whakahaua ana e ia — engari e mahi ana ano ia. Kei waenganui, kei waenganui ia tatou. Kahore hoki tetahi e mohio.

Me te kaha ka wiri te russian i te pukuriri o tana tino rawe. Ka titiro ia ki tana mataara.

"ae," ko ta whittington. "me hoki taatau."

Ka karanga ia mo te waiteress ka tono i tana nama. I pera ano a tommy, a i etahi wa i muri ka whai nga tangata e rua i te arawhata.

Kei waho, ka whiua e whittington tetahi riihi, ka tukuna te taraiwa kia haere ki te wai.

He maha nga taake nui kei konei, a i mua atu i peia atu e whittington tetahi atu kei te haere ki te taha o te tupuna i runga i te whakarongo ki te ringaringa a tommy.

"whai atu i tera atu taxi," ka whakahaua e te taitamariki. "kaua e ngaro."

Kaore te aro nui o nga koroua. Ka raru noa, ka puhipuhi tana kara. He huakore te puku. I haere mai te waka a tommy ki te okioki i te papa o te wehenga i muri i a whittington. Ko tommy i muri ia ia i te tari o te tari. Ka eke ia ki te tīkiti kotahi-akomanga tuatahi ki te bournemouth, i pera ano ta tommy. I a ia e ara ake ana, ka ki mai a boris, ka whiti ake i te haora: "kei te wa ano koe. Tata ki te hawhe haora koe.

Ko nga korero a boris i ara ake tetahi tereina hou o te hinengaro i roto i te hinengaro o tommy. Tino marama ko te whittington kei te mahi anake i te haerenga, ko tetahi atu ka noho ki ranana. No reira i mahue ia ia me tetahi kowhiri e tika ana kia whai atu ia. Ma te tino mohio, kaore e taea e ia te whai atu ia ratau ki te kore e rite ki te boris, ka peke atu ia ki te karaka, katahi ka haere ki te poari panui o nga tereina. Ko te tereina i te tau bournemouth i mahue i te 3.30. Kotahi tekau inaianei. Ko te whittington me te boris e piki haere ana i te wharepukapuka toa. Kotahi tonu tana titiro ki a raatau, ka rere wawe ki te pouaka waea tata. E kore ia e maia ki te ururua i te wa e ngana ana ki te pupuri tuppence. I roto i te nuinga pea ka noho tonu ia ki te kaainga ki te tonga o te kaainga tirotiro a te tonga. Engari i toe ano tetahi atu. I whakaekea e ia te ritz ka tono mo te julius hersheimmer. I reira ko te kaawhi me te ngaki. Aue, me he noa te tamariki taitamariki kei roto i tona ruma! I reira ano tetahi paatene, a katahi ka "hello" kei roto i nga riu kore e taea te korero.

"e koe, hersheimmer? Korero beresford. Kei ahau ki te waterloo. Kua whai au i te whittington me tetahi atu tangata i konei. Kaore he wa ki te whakamarama. Ka tau te whittington ki te paopao i te 3.30. Ka tae koe ki reira?

I whakahoki te whakautu.

"tino. Ka piri ahau. "

Ka tu te waea. I whakahokia e tommy te kaiwhiwhi me te hunga pouri. Ko tana whakaaro mo te mana o te julius he nui i runga. Ka rite tana haere ka tae mai te amelika ki te waa.

I noho tonu te whittington me nga rangatira ki te wahi i waiho e ia. Mena ka mau tonu a boris ki te matakitaki atu i tana hoa aroha, he pai. Katahi ka whiri te tommy ki tana pute i runga i te whakaaro. Ahakoa ko te carte blanche i whakapumau ki a ia, kaore ano kia riro i a ia nga tikanga mo te haere ki te haere he moni nui kei a ia. Ko te tango i te tikiti tuuroro tuatahi ki te bournemouth i waiho i a ia me te iti noa o nga moni i roto i tana pute. Ko te tumanako ka haere mai a julius ki te pai.

I roto i tenei wa, i nga meneti ka toro atu i te: 3.15, 3.20, 3.25, 3.27. Whakaaro ana kaore i tae atu a julius ki reira. 3.29 .... I kokiri nga tatau. I rongo a tommy i nga ngaru o te ngakau pouri ki runga i a ia. Na ka taka tetahi ringa ki runga i tona pokohiwi.

"tenei au, tama. O to rerenga aitua peita! Whakaakona ahau ki nga awa.

"koinei te whittington — kei reira, ka haere ki roto, inaianei taua tangata pouri. Tetahi atu ko te whare ke e korero ana ia. "

"kei runga ahau ia ratou. Ko tehea te tokorua o aku manu?

I whakaaro a tommy i tenei patai.

"kei a koe etahi moni?"

Ta julius i ruru te mahunga, ka hinga te ihu o te whaea.

"ki taku mahara kaore au e nui ake i te toru, e wha rau taara kei ahau i tenei wa," ko ta te kaiwhakaari a amerika.

I hoatu e tommy he tangata ngoikore ki te awhina.

"aue, e te ariki, e nga miriona! Kaore koe e korero i te reo kotahi! Piki ki uta. Tenei te tikiti. To whittington to tangata.

"ko au mo te whittington!" ka kii a julius. Kei te timata noa te tereina i te mea e peke ana ia ki runga. "kia roa rawa, e taku whaea." ka tere te tereina i waho o te teihana.

Ua huti o tommy. Ko te tangata e pa mai ana ki te atamira ki a ia. Ka whakaaetia e tommy kia haere, ka tangohia ano e ia.

I te waterloo boris ka mau ki te ngongo tae atu ki te porowhita piccadilly. Katahi ka hikoi a ia ki te ara o te ara a-ara, a, i te mutunga ka huri atu ki te maaka o nga rori a tawhio noa. I whai a tommy i a ia i tawhiti.

I roa te taenga atu ma te tapawha iti. He whare he kino kei roto i o ratou paru me te pirau. Ka titiro a boris, ka huri a tommy ki roto i te piringa o te whakamahau. Tata mahue kau taua waahi. He waka-kere-a-tinana, no reira kaore he waka i puta i taua huarahi. Ko te ara pakari i kite tetahi i tetahi taha e whakaohooho ana i te whakaaro o te whaea. Mai i te piringa o te kuaha i tirohia e ia ka piki i te hikoi o tetahi whare kino-kino ka tino rap, me te oro ki te kuaha. I whakatuwherahia wawe tonu ia, i kii atu ia ki tetahi kupu e rua ranei ki te kaitiaki tatau, ka whakawhiti atu ki roto. I kati ano te tatau.

I tenei wa i ngaro ai te maama a tommy. Ko te mea e tika ana kia mahia e ia, ko nga mea e tika ana kia mahia e te tangata pai, ko te noho tonu me te tatari kia puta mai ai tana tangata. Ko te mea i mahia e ia he mea ke noa atu i te tino mohio ko te mea, hei ture, tona ahua nui. Tetahi mea, ia ia e korero ana, ka pa te ruru ki tona roro. Kaore i te wa mo te whai whakaaro mo te whakaaroaro, i piki ano ia ki nga hikoinga, ka whakaputa i a ia ano ka taea e ia te kukuti.

Tuwhera noa te tatau me te rite tonu o mua. Ko te tangata he maamaa te ahua ki te makawe tata-kiki i tu i te kuaha.

"pai?" ka amuamu ia.

I taua wa tonu ka tiimata te tino mohio o tana wairangi ki te hoki mai ki te whaea. Engari kaore ia i maia ki te ruarua. I mau ia i nga kupu tuatahi i uru mai ki tona hinengaro.

"mr. Parauri?" ka mea ia.

I tana miharo ka tu ke atu te tangata.

"i runga ake," ko tana kupu, ka whakapiko i tona koromatua ki runga i tana pokohiwi, "ko te tatau tuarua ki to maui."

Pene viii. Tuhinga o mua

I hemo tonu ia ahakoa na te kupu a te tangata ra, kaore a tommy i raru. Mehemea he pai te kawe i a ia i tera wa, tera pea ka taea e te neke atu. I haere marie ia ki roto i te whare ka eke ki te arawhata o te ramshackle. He poke nga mea katoa o roto i te whare. Te pepa pouri, o te tauira e kore e taea te mohio, i whakairihia i roto i nga kaarai i te taiepa. I nga kokonga he paparanga hina o te cobweb.

I haere ohorere a tommy. I te wa ka tae ia ki te piko o te arepu, ka rongo ia i te tangata o raro e ngaro ana ki tetahi ruma o muri. E kore tonu e whakapae tetahi i piri ki a ia. Haere mai ki te whare ka tono mo "mr. Parauri "i puta ake he tika me te mahi maori.

I te tihi o nga pikinga ka parea e tommy ki te whai whakaaro mo tana mahi muri. I mua i a ia tetahi arai kuiti, i ona tatau ano e tuwhera ana i tetahi taha, i tetahi taha. Mai i tetahi e tata ana ki a ia ki te taha maui ka puta he amuamu iti. Ko tenei ruma i whakahaua e ia kia uru. Engari ko te mea e kaha ana tana titiro ko te riihi iti tonu i tona taha matau, ko te haurua e huna ana e te arai huruhuru. Ko te taha ki te taha maui o te taha maui ki te taha maui, na, ki te kokonga, he mea pai kia tirohia te taha o te papa o runga. He piringa mo tetahi, e rua ranei nga taangata, he pai, e rua pea te whanui me te whanui e toru whatianga. He kaha te peia i a tommy. I whakaaro ia mo nga mahi ngawari me te haere tonu, me te whakatau ko te kupu "mr. Parauri "ehara i te tono mo tetahi taangata, engari ano pea ka uru mai tetahi kupuhipa i whakamahia e te roopu. Ko tana painga waimarie i uru atu ai ki a ia kia uru. I tenei wa kaore ia e whakaarahia. Engari me tahuri wawe ia ki tana taahiraa ake.

Meake maia te maia o te haere ki te ruuma ki te taha maui o te rerenga. E tika ana ranei te korero mo tona urunga ki te whare? Tera pea ka hiahia etahi atu kupuhipa, a, ahakoa he aha ranei, etahi tohu hei tuakiri. Kaore i tino mohiotia e te kaitiaki tatau nga mema katoa o te roopu, engari he rereke ke atu. Ko te ahua i pai ai tana mahi ki a ia i nga wa katoa, engari tera ano tetahi mea he nui ake te whakawhirinaki ki taua mea. Ki te whakauru i taua ruuma he tino tupono kaore i taea e ia te tumanako kia mau tonu tana waahanga ake ake; i muri tata mai ranei ka tata ia ki te tinihanga ia ia ano, ka peia e ia tetahi tino tupono i te wairangi noa.

He ururua o te hiri o te tohu i puta ake i te tatau i raro, a ko tommy, ka whakaaro tana ngakau, ka tere tere atu ki roto i te urupa, ka ata tupato atu te arai ki tera taha kia kore ai e puremutia. He maha nga moni reti me nga taake i nga taonga o mua i pai ai tana titiro. Ka tirohia e ia nga kaupapa, a, i nga waa katoa i pai ai ia, ka uru atu ki te huihuinga, ka whakatauira i ana whanonga mo tera o te taenga mai.

Ko te tangata i piki ake i te arapa me te papa maeke, ngoikore-waewae kaore i tino mohiotia ki te maama. Ko ia te tino tangata o te hapori. Ko te hiaho iti iti, me te kauae taihara, ko te tino pai o te ahua katoa he mea hou ki te taiohi, ahakoa he momo ia e mohiotia ana e te papa whenua o scotland.

I whiti atu te tangata i te aruaru, tino manawa ana ia i tana haerenga. Ka tu ia ki te tatau i te taha o te tatau, a ka tukuna e ia nga kuru tohu. He reo i roto i te karanga i tetahi mea, a ka uaki te tangata i te tatau, ka haere ki roto, ma te peita i te wa poto o te ruma i roto. I whakaaro ia me tata ki te wha ki te rima nga taangata e noho ana i tetahi tepu roa i tangohia te nuinga o te waahi, engari i mau tonu tana whakarongo, ka purihia e te tangata taangata ki te huruhuru tata-karu me te poto poto, he tohu, he kurupae-kanohi e noho ana i te upoko o te tepu me nga pepa i mua i a ia. I te tomokanga mai o te kaiwhakauru hou, ka titiro ake ia, me te tika, engari ko te tino tika, engari ko te korero a tommy, ka ui ia:

"tau, hoa?"

"tekau ma wha, gov'nor," ko te whakahoki a tetahi atu.

"tika"

Tutakina ano hoki te tatau.

"ki te kore ia he kuri, he kaitautoko ahau!" ka mea a tommy ki a ia ano. "me te whakahaere i te whakaaturanga kua whakangaromia hoki kia rite tonu nga mahi. Waimarie kaore au i hurihia. Kua hoatu e au te nama he, na tera pea ka whakaae te hunga utu. Kare, ko te waahi tenei ki au. Tua, tenei ano tetahi patuki. "

I manuhiri te manuhiri nei he momo rereke rereke ki te whakamutunga. I mohio a tommy ki a ia he kaiakii hara. Tino mr. Ko te whakahaere o te parauri he maanaki nui rawa atu. Te taihara noa, te rangatira rangatira irish-rangatira, te repo maroke, me te tino kaiwhakahaere german o nga karakia! He huihuinga rerekee me te kino! Ko wai tenei tangata i mau ki tona maihao ko enei hononga tino rerekee o te mekameka kaore e mohiotia?

I tenei keehi, rite tonu te whakahaere. Te patoto tohu, te tono mo te maha, me te whakautu "tika."

E rua nga kuri i whai i te tere tere i te tatau o raro. Ko te tangata tuatahi kaore i tino mohiotia ki te maama, nana i tuku ia ia hei kaihauturu o te taone nui. He tangata noho humarie, he mohio ki te whakaaro, he kakariki kua oti te kakahu. Ko te tuarua ko nga akomanga mahi, a ko tona kanohi e tino mohio ana ki te taiohi.

E toru meneti i muri mai ka haere mai ano tetahi tangata, he rangatira ahua ataahua, he ataahua nga kakahu, ka tino whanau mai. Ko tona mata, ano, kaore i te mohiotia ki te kaititiro, ahakoa kaore i taea e ia mo taua waa tonu te tuku ingoa ki a ia.

I tona taenga i reira he tatari roa. Na i kii tonu a tommy kua oti te huihuinga, a he tupato noa iho ana i tana waahi huna, i te wa i tukuna mai ai tetahi patene kia hoki mai ia ki te kapi.

I haere ake tenei kaiwhakataetae i runga i te pikitanga ma te ata e tata ana ia ki tana whaea, i mua i te kitenga o te taiohi i tona aroaro.

He tangata iti ia, he tino mangu, me te hau ngawari e tata ana te hau. Te kokonga o nga wheua paparinga e mau ana i tona tupuna slavonic, mena kaore he mea hei whakaatu i tona tuakiri. I a ia e paahitia ana i te ururua, ka huri i tana mahunga. Ko nga kanohi maama e rere ke ana i te arai; kaore i tino kaha te whakapono a tommy kaore te tangata i mohio e noho ana ia ki reira, ahakoa i a ia ano e wiri ana. Kaore ia i tino pai ake i te nuinga o nga taiohi maori, engari kaore i taea e ia te karo i te whakaaro ko etahi atu mea kaha i ahu mai i taua tangata. Ua haamana'o te mea ora ia ia na te nakahi puaa.

He wa poto i muri mai ka whakaotia tona whakaaro. I tukitukia ano e te miihini-hou te tatau i nga mea katoa i mahia, engari he rereke rawa tana tae. Ka ara te tangata he puaa te waewae, ko etahi atu katoa i whai i nga mea pai. Ka puta te kaikererere ki mua ka wuru ringa. Ko ona rekereke he taapiri.

"e whakahonoretia ana matou," ka mea ia. "e tino whakahonoretia ana matou. Ka nui taku wehi kei taea e tenei. "

Ka whakahoki tetahi ki tetahi reo iti, he ahua ano hoki tona:

"i reira nga raru. E kore e taea ano hoki, e wehi ana au. Engari he mea nui te huihuinga — hei tautuhi i taku kaupapa. Kaore e taea e au tetahi mea me te kore - mr. Parauri. Kei kona ia? "

Ko te huringa o te reo o te german i rongohia i a ia e whakahoki ana me te manukanuka:

"kua tae mai he korero ki a maatau. E kore e taea te tu atu ki a ia ano. "ka tu ia, ka tuku i tana whakaaro hihiri kua waiho e ia te whiu kaore i oti.

He ata puhoi rawa ki runga i te mata o te tahi. Ka tiro ia i tetahi porohita kanohi pouri.

"ah! I haroaroa ahau. Kua paanui ahau ki ana tikanga. E mahi ana ia i te pouri, a e kore e whakapono ki tetahi. Ko tenei, kei kona ano tatou i enei wa .... "ka tirotiro ano ia ia, ka hoki ano te korero o te wehi ki runga i te roopu. Ko te ahua tenei i te titiro a tona hoa, tona hoa.

Na te rusia ka pa tona paparinga.

"kia pena. Kia haere tonu tatou. "

Te ahua o te kaikererangi i toia ngatahi ana. I whakaaturia e ia te waahi i nohoia e ia i te upoko o te teepu. Ka tau te russian, engari i raru katoa era.

"koinei anake te waahi ka taea," ka mea ia, "mo-nama kotahi. Tera pea e wha tekau ma wha ka kati i te tatau?

I tetahi atu waa ano, kua tohe ano a tommy he papa rakau raanei, a ko nga reo o roto kua heke noa atu ki te amuamu noa iho. Ka ora ano a tommy. Ko te korero i rangona e ia i rongo ai ia, he mea whakahihiri ia. I mahara ia, ma te kaawha, i te hiawhi ranei, me whakarongo ia.

Kaore he reo mai i raro, kaore nei pea e puta ake ana te kaitiaki i runga. I muri i te whakarongo ki te meneti mo te meneti, e rua ranei, ka waiho e ia tona upoko ki te taha o te arai. I ururuatia te ara. Ka piko a tommy ka tango i ona hu, katahi ka waiho ki muri o te arai, ka hikoi haere ia ki runga i ona waewae rehu, ka tuku turi ki te tatau kati, ka ata tiakina e ia ona taringa ki te kapiti. Ki tana whiu kaha ka taea e ia te wehewehe ake; he kupu tupono noa iho ki konei ka ara ake te reo, e kaha ana ki te whakapiki ake i tana hiahia pākiki.

I kite ia i te pukepuke o te tatau. Ka taea e ia te huri i nga tohu maeneene me te kore e kitea e nga mea o roto i te ruma? Ua faaoti ia e ma te tupato nui ka taea te mahi. Rawa pōturi, he hautanga o te inihi i te wa, ka whakatutehu ia reira a tawhio noa, e pupuri ana i tona manawa i roto i ana tiaki nui. He iti ake ano — he iti ake nei-te mutunga? Ah! Ka mutu kaore e mutu i muri ake nei.

I noho mo te meneti, kia rua ranei, ka kumea ana e ia te manawa hohonu, ka kuhu ake ki roto. Kaore te tatau i pihi. Ka riri a tommy. Me i kaha ia ki te whakamahi i te kaha rawa, ka tata ka puhipuhi. Tatari ia tae noa te reo whakatika tetahi iti, ka tamata ano ia. Kaore ano kia tupu. I kaha ake tana pehanga. I te mea kau i te kararehe? I te mutunga, i te pouri, ka panaia e ia me tana kaha katoa. Otira i u tonu te tatau, a i te mutunga ka whiti mai te pono ki a ia. I tutakina, kua toia ranei ki roto.

Mo te wa poto nei, ka pai ake te riri o te whaea o tana whaea.

"ka pai, kua whakahe ahau!" "he aha te hianga paru!"

Rite tona riri i hū, rite ia ki te kanohi i te āhuatanga. Na te mea tuatahi e tika ana kia whakahokia mai te kakau ki tana tuunga taketake. Ki te tuku ia haere te reira i ohorere, nga tangata i roto e kia tata etahi ki te kite i te reira, na, me te mamae mure ore taua, whakamuri ia ona tātai mua. I pai katoa, a ma te haehae o te whakaoranga i whakatika ake te taitama. I kitea e etahi o nga taumahatanga ohorere e pa ana ki te tiia i kaha ai ia kia whakaae ki te hinga. Mo te wa poto, i tawhiti mai ia i te whakarere i te pakanga. Ka whakaaro tonu ia ki te whakarongo ki nga mea e puta ana i roto i te ruma maukati. I te mea kua kore tetahi mahere, me whaiwhai ano ia mo tetahi atu.

Ka tirotiro ia ia. He wahi iti ki te taha maui ki te taha maui ko te tatau tuarua. Ka kuhu ia ki tera taha. I whakarongo ia mo te wa poto, kia rua ranei, ka whakamatau atu ki te kakau. I whai hua ka paheo ia ki roto.

Ko te ruma, kaore i hiahiatia, ka rite ki te whare moenga. Rite katoa atu i roto i te whare, i hinga i te taonga ki mongamonga, a ko te paru, ki te ki tetahi mea, nui atu.

Engari ko te mea e aro nui ana ko te whaea ko te mea i tumanako ia kia kitea, he tatau korero i waenga i nga ruma e rua, kei te taha maui i te taha o te matapihi. Ma te ata kati i te tatau ki roto i te ara i muri ia ia, ka whiti ia ki tera taha, ka tirotirohia e ia. I koperea te tutaki ki tera taha. He tino pukuriri tenei, a kaore i tino marama te whakamahi i etahi waa. Na roto i te ngau ma te ata, ka tarai a tommy kia kore e nui te tangi. Katahi ano ka korero ano ia i tana mana o mua ki te mahi - i tenei waa me te angitu. Ka puare te tatau - he kapiti, he hautau noa iho, engari kia rongo ai te maana ki nga mea i pa. I reira ko te portière wereweti i runga i te roto o tenei tatau i haukotia ia i te kitenga, engari i taea ki te ite i te reo ki te nui whaitake o te tika ia.

I korero te kaihokohoko hara. Ko tona reo irirangi tino kore e taea te korero:

"kei te pai katoa. Tera râ, mea faufaa roa te moni. Kaore he moni — kaore he hua! "

Ko tetahi atu reo i kaua tommy whakaaro e o boris ka mea:

"ka whakaarohia e koe etahi hua?"

"i roto i te marama i teie nei-maoro i muri ranei rite koe hiahia-i e kī koe he kingitanga taua o te wehi i roto i ireland rite ka wiri i te kingitanga o ingarangi ki ona turanga."

Kua paahitia te take, katahi ka puta mai te marino, te tuakana ki te nama tuatahi.

"pai! Ka whai koe i te moni. E nga rangatira, ka kite koe i tera. "

He patai a boris:

«na roto i te mau mutish americans, e mr. Kaihanga poter e rite ana ki mua? "

"te mana'o nei i e ka kia tika katoa!" ka mea he reo hou, ki te mita atalanitikí, "ahakoa hiahia ana i ki te tohu i roto i, i konei, me te inaianei, e kei te whiwhi mea uaua te moni iti. Kaore ano hoki te aroha o reira, a kei te whanake haere te hunga whakahawea ki te whakatau i a ratau ake take ki te kore wawao o amerika. "

I mahara a tommy i te uira o te boris i tana pokohiwi i tana whakautu:

"he mea nui tena, na te mea ko te moni anake ka puta mai i nga kawanatanga?"

"ko te tino uaua ko te heke o te pu," e ai ki te kai-whiu. "kawea te moni i roto i ngāwari nui-whakawhetai ki to tatou hoa ki konei."

Ko tetahi atu reo i pehia e tommy i runga i te taangata tiketike, he ahua ahua-ahua e rite ana ki a ia:

"whakaarohia nga wairua o te ngakau mena ka rongo ratou ki a koe!"

"ka ea, na," ko nga korero a nga teina. "i teie nei, i roto i te mea o te taurewa ki te english nūpepa, kua whakaritea e koe nga kōrero pai, boris?"

"ki taku whakaaro."

"he pai." ka puta mai te whakakahoretanga o te moutere mai i te mea e tika ana. "

I reira ka tu he, ana ka marama te reo o te kaikerere i paoro ai:

"kua whakahaua ahau e - mr. Parauri, ki te tuu i nga whakarāpopototanga o nga ripoata mai i nga uniana rereke i mua i a koe. Ko nga mea o te hunga miners he tino rawe. Me puritia e tatou nga huarahi. Ka raru pea te kaei "

Mo te wa roa he okiokinga, ka pakaru noa e te maakete o nga pepa me tetahi kupu whakamarama mai i te kaikereme. Katahi ka rongohia e te maatua te paato o nga maihao, ka tiihi ana ki te teepu.

"me-te rā, e taku hoa?" ka mea tau kotahi.

"te 29th."

Ko te ahua o te russian e whakaaro ana:

"kaore e roa ka mutu."

"e mohio ana ahau. Otira kua whakatauhia e nga tumuaki mahi matua, kaore hoki e kaha ki te wawao i matou. Me whakapono ratou ka waiho hei kaupapa mo a raatau mahi. "

Ko te rusia ka kata ngawari, me te mea e rikarika ana ahau.

"ae, ae," ka mea ia. "he pono. E kore ratou e waituhi e whakamahia ana e tatou i a raatau mo o tatou ake mutunga. He tangata pono ratou - he mea nui hoki ki a tatou. He mea whakahirahira - engari kaore e taea e koe te mahi he kore he tangata pono. Ko whakamamaetanga te parapara o te iwi "faaea ia, a ka korerotia, rite te mea te parau pai ia:". I nga revolution kua ona tangata pono. Ka roa ka peia.

I pa he tangata hara ki tona reo.

I haere ano te kaimene:

"me haere nga clymes. He tawhiti rawa ia. Maha tekau ma wha ka kite i tera. "

I puta he amuamu hauutu.

"he pai tena, gov'nor." a ka whai ake i te wa e rua ranei: "me taku hopukia au."

"ka whiwhi koe i nga taranata pai rawa atu hei tiaki i a koe," ka ata whakautu te kaikerere. "engari i roto i tetahi take e kakahu koe karapu rite rawa ki te ringa-tānga o te housebreaker ingoa nui. He iti nei tou mataku.

"oh, e kore te mea wehi i, gov'nor. Katoa mo te pai o te take. Ko nga huarahi e rere ana me te toto, e ai ta ratou. "ka korero ia me te pouri. "moe o reira, i ētahi wā, e i. Me nga taimana me nga peara e huri huri ana i te kokoru hei kohi tangata.

I rongo a tommy ka neke te heamana. Ka korero mai te nama kotahi:

"katahi ka whakaritea. E pono ana tatou ki te angitu? "

"i - whakaaro na." engari ko te kaikorero he korero iti ake i tana tino maia.

Tau ai te reo o tetahi ki tetahi kounga kino:

"he aha te kino?"

"kaore rawa; engari "

"engari he aha?"

"nga kaiarahi mahi. Ki te kore ratou e mahi, e kore koe e taea e tetahi mea. Ki te kahore e whakaaturia e ratou he patu whānui i runga i te 29th-- "

"he aha ra e kore ai e pena?"

"kia rite ki taau i korero, he pono ratou. A, roto i te noa'tu o te mea katoa kua mahia e matou ki te faaino i te kāwanatanga i roto i o ratou kanohi, kahore au i mohio e kore ratou i ka te whakapono kahaki me whakapono roto reira. "

"engari"

"e mohio ana ahau. E rukerukea ana e ratou. Engari, i runga i te katoa, ka huri te whakaaro o te iwi ki te taha o te kawanatanga. E kore ratou e peka ki reira.

Ano ka totoro nga maihao a russia i te teepu.

"tae atu ki taku hoa. I whakamaramatia au ki te mohio kei te kitea etahi tuhinga e puta ana he angitu. "

"pera. Mehemea ka tukuna taua tuhinga ki te aroaro o nga kaiarahi, ka whai hua tonu te mutunga. Ka whakaputaina e ratou ma te puta puta noa i te hokowhitu, me te kii mo te hurihanga kaore he ruarua noa iho. Ko te kawanatanga ka pakaru. "

"na, he aha ake e hiahia ana koe?"

"ko te tuhinga ano," e kii ana te kaikerere.

"ah! Ehara nei i tou kainga tupu? Engari e mohio ana koe ki hea?

"kare."

"kei hea tetahi?"

"kotahi te tangata — penei pea. A kahore matou e tino mohio ki tena.

"ko wai tenei tangata?"

"he kotiro."

I tihi te whaea.

"he kotiro?" ka nui te reo o te rusia. "kihai i puaki i a ia ki te korero? I rusia ka whai waahi taatau ki te korero tetahi kotiro. "

"he rereke tenei keehi," e kii ana te kaikerere.

"pehea-he rereke?" ka tuaruahia e ia tetahi waa, ka haere tonu: "kei hea te kotiro inaianei?"

"te kotiro?"

"ae."

"ia ko"

Engari kaore i rongo ano a tommy. I taka mai tetahi maramatanga ki tona mahunga, a he pouri katoa.

Pene ix. Ka uru te tuppence ki nga mahi a-whare

Ka tommy whakaturia atu i runga i te makatea o te tangata e rua, ka mau i te reira whaiaro whakahau-o tuppence katoa ki te pehi i te tahi ia ia. Heoi, i roto ia ia rite pai ia ai, whakamarietanga e te whakaata i kua whakatikaia tona whakaaroaro ana i ngā. Nga tangata e rua i haere mai kore i te rua o nga papa, papa rawa, me e whakaturia tetahi pūhihi miro o te ingoa "rita" i te taitamariki kiri māia kotahi atu ki runga ki te ara o te abductors o jane finn.

He aha te mea ka whai ake? Ko te tuppence e kino ana ki te tuku i te tarutaru kia tupu i raro o ona waewae. Tommy i e oia mau mahi, ka ahei i hono ia ia i roto i te whai, ua te kotiro i te mutunga wewete. I huri ano ia ki ona hikoinga ki te tomokanga o nga whare. I tenanted reira i teie nei e te ara-tamaiti iti, nei i te oro whare parahi, me te whakatangi te rangi hou ki te mahi pai o te kaha, me te nui whaitake o te tika.

I tirotiro ia i te tomokanga o tuppence. I reira ko tetahi nui tetahi o te huānga gamin i roto i te kotiro, i ngā kaupapa katoa noa'i te ka ia i runga i te pai ki te tamariki iti. He rite tonu te hanga o tetahi here. I whakaatuhia e ia he hoa rangatira i te puni o te hoariri, na, ko te korero, kia kaua e whakahawea.

"pai, william," parau ia oaoa, i roto i te kāhua hōhipera-wawe-ata whaimana pai, "whiwhi i te whiti ake pai?"

Ua minrin te tamaiti.

"albert, miss," whakatikatika ia.

"albert be it," said tuppence. Ka tiro haerere ia i te wharenui. He tino whanui te hua i tenei keehi kia ngaro i a albert. Whakapono ana ia ki te tamaiti, ka ruru tona reo: "kei te hiahia ahau ki tetahi kupu i a koe, albert."

I mutu a albert i nga mahi ki te taatai ka huaki ake tona waha.

"titiro! Koe e mohio he aha te mea tenei? "ki te tohu whakaari panga ia hoki te taha ki maui o tona koti, a kitea he tohu iti enamelled. Ko reira rawa pea e whai albert tetahi mohio o reira-pono, e kua reira kua mate hoki mahere o tuppence, mai i te tohu i roto i te pātai i te pūrere o te corps whakangungu rohe ahu e te atirikona roto i nga ra wawe o te whawhai. Ko tona aroaro i roto i te koti tuppence na te mea i whakamahia e ia mo te kowhiri i etahi puawai i te ra, e rua ranei i mua. Engari i tuppence koi kanohi, a kua tuhituhia te kokonga o te pūrākau tekitiwhi threepenny kohuki i te pute o albert, me te whakarahi tonu o ona kanohi korerotia ia e nga pai ona tātai, me e e whakatika i te ika ki te mounu.

"te ope hopu amerika!" taana ia.

I hinga a albert mo taua mea.

"e te ariki!" i amuamu a ia i nga wa katoa.

Ko te tuppence i panui ki a ia me te hau o tetahi kua whakapumautia te maarama.

"e mohio ko wai au?" ka uiui ia mo te taha tuatahi.

Albert, tonu a tawhio-kanohi, ka ui te aho pau:

"tetahi o nga kaainga?"

Ka whakakahangia e tuppence ana ka raru te koromatua ki te pikitanga.

"kare. 20. Ka karanga ia hei wahine. Vandemeyer! Ha! Ha!"

I tahaetia te ringa o albert ki tana pute.

"he kouru?" i ui ia ma te ngakau.

"he taera? Kia penei ahau. Rite tonu rita ka kiia e ia i roto i nga whenua. "

"rite rita," ta albert i whakahoki. "aue, kaore i rite ki nga pikitia!"

Ko ia. Ko te tuppence he kaihautu nui.

"i kii tonu a annie he tino kino tana mahi," kei te haere tonu te tamaiti.

"ko wai te annie?" ui tuppence noa.

"'whare-parlourmaid. Te haere atu ana ia ki tenei ra. Tokomaha te mea o te annie wa ki ahau: 'tohu aku kupu, albert, kihai i pai ki te fifili ki te ko te pirihimana ki te haere mai i muri i a ia tetahi o enei ra.' rite noa. Engari te ia he stunner ki te titiro i, kua kore ia? "

"he peach ia," ka taea e te tuppence te taumahatanga. "ka kitea e whai hua ana i roto i tana korenga, e pai ana koe. Kei a ia ranei tetahi o nga mahuri?

"emeralds? He aha nga kowhatu matomato?

Ka kūrou a tuppence.

"koinei te mea i muri i a ia mo. Kei te mohio koe ki te koroheke rysdale? "

Puhipuhi te albert.

"paihini b. Rysdale, te kingi hinu? "

"he ahua ke ki ahau."

"ko ia nga kamaho. Kohinga pai rawa o emerara i roto i te ao. Miriona miriona taara! "

"lumme!" i ahu mai i albert. "he rite ano te ahua o nga pikitia i nga meneti katoa."

Ka kata a tuppence, i whakamanahia i te angitu o ana mahi.

"kaore ano kia tino kitea e matou. Engari ko matou i muri i a ia. Me "—e haangai i te wini-roa-taapiri -" ki taku mahara kaore ia e haere atu me nga taonga i tenei wa. "

I korero ano a albert ki tetahi atu whakaaturanga e koa ana.

"mahara koe, e te tama, ehara i te kupu o tenei," ka kii ohorere a tuppence. "ki taku mahara kaore au e pai kia mohio koe, engari i nga whenua kei te mohio tatou he tamaiti mohio mohio ina kite tatou i tetahi."

"e kore ahau e whai i te kupu," ta albert i akiaki. "kaore pea he mahi ka taea e au?" he waahanga whakamarumaru, ana pea, penei ranei? "

Ka whai kiko te tupapence ki te whai whakaaro, katahi ka ruru te mahunga.

"kaore i te waa, engari ka mahara ahau ki a koe, e tama. He aha tenei korero mo te kotiro ka mea koe kei te wehe?

"annie? Tahuri auau, ratou 'ad. Rite annie mea, pononga ko etahi kotahi enei, a ki te kia tukinotia fakatatau, ka, he aha me ona haere te kupu a tawhio noa, e kore e kitea e ia te reira na ngāwari ki te tiki i tetahi atu. "

"e kore ia?" ta tuppence mahara. "e miharo ahau"

I puaotanga he whakaaro i roto i tona roro. I whakaaro ia he meneti, e rua ranei, katahi ano ka peke a albert ki runga i te pokohiwi.

"tirohia, e tama, kua raru toku roro. Me pehea e pai ai koe ki te whakahua i te mea kua riro mai i a koe tetahi taarua, he hoa ranei i a koe, tera pea e pai te korero. Ka mau koe ki ahau?

"kei reira ahau," ka kii a albert tonu. "ka waiho e koe ki ahau, kaore, ka whakatika ahau i nga mea katoa kia rua."

"etahi tamaiti!" korero tuppence, me te kupu whakaae. "ai koe mea ai i taea e te wahine taitamariki haere mai i roto i tika atu. Kia mohio mai koe ki a au, a ki te pai tera ka huri au apopo i te tekau ma tahi o nga haora.

"kei hea ahau ki te whakaatu ki a koe?"

"ritz," whakautu tuppence laconically. "ingoa o te kau."

Titiro matatau ia albert.

"me te mea he mahi pai, i tenei mahi tec."

"he tino tika," taapiri whakaipoipo, "ina koa ka tuaki mai te koroheke i te pire. Engari kaua e mamae, e tama. Ki te pai te haere, ka haere koe ki raro i te papa.

Ki i fafau ka tango ia poroporoaki o tona hoa hou, a ka haere te taahi atu i te tonga nohonga audley, ahuareka ki te mahi a tona ata.

Engari kaore he wa kia ngaro. I haere tika ia ki te ritz ka tuhi i etahi kupu poto ki a mr. Kaari. Ka tonoa tenei, a kahore tommy ka hoki mai-e ano kihai ia ohorere ia-ia tīmata atu i runga i te ope hokohoko e, ki te wā mō te tea, me te maha keke kahotea, noho ia tae noa ki te pai i muri i ono karaka, ka hoki mai ia ki koirā te hotera, engari makona ki ona hoko. Tīmata ki te toa kakahu cheap, a haere i roto i te kotahi e rua ranei ngā tuarua-ringa, i oti ia te ra i te kaikuti makawe pai-mohiotia a. Inaianei, i roto i te ruurutanga o tona whare moenga, i tukuna e ia taua hoko whakamutunga. E rima meneti i muri mai ka tino ataata ia ki tana whakaata i roto i te karaihe. Ki te pene a te kaitapere i paku puta ia i te aho o ona tukemata, me e, tangohia i roto i te taha ki te tupu wana a hou o te makawe ataahua i runga, na ke tona ahua i ite ia māia e ara, ki te haere mai ia kanohi ki te kanohi ki a whittington pai ia kaua e mohio ki a ia. E kakahu ia elevators i roto i ona hu, me te potae me te epora e waiho hei kakahu noa faufaa atu. I mohio anake rawa pai i wheako hōhipera ia e te nēhi i roto o te kākahu e pinepine mōhiotia e ia tūroro.

"ae," ka mea tuppence reo, tūngoungou i te whakaata tunga i roto i te karaihe, "ka mahi koe." na ia anō tona ahua noa.

Ko te tina he kai totara. Ko te tuppence i tino miharo ki te hokinga mai o tommy. Huriu, rawa, e ngaro-engari e ki te ngakau o te kotiro i ngāwari ake faataa. Ko ana mahinga "huringa" kaore i herea ki ranana, ko ana ahuatanga ohorere me nga ngaro kua tino whakaaetia e nga rangatahi ohorere hei waahanga o te ra. Koina i runga i nga kaari ka julius p. I wehe atu a hersheimmer mo te taatai tonu i te wa e kii ana ia ki te kii he ngaro ki te ngaro o tona tuakana. I angitu te taiohi kaha ki te hanga i nga oranga o nga taangata scotland kaore i tino maarama ki a raatau, a ko nga kotiro waea i te rangatira e mohio ana ki te mohio me te whakawehi ki te "hullo!" e toru nga haora i pau i a ia i te paris e patu ana i nga taaputa, a. I hoki mai i reira ka hoki mai ki taua whakaaro, ma te hoia o te rangatira french ruha e kii te korero pono ki te mea ngaro kia kitea.

"e kaha ana ahau ki te kii kei te pirangi ia ki reira," ko te whakaaro tuppence. "rawa katoa pai, engari he tino puhoi hoki ahau i tenei! Kei te pupuhi au i nga korero, kaore rawa tetahi e korero ki a ia! Kua timataria pea e te whaea, tetahi mea ranei. Kei te uiui kei hea ia. Ahakoa, kaore i taea e ia te "ngaro te huarahi" mai i a raatau korero. E maumahara ana ki a au "ka ngaro te mahi kau i tana kauhau, ka karangahia tetahi tamaiti iti.

Tekau meneti i muri i te noho te wahine whakamarie i runga i tona moenga, e paowa hikareti me te hohonu i roto i te titiro ma o garnaby williams, te tekitiwhi tamaiti, e, ki te tahi atu mahi threepenny o pakimaero e fakahōhō'ia'i ', i tonoa atu e ia ki te hoko. Ua ite ia, a tika, e te aroaro o te matatu o te ngana takoto atu ki albert, e te mea rite te pai ki te hanga ia ki te supply pai o te tae rohe.

I te ata ka kawea mai he panui a mr. Kaata:

"aroha tuppence aroha,

"kua pai to tiimata, ka mihi au ki a koe." ahakoa, e pai ana ahau ki te whakaatu atu ki a koe i nga raru kei te whakahaerehia e koe, ina koa ka whai tonu koe i te akoranga e whakaaturia ana e koe. He tino waimarie rawa aua taangata ki te aroha, te aroha ranei. Kei te whakaaro au kei te whakaitihia e koe te raru, na reira ka whakatupato ano koe e kore e taea e au te ki taurangi. Kua homai e koe he korero nui ki a koe, a mena e pai ana koe ki te wehe atu kaore rawa tetahi e whakahe ia koe. Ahakoa he reanga, whakaarohia te take i mua i to whakatau.

"ki te, i roto i te noa'tu o toku faaararaa, kia koe ake tou ngakau ki te haere i roto i tahi reira, ka kitea e koe nga mea katoa whakaritea. Kua ora koe mo te rua tau ki te ma'iri dufferin, te ngāruawāhia,, llanelly, me mrs. Ka taea e te vandemeyer te tono ki a ia hei tohutoro.

"ka taea e au te kii, kia rua ranei nga tohutohu? Piri tonu ki te pono e taea ai — e whakaitihia ana te raru o te 'paheke'. Whakaaro i e kia tohu koe ia koe ki te hei aha e koe, he vad mua, e kua whiriwhiri mahi kāinga rite te tikanga. He maha tonu nga mea penei i tenei wa. E whakamarama ana i nga keehi o te reo, te ahua ranei e kore ai e ara ake te whakapae.

"ko nga huarahi e whakatau ai koe, he waimarie ki a koe.

"to hoa aroha,

"mr. Kaihoko."

Ka ara ake nga wairua o tuppence. Mr. Ko nga whakatupato a kaihoko kua kore e rongo. He nui rawa te maia o te kotiro ki te whakarongo atu ki a raatau.

I etahi wa e ngaro ana ia i whakarerea e ia te waahanga pai i whakaaetia e ia mo ia ano. Ahakoa i ia kahore feaa o ia ake mana ki te paturu i te tūranga ake, i ia tikanga noa rawa nui e kore e ki te mohio ki te kaha o te mr. Nga tautohetohe a carter.

Reira he tonu kahore he kupu karere ranei i tommy, engari kawea te pou ata i te kāri ahua paru ki nga kupu: "te reira ok" raruatere ki runga reira.

I te tekau ma toru nga tupapaku i tirotirohia me te whakapehapeha he papa tote iti e mau ana i ona taonga hou. He mea auaha. Ko te puhipuhi puhipuhi i whakaekehia e ia te pere ka whakahaua kia whakanohoia ki roto i te takiwa. I peia e ia ki te paddington, ka waiho i te pouaka i roto i te rūri kakahu. Katahi ia ka whakatikatika me te peeke ki nga nohopuku o te ruma tatari o nga kotiro. Kotahi tekau meneti i muri mai ka haere mai tetahi tupuna i runga i te teihana me te eke ki tetahi pahi.

He ruarua meneti i mua atu i te tekau ma tahi i te urunga ano o te tuppence ki roto i te whare o te kaainga ki te tonga. Ko albert te tino titiro, e haere ana ki tana mahi i roto i te ahua tino whakahirahira. Kaore ia i mohio tonu ki te tuppence. Ka ai ia, he oti'a tona faahiahia.

"koa, ki te mea kua mohio ahau ki a koe! Taua poka-i runga-poka."

"koa koa rite koe i te reira, albert," whakahoki tuppence tika. "kei te noho ahau, he teina koe, ehara ranei?"

"tou reo," ta te tamaiti pai. "te reira rite ingarihi rite tetahi mea! Kaore, i ki au i mohio ko taku hoa mohio he waka taiohi. Kaore a annie i tino pai. Kua mutu tana haere mai ki tenei ra - ki te whakaae, e kii ana ia, engari ma te aha e tuu ai koe ki te waahi. "

"he kotiro pai," e ai ta tuppence.

I whakapae a albert kaore he kupu tito.

"te ia kāhua e pā ana ki a ia, a ka pupuri tona hiriwa te whāki i-engari, taku kupu, e kore e ka ia he riri. Kei te haere koe inaianei, e rore? Takahia ki roto o te ara. Kahore kau. 20 e ki ana koe?

Ka whakamutua te tuppence ki a ia, ka peke ki roto.

Rite hamama ia te pere o te. 20 i mahara ia ki nga kanohi o albert me te heke iho i raro o te papa o te papa.

He wahine mohio kua uakina ana e ia.

"kua tae mai i pā ana ki te wahi," ka mea tuppence.

"he waahi pirau", te kii a te kotiro raanei. "ngeru tawhito ngatahi - ka wawao tonu. Whakapae ahau ki te tukino i ana reta. Ahau! Ko te haurua he hika tonu. Kaore rawa he mea i roto i te kete pepa-kore-ka tahu katoa. He ia he 'un, koinei te aha. Ka pupuhi te kakahu, engari kaore he karaehe. E mohio ana te tunu kai ki tetahi mea e pa ana ki a ia — engari kaore ia e korero — he mataku i te mate o ia. Me te ruarua! Kei a ia ano te wa e korero ana koe ki tetahi hoa. Ka taea e au te korero ki a koe "

Engari te mea e taea e atu annie korero, e kore i whakaritea tuppence ki te ako, mo te i taua momeniti he mārama reo ki te mowhiti steely kehe fakalūkufua ki reira ka karanga:

"annie!"

Ko te kotiro maamaa hoki ia i peke rawa atu me te mea ra kua whiu ia.

"ae, mama."

"ko wai e korero koe?"

"te reira i te kuao wahine e pā ana ki te āhuatanga, ma'am."

"whakaatu ki a ia i na. I te wa ano.

"ae, mama."

Ka haria mai te tupapure ki roto i tetahi ruma i te taha matau o te huarahi roa. He wahine kei te tu i te taha o te ahi. Kua kore ia i tona tamarikitanga tuatahi, a ko te ataahua e mau ana i a ia ka whakapakeke, ka kapi katoa. I tona tamarikitanga ia i kaha tonu te kanikani. Tona makawe koura ha ma, runga i te āwhina paku ki te toi, i koru iti i runga i tona kaki, ona kanohi, o te puru hiko hohonu, te titiro ki te tango i te manga o hōhā ki te wairua rawa o te tangata i titiro ia ki. Ko tana ahua ataahua i whakanuia e te kaakapa ataahua o indigo charmeuse. A ano, ahakoa ia te aroha noa e whakangaueuetia, me te ataahua tata ethereal o tona mata, ua ite koe maoritia te aroaro o te tahi mea pakeke me ri'ari'a, he ahua o te kaha konganuku e kitea faaiteraa i roto i te pepe o tona reo, me te i roto i taua kounga gimlet-rite o ona kanohi.

Mo te wa tuatahi i mataku te tuppence. Kihai i wehi ia whittington, engari i rerekē tenei wahine. Me te mea mīharo, whanga ana ia te aho nanakia roa o te mangai i powhiwhiwhi whero, ka ua ano ia e sensation o whakaoho whiti ia. Te ti'aturiraa i to'na iho ti'aturiraa. He tino mohio kei te tinihanga te wahine nei he tino rereke ki te tinihanga whittington. Mr. Ko te whakatupato a carter i whakahoki ake ki tana hinengaro. I konei, tera pea kaore pea e tumanako ki tetahi mahi tohu.

Whawhai iho taua parapara o whakaoho i tohe ia ki te tahuri hiku me te oma roa atu i waho, hoki tuppence titiro a te wahine mau, a faatura.

Me te mea e tino pai ana te tirotiro tuatahi, ko mrs. Ka neke atu a vandemeyer ki te torona.

"ka taea e koe te noho. Nahea koe i rongo ai i hiahia au ki tetahi rangatira-whare? "

"na roto i tetahi hoa e mohio ana i te tama whakaenee i konei. I whakaaro ia he pai te waahi ki ahau. "

Ano ko te kirikiri keera te mea ka wero ia ia.

"he korero koe ano he kotiro mohio?"

Ka nui rawa atu, ka rere a tuppence ki ana mahi whakaataata i runga i nga raina i whakaarohia e mr. Kaari. Te whakaaro ki a ia, pera i a ia, i te taumahatanga o mrs. Waiaro a vandemeyer

"kua kite ahau," ko ana korero ki te roa. "kei kona tetahi mea hei tuhi korero?"

"i noho ahau me te miss dufferin, te parsonage, llanelly. E rua nga tau i noho ai ahau ki a ia.

"na ka whakaaro koe ka nui ake te moni ka haere koe ki riuera, ki taku whakaaro? Pai, ehara i te mea nui ki ahau. Ka hoatu i a koe £ 50- £ 60-mea katoa e hiahia ana koe. Ka taea e koe te haere mai tonu?

"ae, mama. Ki tenei ra, ki te pai ki a koe. Kei taku papa taku pouaka."

"haere, tikina atu ki te takahi, katahi. He waahi ngawari. He pai au. He aha tou ingoa?

"mahi tupato, maama."

"tino pai, i te ngakau tupato. Haere atu ka tikina to pouaka. Ka puta au ki te tina. Ma te kaari e whakaatu ki a koe te wahi kei nga mea katoa."

"whakawhetai koe, mama."

Ka hoki mai te tupapence. Kaore te maamaa i te whakaaturanga. I roto i te whare i raro iho nei i whakahekehia e te kaimera whare rangatira a albert ki te papamuri. Kaore ano nga tupapence i aro atu ki a ia i tana putanga ohorere ki waho.

Kua tiimata te haerenga, engari kaore i tino pai ki a ia ake i tana mahi i te ata. Whiti atu ki tana mahara mena ka hinga te jane finn korea ki roto i nga ringaringa o mrs. Vandemeyer, ko reira pea ki te kua haere pakeke ki ia.

Pene x. Tomo sir james peel edgerton

Kāore te tupapence i pōuri i āna mahi hou. Ko nga tamahine o te areroacon he pai te taunga i roto i nga mahi o te whare. Ko ratou ano tohunga i roto i te whakangungu i te "kotiro raw," te hua mooni te e te kotiro raw, kotahi te whakaako, haere ana he wahi ke te wahi whakahau tona matauranga riro hou te utu atu nui atu i te putea kino iho o te ātirīkona whakaaetia.

A tuppence reira iti rawa wehi o whakamatautau hauarea. Mrs. Ko te kaimori a vandemeyer e raru ana ia. Ko ia i tino wehi i te rangatira o tana rangatira. Whakaaro te kotiro reira pea i te tahi atu te wahine etahi mau i runga i a ia. Mo era atu, ka tunu ano ia ano he kaiha, na te tuppence i whai waahi ki te whakawa i taua ahiahi. Mrs. Ko te tumanako a vandemeyer he manuhiri mo te kai, me te tupapence i whakatakotoria te tepu maamaa pai mo te rua. He iti nei te mahi i roto i tona ngakau mo tenei manuhiri. I kaha ake ai te whittington. Ahakoa e whakapono ana ia kaore ia e mohio ki a ia, otira kua pai ake ia mehemea kua whakapumautia he manuhiri te manuhiri. Heoi, kaore rawa he mea mo tena engari ko te tumanako mo te mea pai.

He meneti ruarua nei i mua o te waru o te pere tatau o mua, a ka haere te tuppence ki te whakautu ki a ia me etahi whakaharahara o roto. I manaaki i kia kite e ko te manuhiri te tuarua o nga tangata e rua tangohia nei tommy i runga ia ki te whai.

I hoatu e ia tona ingoa hei tatau stepanov. Tuppence announced him, and mrs. Ka ara ake a vandemeyer mai i tona nohoanga i runga i te reanga iti me te amuamu tere mo te ahuareka.

"he pai ki te kite ia koe, boris ivanovitch," ka mea ia.

"ko koe, e te kuare!" ka piko iho tona ringa.

Ka hoki a tuppence ki te kīhini.

"tatau stepanov, ranei etahi pera," parau ia, a pa ana te pākiki huna ore, me te unvarnished: "? Ko wai te ia"

"he rangatira rusia, kei te whakapono ahau."

"haere mai kia maha?"

"kotahi te waa. He aha taau e hiahia ana kia mohio?

"puāwaitanga ai waiho ia reka i runga i te missus, e te katoa," ko e fakamatala te kotiro, tāpiri ki te ahua o te sulkiness: "! Pehea tango tetahi ake mahi koe"

"kaore au i te ngawari ki taku hinengaro mo te tohutao," ka whakamarama tetahi.

"e matau ana koe te tahi mea," whakaaro tuppence ki ia, engari nui atu ia anake ka mea: "haere ki te rihi ki runga inaianei? Matau-o. "

I a ia e tatari ana ki te tepu, ka whakarongo pai te tuppence ki nga mea katoa i korerotia. I mahara ia koinei tetahi o nga taangata tangata e tiaho ana i tana kitenga whakamutunga ia ia. Ana, ahakoa kaore i tino whakapaua e ia taua mea, kua rangirua ia ki tana hoa. I hea ia? He aha hoki te take i puta mai ai tetahi kupu ki a ia? I whakaritea e ia i mua i te wehe i te ritz kia tukuna nga reta, nga karere ranei ka tukuna e te kaimera motuhake ki te toa o te kaimanaaki iti e tata ana ki a ia i te wa e karanga pinepine ai a albert. Pono, i inanahi tonu nei i wehe mai ia i te maamaa, ka kii ia ki a ia ano, he koretake ano te awangawanga e pa ana ki a ia. Ano, he mea ke i kore i tukuna mai e ia tetahi momo korero.

Engari, whakarongo mai kia rite ki a ia, kaore nga korero i puta. Tuhinga ka whai mai. I korero a vandemeyer mo nga kaupapa taangata kore: te whakaari i kitea e ratou, me nga kanikani hou, me nga korero hou o te hapori. I muri i te tina ka whakatikatika ratou ki te boudoir iti kei hea nga mrs. Ko te vandemeyer, e toro atu ana i te atua, he ahua kino rawa atu i te wa o mua. Ka kawea mai e te tuppence te kawhe me nga mokomoko me te kore e reti. Ia ia e mahi ana, ka rongo ia i nga kupu a boris:

"he hou, kaore ia?"

"i haere mai ia i tenei ra. Tetahi atu ko te kino. He pai rawa te ahua o tenei kotiro. Ka tatari ia.

He roa ake te roa o te tuppence i te kuaha e kore i warewarehia e ia ki te kati, ka rongo ki a ia e kii ana:

"kei te pai ahau, ki taku whakaaro?"

"tino, e nga rangatira, he tino kuware koe. E whakapono ana ahau ko ia te whanaunga o te kuaha o te ruuma, i tetahi mea ranei o te ahua. Kaore hoki tetahi moemoea moemoea kei te hono atu ahau ki ta tatou — hoa maori, mr. Parauri. ”

"mo te rangi, kia tupato, rita. E kore taua tatau e tutakina.

"pai, katia na," kataina te wahine.

He tere tonu te tango a te tupapaku.

Kaore ia i maia ki te ngaro mai i a ia mai i te waahi o muri, engari ka horoia e ia ka horoi ka horoi ki te hohipera. Katahi ka peke noa atu a ia ki te tatau o te boudoir. Te tuari, atu leisurely, ko tonu pukumahi i roto i te kīhini me te, ki te ngaro ia i te tahi atu, e anake whakaaro ki te kia tahuri iho ia i te moenga.

Aue! Ko te korerorero i roto i te mea he iti rawa te reo kia whakaaetia ana kia rongo i a ia. E kore ia rawa i tūwhera te tatau, heoi ata. Mrs. E noho tata ana a vandemeyer ki mua, ka whakanuia e te tuppence nga mana whakahaere o te rangatira wahine.

Ahakoa ra, i mahara ia ka pai tana korero ki te whakarongo ki nga mea e puta ana. Tera pea, mehemea i tupono tetahi mea kaore i mohiotia, ka rongo ia i nga matua o te whaea. Mo etahi wa, i tino whakaaroa e ia, na ka marama ana kanohi. I haere tonu ia i te huarahi ki a mrs. Whare moenga o vandemeyer, i i roa matapihi wīwī ārahi i runga i ki i te taupee e rere te roa o te flat. Ka paheke haere i te matapihi, ka tere te haere mai o te tuppence kia tae ra ano ia ki te matapihi boudoir. Me tana i whakaaro ia tu te reira i te ajar nohinohi, a ko marama tonu tari'a nga reo i roto.

Whakarongo tuppence, engari i reira ko kahore e whakahuatia o te tetahi e taea te whiria ki te tono ki a tommy. Mrs. Ko te vandemeyer me te rusia ko te rerekee mo etahi mea, a i te mutunga ka karanga nui te whakamutunga:

"ka mutu tou kino, ka mutu ta matou e ngaro nei."

"bah!" ka kata te wahine. "ko te maarama o te momo tika ko te huarahi pai rawa atu mo te whakakorekore. Ka mohio koe ko tetahi o enei ra - ka roa ke atu i to whakaaro! "

"i tenei wa, kei te haere koe i nga waahi katoa me te kiri kiri pai. E kore anake ko ia, pea, te tino rongonui kc i ingarangi, engari tona arearea motuhake he mātauranga taihara! He haurangi! "

"e mohio ana ahau ko te mohio ki te whakaora i nga tangata kaore i kitea i roto i nga rakau," ko ta mrs. Vandemeyer marino. "he aha? Kei te hiahia au ki tana awhina i roto i taua raina i a au i tetahi ra. Ki te penei, waimarie kia tu he hoa pera i te kooti-he nui pea ranei ki te korero i te kooti. "

Ka whakatika a boris ka tiimata ka piki haere ki runga. He tino harikoa ia.

"he wahine mohio koe, rita; he kuware hoki koe! E aratakina e au, ka whakarere atu i te pai kiri. "

Mrs. Vandemeyer ruru tona mahunga.

"kaore au e pai."

"kore koe?" i reira ko te mowhiti kino i roto i te reo i te russian o.

"mahi i."

"na, i te rangi," a amanono te russian, "ka kite nei tatou"

Engari ko mrs. Whakatika hoki vandemeyer ki ona waewae, ona kanohi e whakauru.

"wareware koe, boris," ka mea ia. "ko ha fakamatala ki kahore tetahi i. Tango i aku whakahau anake i-mr. Parauri. "

Ka totoro atu ona ringa ki te pouri.

"he taea koe," amuamu ia. "kaore e taea! Kua kia waiho reira te mutunga rawa. Mea ratou taea kiri edgerton hongi te taihara! Me pehea tatou e mohio he aha te mea i te raro o tona moni ohorere i roto ia koutou? Pea noa nei e mura ana whakaaro. Guesses-- ia "

Mrs. Te kanohi o vandemeyer ia whakahawea.

"haapapu koe, e toku boris aroha. Ka hae ia ki tetahi mea. Ki te iti iho i to koutou ope mua, titiro koe ki te wareware e ahau nuitia kiia i te wahine ataahua. Haapapû i a koutou e ko katoa e anaanatae kiri edgerton. "

Ruia boris tona matenga doubtfully.

«ua tuatapapa oia i te parau ino no te mea aita te tahi taata i roto i teie basileia i tuatapapa i te reira. Mahi tena koutou e taea e koe ia tinihangatia? "

Mrs. Whāiti kanohi o vandemeyer.

"ki te ko ia katoa e koe mea-i te reira e whakangahau ahau ki tamata!"

"rangi pai, rita--"

"haunga," tāpiri mrs. Vandemeyer, "ko ia tino taonga. E kore ahau i tetahi e whakahawea moni. Te 'uaua o te whawhai,' e matau ana koutou, boris! "

"-moni moni! E ko tonu te ati ki a koutou, rita. Whakapono i e hoko koe tou wairua mō te moni. Believe-- i "faaea ia, ka i roto i te, reo nanakia iti āta mea ia:" ētahi wā whakapono i e e te manitia koe matou "!

Mrs. Ua ataata vandemeyer a te pokohiwi ona pokohiwi.

"te utu, i tetahi auau, e whai ki te kia nui," ka mea ia iti. "e te mea tua atu i te mana o te tangata, engari i te milioni ki te utu."

"ah!" a amanono te russian. "kite koe, ko i tika!"

"toku aroha boris, e kore e taea e koe te tango i te kata?"

"he mea whakahiato?"

"o te akoranga."

"katahi ano ka taea e au te kii ko o whakaaro maeneene tenei he mea motuhake, e taku hoa aroha."

Mrs. Ua ataata vandemeyer.

"kia tatou e kore e ngangau, boris. Pa ki te pere. Ka whai tatou te tahi mau inu ".

Whiua tuppence te taui hohoro. Tūtatari ia he kau ki ruri ia i roto i a mrs. Karaihe roa o vandemeyer, a kia mohio e kahore i kino ki tona ahua. Na ka whakahoki ia te pere demurely.

Te aparauraa i i rongo ia, ahakoa ngā i roto i taua whakamatauria reira tua atu ruarua te tuhinga o te rita e rua ko boris, maka iti rawa te marama i runga i te preoccupations reira. I kore ara i whakahuatia te ingoa o jane finn.

Te ata e whai ake nei i te torutoru nga kupu poto ki albert ana ia i tatari tetahi mea mo ia i te o te pānga. E au ra e whakaponohia e tommy, ki te i pai katoa ki a ia, kia kore tonoa tetahi kupu ki a ia. E au ra te ringa matao ki te kati a tawhio tona ngakau .... Mahara .... Kowaowaotia e ia ona wehi ki raro whakaaro. Kaore he raru pai. Engari ka marere ia i whakaekea he tupono ia e mrs. Vandemeyer.

"me pehea te ra e haere atu ai koe, kia tupato?"

"o paraire toku mua ra, ma'am."

Mrs. Ara vandemeyer ona tukemata.

"a ki-ra ko paraire! Engari i whakaaro hiahia whakauaua koe ki te haere atu ki-ra, kia rite ki a koutou anake ka haere inanahi. "

"i whakaaro i o tono koutou ki te kaha i, ma'am."

Mrs. Titiro vandemeyer ki a ia he meneti roa, a ka malimali.

"hiahia i tatau stepanov taea rongo koe. Hanga e ia he mana'o tauturu e pā ana ki a koutou whakamutunga po. "whānui tona ataata, catlike. "ko te tino-angamaheni koutou tono. Kei te makona ahau e kore koe e matau ki tenei-ko katoa ka taea e koe te haere atu ki-ra. Kahore tahi he tikanga ki ahau, rite kore e i e wharekai i te kāinga. "

"whakawhetai koe, mama."

Ua ite tuppence he sensation o te tauturu kotahi ko ia i roto i o aroaro te tahi atu o te. Kotahi ano uru ia ki ia e ko wehi, wehi oo, o te wahine ataahua ki te kanohi nanakia ia.

I roto i te waenganui o te oro e aweke noa whakamutunga o tona hiriwa, i ohorere tuppence i te naawai o te pere tatau mua, a haere ana ki te whakahoki kupu i te reira. I tenei waa kaore te whittington me te boris ranei, engari he tangata tino ataahua.

He atarangi noa i runga i te tiketike toharite, ahakoa tuku e ia te ongo o te tangata nui. Tona mata, ma-heua, me te faito pūkoro, i takatakahia ki te faaiteraa o te kaha, me te hopukia atu tawhiti tua atu i te noa. Whakaaro aukumetanga ki anaana i a ia.

Ko tuppence pohewa hoki te kau ranei, ki te hoatu ia ia ki raro, hei kaiwhakaari he rōia ranei, engari ona feaa i hohoro faatiti'aifarohia rite hoatu e ia ki a ia tona ingoa: hemi ariki tipitipi edgerton.

Ka titiro atu ki a ia ki te moni whakahoutia. Tenei, na, ko te kc rongonui i maheni katoa i runga i ingarangi tona ingoa. I rongo ia ka mea te reira e tetahi ra kia waiho ia pirimia. I mohiotia e ia ki te kua pai mahi i roto i nga ngākau nuitanga o tona tikanga, hiahia ki te noho i te mema ohie mo te pōti kōtimana.

Haere tuppence hoki ki tona pātaka feruri. Maongo te tangata nui i ia. Matau ia rōpū, o boris. E kore e kiri edgerton kia he tangata ngāwari ki te mea tinihanga.

I roto i te pā ana ki te hauwhā o te haora ngateri te pere, me tuppence hanga ana ki te whare ki te whakaatu i te manuhiri i roto i. I hoatu e ia ia he para werohanga i mua. Inaianei, pera tukua ai ia e ia tona pōtae me te rakau, ko mohio o ana kanohi raking tona i roto ia. Rite whakatuwheratia e ia te tatau, a tu peka ki kia haere ia ki waho, mutu ia i roto i te kuwaha.

"e kore i mahi tenei roa, tēnā?"

Whakaarahia tuppence ona kanohi, miharo. Lau ia i roto i tona kindliness para, me te tahi mea atu atu uaua ki te taa.

Tungou ia me te mea i whakahokia e ia.

"vad me pakeke ake, i whakaaro?"

"i mrs. Vandemeyer korero koe e? "ka mea tuppence parikārangaranga.

"kahore, tamariki. Ko te ahua o koe i korero mai ai ki ahau. Wahi pai i konei? "

"tino pai, e te ariki whakawhetai koe,."

"ah, engari i reira he nui o nga wahi pai i enei. Me te huringa e kore te kino ētahi wā. "

"e mean-- koe?" timata tuppence.

Engari ko kē te ariki james i runga i te stair pito. Titiro hoki ia ki tona aroha, mawhiti murere.

"he tīwhiri tika," ka mea ia. "ko te katoa."

Hoki ki te pātaka haere tuppence atu whakaaro atu ake ake.

Pene xi. Ka korero a julius i tetahi korero

Kakahu tika, ata taki rere tuppence puta hoki ia "avatea i roto i." ko albert i roto i te abeyance poto, engari haere tuppence ia ki te o te pānga ki te hanga rawa tino e kua tae mai tetahi mea hoki ia. Makona i runga i tenei wāhi, i hanga e ia tona ara ki te ritz. I runga i uiui ako ia e kore i ano hoki tommy. Ko reira te whakahoki i tūmanakohia ia, engari ko te reira i tetahi titi i roto i te kāwhena o ona tumanako. Faaoti ia ki te karanga ki te mr. Carter, korero ia ka me te wahi i tīmata tommy i tona titauraa, ka tono ia ki te mahi i te tahi mea ki te ahu ia. Te anga o tona āwhina ora ake ona wairua mercurial, a muri ui ia mo huriu te hersheimmer. Te whakautu ka ia i ki te pānga i i hoki ia e pā ana ki te hawhe te haora i mua, engari i haere tonu i roto i.

Wairua o tuppence ka ora ake tonu atu. E te mea te tahi mea ki te kite i ko huriu te. Pea i taea e ia tetahi tikanga te rapu i roto i te mea i riro o tommy. Tuhituhi e ia tona tuhipoka ki mr. Carter i roto i te noho-ruma o huriu, a ka whakatutuki tika te kōpaki, ka pakaru tuwhera te tatau.

"he aha te reinga" ka timata te julius, engari ko te tirotiro tonu i a ia ano. "ka inoi atu au ki to murunga, kia tupapence. Ko nga wairangi kei raro i te tari ka mea kua kore a beresford i konei - kaore ano i konei mai i te ra o te ra o te ra. Ko e pera? "

Ka kūrou a tuppence.

"e kore koe e matau ki tona wahi ko ia?" ka mea ia māheahea.

"au? Me pehea kia mohio i? Kihai i i i tetahi kupu darned i ia, ahakoa waeahia i ia inanahi te ata. "

"titau i to koutou waea o i te tari āu."

"kei hea ia?"

"kaore au e mohio. Te ti'aturi nei au ia ti'a ia oe »."

"korero i a koutou e kore tetahi kupu darned kua i i a ia mai wehewehea matou i te taupuni i runga i te wenerei."

"he aha te pene?"

"waterloo. Tou london me te tonga ara te uru. "

"waterloo?" tuppence frowned.

"he aha, ae. Kahore ianei ia i korero ki a koe?

"e kore i ahau i kite ia ia rānei," ka mea tuppence ta'efa'akātaki. "haere i runga i pā ana ki waterloo. He aha i koe mahi i reira? "

"i homai e ia he karanga ki ahau. I te waea. Ka korerotia e ahau ki te tiki i te nekehanga i runga i, me te ano'ino'io te. Ka mea i autō ia e rua pupirikana. "

"oh!" ka mea tuppence, ona kanohi tuwhera. "kite ahau. Haere tonu. "

"hohoro i haere tika atu. Kei reira hoki nga beresford. Tohu ia i nga pupirikana. Te mea nui i ahau, te tangata i wero koe. Kaore ano tommy he tīkiti ki toku ringa, a ka korerotia e ahau ki te tiki i runga i te waka. I haere ia ki te sleuth te tahi atu puwhenua te. "tūtatari huriu. "whakaaro i mo tino hiahia mohio koe i tenei katoa."

"ko huriu te," ka mea tuppence mau, "mutu e haere ana ki runga, me te heke iho. Hanga ana ahau i te koretake. Noho mai i roto i taua heamana, ka korero mai ki ahau i te katoa o nga korero mo nga korero ngawari. "

Mr. I whakarongo a hersheimmer.

"tino," ka mea ia. "me hea e tiimata ai ahau?"

"te wahi i wehe atu koe. I waterloo. "

"pai," timata huriu, "ka i ki tetahi o koutou tuatahi-te piha compartments ingarangi tawhito-pupuku aroha. Kua tau noa te tereina. Mea tuatahi i mohio i haere mai me te kaitiaki, a e ahau kaha huatau e kore i i roto i te paowa-hariata. Hoatu i ia i roto i te hawhe tāra, me i noho e. I i te wahi o te haurapa me te kauhanga roa ki te kaiako i muri. Ko whittington reira tika nui. No te kitenga i te mofeta, ki tona mata ngako kiko nui, a ka whakaaro o iti jane rawakore i roto i tona ringa, ite i haurangi tūturu e kore i ka i he pū ki ahau. Hiahia i kua minamina o ia ake etahi.

"i eke maatau ki te bournemouth. I tango a whittington i tetahi poti, ka tapaina te ingoa o te hotera. I pera hoki ahau, a e tere ana matou i roto i nga meneti e toru mo ia. I utua e ia tetahi ruma, a ka utua ano hoki e ahau tetahi. Ko tenei katoa he rere marama katoa. Kihai i ia te ariā topito e ko tetahi i runga i ki a ia. Pai, i noho noa ia i te wa hotera hotera, te panui i nga pepa me era atu, tae noa ki te wa mo te kai hakari. Kīhai ia i tere ki runga ake i tērā.

"anga i ki te whakaaro e reira ko tetahi mea mahi, e tika ia hiahia haere mai i runga i te haerenga mo tona hauora, engari i mahara i e kore i puta ke ia mo tina, ahakoa ko reira i ara o te he hotera papaki-ake, na e au ra te reira pea nui e hiahia ia kia haere atu i runga i tona mahi tūturu muri.

"tino nui, e pā ana ki iwa haora, pera i ia. Ka mau te motokā puta noa te wahi pretty pa-kaha i te ara, te mana'o nei i ka tango i jane reira mo te karakia, ina kitea e i ia-a ka utua reira atu a patua atu taha te hunga rimu-ngahere i runga i te tihi o te pari. Ko i rawa, matau koutou ki reira. Haere matou, pea, mo te hawhe haora. I reira te he rota o villas te ara katoa haere, engari na nekehanga whakaaro ratou ki te tiki atu me te ake whakaiti atu, a i roto i te mutunga ka matou ki tetahi e te titiro te whakamutunga o te paihere. Whare nui i reira, ki te rota o whenua pin tawhio reira.

"ko reira te po tino pango, me te hariata pei ki runga ki te whare i pouri rite te ware. I taea whakarongo ki a ia i mua, ahakoa kihai i taea e i kite ia ia. I i ki haere āta i take ai te tiki ia i ki reira i te aru ia. Tahuri i te ānau, a ko i tika i roto i te wa ki te kite waea a ia te pere me te kia uru ki te whare. I mutu noa ahau i te waahi kei hea ahau. I timata i te reira ki te ua, me i i hohoro tino tata haurangi i roto i. Hoki, ko reira makariri malosi katoatoa.

"e kore whittington i haere mai i roto i ano, a na me i ka i ahua o tapatupatu, ka anga ki te mouch a tawhio noa. Shuttered te whenua katoa papa matapihi i raru, engari i runga, i runga i te papa tuatahi (ko reira he whare e ruangā papa) ite i te matapihi ki te marama tahunga, me te pihi kahore unu.

"i teie nei, noa ritenga ki taua matapihi, i reira ko tetahi rakau tipu. Ko reira e pā ana ki toru tekau waewae atu i te whare, pea, me i ahua o eke reira ki toku matenga e, ki te piki i runga i taua rakau, hiahia rawa pea e taea ki te kite i roto i taua ruma i. O te akoranga, i mohio i reira ko kahore he take he aha kia whittington i roto i taua piha, nui atu i roto i tetahi atu-iti take, i roto i te meka, mo e kia te petipeti i runga i tona he i roto i tetahi o te fariiraa-ruma heke. Engari mana'o nei i hiahia ka i te koropuku i tu na roa i roto i te ua, ka whakaaro pai atu i te haere i runga i tetahi mea mahi i tetahi mea. Na tīmata i runga.

"ehara i te mea na ngāwari, i te kotakota roa! I hanga te ua te manga nunui pahekeheke, a ko reira katoa i taea e ahau te mea i ki te pupuri i te tunga, engari moka i te moka whakahaere i reira, tae noa i muri i reira ko i te taumata ki te matapihi.

"engari ka pouri ahau. Ko i tawhiti rawa ki te maui. I taea anake e kite tītaha ki te ruma. He wahi o te pihi, me te iari o pepapātū ko katoa i taea e i whakahau nei. Pai, e kore i taua tetahi tikanga o te pai ki ahau, engari kia rite ki i haere i ki te hoatu a reira ki runga, a ka piki ki raro ignominiously, roto oho etahi tetahi, ka maka tona taumarumarutanga iho i runga i toku iti moka o te taiepa-a, i te kapia, reira ko whittington!

"i muri i tera, kua piki oku toto. Ka tika au ki te tiro ki taua ruma. Ko ahau anake ki te whakaaro pehea pehea. Ite i e i reira ko tetahi peka roa rere atu i te rakau i roto i te aronga tika. Ki te anake i taea ngahue e pā ana ki te hawhe-ara haere reira, e te whakaaro kia faatiti'aifarohia. Engari ko reira nui pahuhu ranei e mau i te reira toku taimaha. I whakaaro au ka tupono noa ahau, ka tiimata. Tino tupato, inihi te inihi, i awhi ahau. Ka pihi te manga ka huri ki te ahua kino, a kaore i pai ki te whakaaro mo te maturuturunga i raro, engari i te mutunga ka tae au ki te wahi i pirangi au.

"he rahi te rahi o te rūma, e rite ana te hanga i te tikanga akuaku kore. Ko te tepu me te rama rama i runga i te waenganui o te ruma, e noho ana i taua tepu, e anga ana ki au, ko whittington tika. I korero ia ki te wahine kakahu rite ki te kaiatawhai hōhipera. I noho ia ki tona hoki ki ahau, na e kore e taea e ahau te kite tona mata. Ahakoa i ake nga ārai, i tutaki te matapihi ano, na kahore i taea e hopu i te kupu a te mea ratou ka mea. Au ra whittington ki kia mahi i te korero katoa, a tika whakarongo te tapuhi. Tungou ia i teie nei, a ka, a ētahi wā hiahia ruru ia tona matenga, me te mea i whakahoki ia pātai. Whakaaro ia rawa fakamamafá ni-kotahi, e rua whiua ia ki tona ringa i runga i te tepu. I mutu te ua i tenei wa, kua whakapouritia te rangi i roto i taua huarahi ohorere ana.

"wawetia, whakaaro ia ki te tiki ki te mutunga o te mea i ka mea ia. Ka ake ia, a pera ai ia. Ka titiro atu ia ki te matapihi, ka ui atu tetahi mea — kei te peehi tonu. Ahakoa, ka haere mai ia tika puta noa, a ka titiro ki waho. Ka tika ka puta mai te marama i roto i muri i te kapua. Ko i mataku e hopu te wahine titiro o ahau, ki tonu i roto i te atarau hoki ko i. Tamata i ki te neke hoki he moka. I nui rawa hoki taua peka tawhito pirau te takiri i hoatu i. Ki te tūtukitanga mana hope, ki raro ka haere reira, me huriu p. Me ona rangatira! "

"oh, ko huriu," whakaha tuppence, "pehea whakaongaonga! Haere i runga i. "

"pai, ngāwari ai hoki ahau, noho iho i ki te moenga ngohengohe pai o te whenua-engari whakanohoia ana ki ahau i roto i o mahi mo te wa, tino nui. Te mea i muri i mohio, i takoto i roto i te moenga ki te nēhi hōhipera (kore tetahi o whittington) i tetahi taha o ahau, me tetahi tangata iti pango-pāhau ki mōhiti koura, me te tangata hauora tuhituhia katoa ki runga ki a ia, i runga i te tahi atu. Pania e ia ona ringa tahi, a ka whakaarahia ana tukemata rite titiro matatau i ki a ia. 'Ah!' ka mea ia. 'Na e haere mai ano to tatou hoa taitamariki a tawhio. Taraaha. Whakapaipai. '

"Ai i te whakameremere mua. Ka mea: 'te mea kei te tupu?' a 'te wahi ahau i?' engari i mohio i te whakahoki ki te whakamutunga pai nui. I reira te kahore pūkohu tipu i runga i toku roro. "ki taku whakaaro ka pa ki tenei wa, tuahine," ka kii te tangata iti, a ko te nēhi te wehe i te ruma i roto i te momo whakangungu pai. Engari mau i hoatu ia i ahau i roto i te titiro o te pākiki hohonu rite ia haere i roto i te kuwaha.

"hoatu e titiro o ana mea he whakaaro ki ahau. 'Na inaianei, doc,' ka mea i, a tamata ki noho ake i roto i te moenga, engari i hoatu taku waewae matau ahau he twinge tohe rite i i pera. 'He takokitanga iti,' faataa te tākuta. 'Kahore noa iho. Ka kia e pā ana ki ano koutou i roto i o nga ra i te tokorua. ' "

"I ite haere koe kopa," kuhu tuppence.

I peke a julius, ka haere tonu:

" 'i pehea tupu te reira?' i patai ano ahau. Ka whakahoki ia mo te maroke. 'Hinga koe, ki te wahi nui o tetahi o aku rakau, ki tetahi o toku hou whakatokia puawai-moenga.'

"i pai ahau ki taua tangata. Whakaaro ia ki te whai i te tikanga o te whakakatakata. Ua ite i tino e ia, i te iti rawa, he paramu tika. 'Tino, doc,' ka mea i, 'au i pouri e pā ana ki te rakau, a ka mana'o nei i ka hei te topuku hou ki runga ki ahau. Engari pea e hiahia ana koe ki te mohio ki ta i i mahi i roto i to koutou kari? ' 'Whakaaro i e karanga i te meka mo te whakamārama,' ka mea ia. 'Pai, ki te timata ki, kihai i i muri i te koko.'

"ua ataata ia. 'Toku ariā tuatahi. Engari i hohoro puta ke toku ngakau. I te ara, ko koe te amerika, e kore e koe? ' I korerotia ki a ia toku ingoa. 'A koe?' 'ahau dr. Whare, me tenei, kia rite ki a koutou tera mohio, ko toku whare te u tūmataiti. '

"E kore i i mohio, engari kihai i haere i ki te hoatu ki a ia te hunga whakaaro nui. Ko i mauruuru noa mo te mōhiohio. Pai i te tangata, a ka ua i ko ia tika, engari kihai i haere i ki hoatu a ia te kōrero katoa. Hoki kotahi te mea ia kihai i pai ki pea i whakapono ai.

"hanga ake i toku ngakau i roto i te uira. 'Aha, tākuta,' ka mea i, 'te mana'o nei i ite i te wairangi mana hope, engari nama i reira ki a koutou ki te kia mohio koutou, e kore i te reira i te pire sikes pakihi ko i runga ki.' ka haere i runga i a ne i te tahi mea e pā ana ki te kotiro. Kaokao i roto i te mahi kaitiaki kei, me te rārangi manavasii, a te mutunga faataa e i puāwaitanga i mohio i ia i roto i te tūroro i te kāinga, konei aku haerenga pō. Ko taku whakaaro ko te ahua noa o te korero i tumanako ia ia. 'Tino he romance,' ka mea ia genially, ka akonga oti i. 'Inaianei, doc,' i haere tonu ahau, 'ka haere tonu koe ki ahau? I koe i konei inaianei, kua i konei koe i tetahi wa ranei, ka karanga te kotiro taitamariki jane finn? ' I whakahua ano ia i te ingoa. 'Jane finn?' ka mea ia. 'Kāhore.'

"i chagrined i, a te mana'o nei i whakakitea i reira. 'Ka tino mohio koe?' 'tino tino, mr. Hersheimmer. Ko reira he ingoa nohinohi, a kua kore e kua i pea ki te wareware i te reira. '

"Pai, he papatahi tenei. Whakatakotoria ana e ia ki ahau i roto i mo te wāhi. Hiahia i ahua o tumanako toku search i i te mutunga. 'E te taua,' ka mea i i muri. 'Inaianei, i reira te tetahi mea. Ka i te tauahi i taua peka darned whakaaro i mohio i te hoa tawhito o toku korero ki tetahi o koutou nēhi. ' Kaore au e kii i tetahi ingoa na te mea, ko te whittington kei te kii ia ia ano he mea rereke i konei, engari ka whakahoki ano te taote. 'Mr. Whittington, tera pea? ' 'E te te hoa,' ka mea i. 'Te mea kei te mahi i konei ia ki raro? E kore e korero ki ahau he i roto o te tikanga ana raru? '

"Dr. Kata whare. 'Kāre. Ka tae ia ki raro, ki te kite i tetahi o aku nēhi, nēhi o edith, ko wai te mea he irāmutu o tana. ' 'Aha, tena e!' ka mea i. Kei te noho tonu ia kei konei? 'Kahore, ka haere ia hoki ki te pa tata tonu.' 'auē te aroha!' i eakaculated. 'Engari pea taea i korero ki tona edith irāmutu-kaiwhakangote, i mea koe, ko tona ingoa?'

"engari ka ruru te upoko. Kei te mataku ahau kei, kaore hoki e taea. Tapuhi o edith i mahue ki te manawanui ki-po hoki. ' 'Mea i ki kia tino whakarapa,' parau i. 'Kua whai koe mr. Te wahitau o te whittington i te taone nui? Te mana'o nei au e pīrangi au ki te titiro ake ka hoki au. 'E kore i e mohio tona wāhitau. Ka taea e i tuhituhi ki te nēhi o edith hoki reira, ki te rite koe. ' I whakawhetai atu ahau ki a ia. 'E kore e mea nei ko reira hiahia reira. Te hinaaro nei i ki te hoatu ki a ia he ohorere iti. '

"Ko e pā ana ki te katoa i taea e i meatia mo te kau. O te akoranga, ki te ko tino te kotiro irāmutu a whittington, kia waiho ia orotika rawa ki te taka ki roto ki te mahanga, engari ko reira utu te tamata. Mea i muri i i a ki te tuhituhi i roto i te waea ki te beresford mea te wahi i i, me i whakatakotoria i runga ki te waewae te takokitanga, ka korero ia ki te haere ki raro, ki te kahore i ia pukumahi. I i ki kia tiakina i roto i te mea ka mea i. Heoi, e kore i i rongo i a ia, a hohoro ka tika katoa toku waewae. I anake ricked reira, e kore e takokitanga tino, na ka mea i ki-ra pai-poroporoaki ki te tākuta chap iti, ka ui ki a ia ki te unga ahau kupu, ki te rongo ia i kaiwhakangote o edith, a ka haere mai tika atu hoki ki te pa. Mea, ngaro tuppence, e rapu ana koutou koma kaha! "

"te reira tommy," ka mea tuppence. "he aha i pa ki a ia?"

"buck ake, imi i te ia katoa tika tino. He aha i kore ai ia e waiho? Kite i konei, ko reira he taata ke-titiro haere atu ia i muri. Pea kua riro ratou ki waho-ki poland, ranei te tahi mea rite taua? "

Ruia tuppence tona matenga.

"e kore e taea e ia, kahore uruwhenua me mea. Haunga kua kite i taua tangata, boris te tahi mea, mai. I kai ia i a mrs. Vandemeyer po whakamutunga. "

"mrs. Ko wai? "

"wareware i. O te akoranga e kore koutou e mohio katoa e. "

"kei te whakarongo ahau," e kii ana a julius, ka tukuna e ia tana whakaaturanga tino pai. "whakaakona ahau."

Tuppence reira e pā ana nga ngā o te rua ra whakamutunga. Miharo me te faahiahia o huriu i e oti'a.

"tukino mo koe! Whakanoho koe i te menial. Reira noa titongi ahau ki te mate "ka tāpiri ia tino:"! Engari inaianei e mea, e kore i e rite i te reira, ngaro tuppence, i tino kore mahi. Kei a koutou tika rite plucky rite hanga ratou 'em, engari e hiahia ana i hiahia kia mau koutou tika i roto o tenei. Enei pupirikana tatou kei runga ki e rite hohoro croak he kotiro rite te tangata i tetahi ra. "

"mahi whakaaro koe au wehi i?" ka mea tuppence riri, he maia repressing haamana'oraa o te kanapa steely i roto i a mrs. Nga kanohi o vandemeyer.

"ka mea i te aroaro o nga koe plucky darned. Engari e kore e taua e whakarereketia meka. "

"oh, whakararuraru i ahau!" ka mea tuppence ta'efa'akātaki. "kia whakaaro a e pā ana ki te mea e taea e kua tupu ki a tommy. Kua tuhituhi ahau ki a mr. Carter e pā ana ki reira, "tāpiri ia, a ka korero ki a ia i te matū o tona pukapuka.

Tungou kaingākau huriu.

"te mana'o nei i e te pai tae noa ki haere te reira. Engari te mea mo ki tatou te tiki pukumahi, me te mahi i te tahi mea. "

"he aha tatou e nehenehe e rave i te?" ka mea tuppence, ona wairua maranga.

"te mana'o nei i pai matou hiahia whiwhi i runga i te ara o boris. Mea koe kua ngā ia ki tou wahi. Ko ia pea ki te haere mai ano? "

"tera pea. I kore tino e mohio. "

"kite ahau. Pai, te mana'o nei i pai i hiahia te hoko i te motokā, he kotahi, kākahu papaki-ake rite te kaitaraiwa, ka whakairi e pā ana ki waho. Na, ki te tae mai boris, taea hanga e koe etahi ahua o te tohu, a hiahia whai mai i a ia. Me pehea?

"faahiahia, engari e kore ai ia te haere mai hoki wiki."

"ka whai tatou ki tupono e. Koa rite koe te mahere. Au i "whakatika ia.

"kei te haere koe i reira?"

"ki te hoko i te motokā, o te akoranga," ka mea huriu, miharo. "he aha taau e pai ai? Te mana'o nei i ka mahi koe etahi eke i roto i reira i mua i kua oti tatou ".

"oh," ka mea tuppence māheahea, "rite i ngā rārangi-royces, but--"

"tino," whakaaetanga a julius. "ka haere ko te aha. Ka whiwhi ahau i tetahi. "

"engari kaore e taea e koe," ka karanga te tuppence. "e tatari ana nga taangata i etahi wa."

"iti huriu kore e," ka tohe ano mr. Hersheimmer. "kaua koe e manukanuka. Ka waiho i a tawhio i roto i te motokā i roto i te hawhe haora. "

Ka ara te tuatua.

"kei koe te pi'oraa pai, ko huriu te. Engari e kore e taea i te āwhina mana'o e te reira, kaua he tumanako pūkatokato. I au tino titi toku whakapono ki mr. Kaihoko. "

"katahi ahau ka kore."

"he aha?"

"he whakaaro noa o aku."

"aue; engari me mahi tetahi mea. Kaore tetahi i te atu. I te ara, wareware i ki korero koe o te mea queer e tupu tenei ata. "

A kōrerotia e ia tona farereiraa ki hemi ariki kiri edgerton. I hiahia a julius.

"he aha te auraa o te taata, e koe e whakaaro?" ka mea ia.

"e kore i e mohio rawa," ka mea tuppence te feruriruri i. "engari whakaaro i e, i roto i te rangirua, ture, kahore te ara o rōia prejudishish, i tamata ia ki whakatupato ahau."

"he aha ia?"

"e kore i e mohio," i whaki tuppence. "engari ka titiro ia ahua, a noa te pi'oraa tupato. E kore ahau e whakaaro ki te haere ki a ia, ka korero ki a ia nga mea katoa.

Ahua ki tona ohorere, whakakahoretia huriu te whakaaro koi.

"kite i konei," ka mea ia, "e kore matou e hiahia tetahi roia i konatunatua ake i roto i tenei. E kore i taea e taua taata e tauturu ia tetahi tatou. "

"pai, whakapono i taea ia," faahou tuppence rapaia ana.

"e kore e koe whakaaro ai. Pera roa. Ka kia hoki i roto i te hawhe haora. "

Toru tekau ma rima meneti te roa i te hokinga mai o te julius. Ka mau te ringa o te ringa, ka eke ki te matapihi.

"kei kona ano ia."

"aue!" e kii ana a tuppence me te tohu whakaute i tana reo, i a ia e tiro ana ki te motuka nui.

"te ia etahi tere-kaihanga, ka taea e i korero ki a koe," ka mea a huriu complacently.

"pehea koe i te tiki i te reira?" te putanga o tuppence.

"i tika te tono tangata ia te kāinga ki etahi bigwig."

"pai?"

"haere i taka noa ki tona whare," ka mea huriu. "ka mea i taua whakairinga i te motokā rite taua i utu nga pene o e rua tekau mano tara. Na ka korerotia i ia e ko te reira utu tika e pā ana ki e rima tekau mano tara ki ahau, ki te hiahia te tiki ia ki waho."

"pai?" e kii ana a tuppence, he haurangi.

"pai," hoki a julius, "i puta atu ia, koinei noa iho."

Pene xii. He hoa i roto i te hiahia

Haere ana te paraire me te hararei. Riro tuppence i te whakahoki poto ki tana piira i te mr. Kaari. I roto i reira tohu ia i roto i whakahaeretia i te kuao kiri māia i te mahi i ratou ake tūpono, me kua tino fakatokanga o te mau fifi. Ki te mea kua meatia tetahi mea ki a tommy puta ke ia i te reira hohonu, engari e taea e ia tetahi mea.

Ko whakamarie makariri tenei. Hopoia, kahore tommy, haere te kakara katoa i roto o te mōrearea, me, mo te wa tuatahi, ua tirengi o te angitu tuppence. Ia ratou kua huihui kore i ui ia i te reira mo te meneti. Ahakoa i waia ia ki te tango i te mata, a ki te whakapehapeha ia i runga i tona tere-wittedness, i roto i te hono mo'oní i okioki ia ki runga ki tommy nui atu i te kitenga ia i te wa. I reira ko te tahi mea na a hārata ki mataara, me te mārama-ahu e pā ana ki a ia, tona tikanga noa, me te ora o te kite i na unvarying, e kahore ia ua tuppence nui rite te kaipuke fohe'uli '. Ko reira pākiki e kore i huriu, ko wai i kore nui cleverer atu tommy, hoatu ia te taua mana'o o te tautoko. I whakawakia ia tame o te he pessimist, a ko reira etahi i kite tonu ia i te āhuatanga me fifi i tana harakoa homai nei e ia ia ki e titiro, engari ahakoa i tino okioki ia i te mahi pai i runga i tona whakawa. Kia waiho ai ia puhoi, engari ko ia tino rawa.

E au ra te reira ki te kotiro e, mo te wa tuatahi, ua ite ia te huru nanakia o te misioni i whakahaeretia ratou pera lightheartedly. I timata ai rite te whārangi o te romance. Inaianei, moremore o tona waiwaiā, e au ra te reira ki te tahuri ki te mooni ngali. Tommy-e ko katoa i faufaa. He maha nga wa i roto i te tuppence ra blinked nga roimata i roto o ona kanohi, ka whakamau. "iti wairangi," e apostrophize ia ia ia, "e kore e snivel. O te akoranga kei aroha o ia koutou. Kua mohiotia e koe ia koutou ora katoa. Engari i reira te kahore he take ki te kia hoê mana'ona'oraa e pā ana ki reira. "

I roto i te wā, kahore atu i kitea o boris. Kihai ia i haere mai ki te papa rawa, a ka tatari huriu me te motokā i roto i te noa. Hoatu tuppence ia i runga i ki fakalaulauloto hou. Ahakoa whaki i te pono o ngā a huriu, i ia ahakoa e kore katoa wakamahuetia te whakaaro o inoi ki te ariki hemi kiri edgerton. Pono, i haere ia kia tae noa ki ki te titiro ake tona wāhitau i roto i te pukapuka whero. I te auraa ia ki te whakatupato ia i taua ra? Ki te pera, he aha? He pono ano ia e whai mana ki te tono whakamaarama. I titiro ia ki a ia na aroha. Pea kia korero ia te tahi mea a ratou mo mrs. Vandemeyer e ai arahi ki te clue ki hea a tommy.

Tonu, whakaritea tuppence, me tona wiri mua o nga pokohiwi, ko reira utu tamata, a tamata i te reira i pai ia. Rātapu ko tona ahiahi i roto i. E whakatau ia huriu, whakapati ia ki tona mata o te tirohanga, a pai e ratou pahau te raiona i roto i tona kuhunga.

Ka tae te ra huriu hiahiatia te nui o kukume, engari puritia tuppence u. "ka taea e rave i te reira tetahi mea kino e," ko te mea ia hoki ki haere mai tonu. I roto i te mutunga ko huriu hoatu i roto i, a haere ana ratou i roto i te motokā ki te carlton whare terrace.

Te tatau i whakatuwheratia e te kaiwhakainu ekengia. Ua ite te iti manavasii tuppence. I muri i te katoa, pea ko reira paparinga ngū i runga i tona wahi. I faaoti ia e kore ki te ui ki te ko te ariki james "i te kāinga," engari ki te tango i te huru atu whaiaro.

"ka ui koe hemi ariki, ki te taea te kite i a ia mo te meneti torutoru? Whai i te kupu nui mō ia. "

Mutu te kaiwhakainu, hoki mai te kau e rua ranei i muri mai.

"ka kite a hemi ariki koe. Ka penei ranei koe?

Iriti ia ratou ki te ruma i te hoki o te whare, oti rawa te whariki rite te whare pukapuka. Te kohinga o ngā pukapuka ko te kotahi nehenehe, a kite tuppence e oti rawa tetahi taiepa katoa i ki mahi i runga i te hara, me te mātauranga taihara. I reira i rave rahi hiako ringa-tūru hohonu-ngāwari, me he kanga tuwhera tawhito-pupuku. I roto i te matapihi ko te tēpu pukapuka-runga nui kapi ki pepa i ai i te rangatira o te whare e noho ana.

Ka whakatika ia i to ratou tomokanga atu.

"e koe he kupu hoki ahau? Ah "humarie ki mohio tuppence ki te smile-" te reira koutou, he reira? I kawea mai he panui i a mrs. Vandemeyer, i whakaaro? "

"e kore e rite," ka mea tuppence. "i roto i te meka, ahau wehi i anake mea e ki kia tino mohio o te whiwhi i roto i. Oh, i te ara, ko te mr tenei. Hersheimmer, tipitipi hemi ariki edgerton. "

"pai ki te whakatau ia koe," ka mea te amerika, pihinga i te ringa.

"e kore koe e rua noho iho?" ka mea a hemi te ariki. Ka neke ake ia e rua nga nohoanga.

"hemi ariki," ka mea tuppence, maia kokiri, "i maia mea ka whakaaro koutou he reira paparinga tino ri'ari'a o ahau e haere mai ki konei rite tenei. No te mea, o te akoranga, te reira kahore mea katoa ki te mahi ki a koutou, a ka koe he tangata tino nui koutou, me o tommy akoranga me he i rawa iti. "faaea ia mo te manawa.

"tommy?" uitanga hemi ariki, titiro puta noa i te amerika.

"kahore, e te huriu te," faataa tuppence. "au i kaua manavasii, me e hanga ahau korero reira kino. He aha e hiahia ana tino i ki mohio ko te aha te tikanga o koutou e te mea mea koe ki ahau i te tahi atu ra? I te auraa e koe ki te whakatupato ahau ki a mrs. Vandemeyer? I koe, i kore koutou? "

"toku kotiro aroha, tae noa ki mahara i i anake whakahuatia e reira nga āhuatanga rite pai ki te kia whiwhi wāhi kē."

"ae ra, kei te mohio au. Engari ko reira he tīwhiri, i kore i te reira? "

"pai, tera pea," i whakaae a sir james.

"pai, kei te hiahia au ki te mohio atu. Kei te hiahia au ki te mohio ko te aha i homai ai e koe ki ahau. "

Ka kata te ariki james i tona whakaaro hohonu.

"whakaaro hopoi mai te wahine he mahi kupu whakakino ki ahau mo te tūtara, o te huru taata?"

"of course," tuppence. "e mohio ana ahau me tupato tonu nga roia. Engari e kore e taea e taatau te kii "kaore e whakaheehae" i te tuatahi, katahi ka mea noa atu ki ta maatau e hiahia.

"pai," ka mea a hemi ariki, ataata tonu, "e pokaia he, ka, ki te i i te kuao tuahine takoha ki te whiwhi ia ora, e kore e rite i ki kite ia i roto i a mrs. Ratonga a vandemeyer. Ua ite i te reira hopoi'a runga ahau tika ki te hoatu ki a koe i te tīwhiri. He reira kahore wahi mo te kotiro taitamariki, me te ngawari. E ko katoa taea i korero ki a koe ".

"kite i," ka mea tuppence feruri. "kia nui te mihi. Engari e kore au i tino ngawari, e mohio ana koe. Mohio i maitai e ko ia kino he rota ka haere i reira-rite te mea o te meka e te aha i went-- "whawhati atu ia, kitenga etahi wiri i runga i mata o te rōia, ka haere i runga i:" i whakaaro pea hiahia i pai korero ki a koutou i te kōrero katoa, hemi te ariki. Kua i te ahua o te mana'o i hiahia mohio koe i roto i te meneti, ki te kahore i korero i te pono, a kia ai rite te pai matau koutou katoa e pā ana ki reira i te timatanga. He aha ta koutou whakaaro, ko huriu te? "

"rite e piko koutou ki runga ki taua mea, hiahia haere i tika i mua ki te meka," ka mea te amerika, i pera tawhiti noho i roto i te puku.

"ae, korero mai ki ahau katoa e pā ana ki reira," ka mea a hemi ariki. "e hiahia ana i ki te mohio ko wai tommy he."

Ko te kupu rere tuppence to'a ki tona korero, ka whakarongo te rōia ki te aro tata.

"rawa ngā," ka mea ia, ka oti ia. "he nui o te mea koutou korero ki ahau, tamaiti, e mohiotia kua ki ahau. Kua i i etahi ariā o toku ake e pā ana ki tenei jane finn. Kua mahi koe kororia pai kia tawhiti, engari te reira kaua kino rawa o-he aha e matau koe a ia rite? E ma,. Carter ki te marau a koutou e rua nga mea taitamariki ki te take o tenei ahua. I te ara, te wahi i mr. Haere mai hersheimmer i roto i te tuatahi? Kihai koutou i hanga e ūkui? "

Ka whakahoki a julius mo ia ano.

"au i whanaunga tuatahi o jane," ka whakaaturia e ia, e hoki ana titiro hiahia o te rōia.

"ah!"

"aue, e te rangatira," ka pakaru te tupapence, "ki to whakaaro he aha te take o te whaea?"

"h'm." whakatika te rōia, me āta vitiviti ake a raro. "ka tae koe, kotiro, i tika te pikau i ake toku mahanga. E haere ana ki scotland i te tereina po mo te hī ika, he torutoru ra '. Engari he maha nga wehewehenga o te hī ika. Kua i te ngakau pai ki te noho, a ka kite te mea e kore tatou e taea te tiki i runga i te ara o taua chap taitamariki ".

Hangai "oh!" tuppence ona ringa ecstatically.

"te taua katoa, kia rite ki mea i te aroaro o, te reira kino rawa o-o carter ki te whakaturia koe e rua ngā pēpi i runga i te mahi rite tenei. Inaianei, e kore te mahi kia he, ma'iri-er--"

"kau. Cowley tupato. Engari karanga ahau aku hoa tuppence. "

"pai, ngaro tuppence, na, kia rite ki au tino haere i ki te waiho i te hoa. E kore e he no te mea whakaaro i kei taitamariki koe. Tamarikitanga ko te paunga o anake rawa ngāwari kua mārō. Na, mo tenei maatua whaea o ouu-- "

"ae." ka awhi e ona tuppence ona ringa.

"ma te pono, he ahua kino nga mea mona. Kei te ware ia i tetahi wahi kaore i hiahiatia. Kaua e ruarua. Engari kaua e whakarerea te tumanako.

"a ka tino awhina koe? Ki reira, e julius! Kihai ia i pai ki ahau ki te haere mai, "tāpiri ia i te ara o te whakamārama.

"h'm," ka mea te rōia, kanohi huriu ki tetahi para hiahia. "a he aha i penei ai?"

"whakairia i e riro te reira kahore pai te whakaaro koe ki te iti pakihi iti rite tenei."

"kua kite ahau." ka tatari ia i tetahi wa. "tenei mahi iti iti, rite karanga koe i te reira, whanau tika i runga i te mahi rawa nui, nui pea i te mohio ranei koe e taha tuppence ranei. Mehemea kei te ora tenei tama, he korero nui rawa atu mo tana tuku. No reira, ka kitea e tatou.

"ae, engari pehea?" ka karanga tuppence. "kua whakamatau ahau ki te whakaaro katoa."

I ata ataata a sir.

"a ano i reira te tino tata kotahi tangata i te ringa nei i roto i te katoa tūponotanga mohio kei hea he ia, i ngā kaupapa katoa kei hea he pea ki te waiho ia ranei."

"ko wai te mea e?" ka mea tuppence, maere.

"mrs. Te hunga whakahiato. "

"ae, engari kaore ia e korero ki a matou."

"ah, e ko te wahi i haere mai i roto i. Whakaaro i reira rawa pea e ka taea ki te hanga mrs i. Korerotia mai ki ahau e hiahia ana ahau kia mohio. "

"pehea?" te tono tuppence, me te whakatuwhera ake i ona kanohi.

"oh, e tika ui ona mau uiraa," ka mea a hemi ariki ngāwari. "e te te ara tatou e te reira, e mohio ana koe."

Papaki ia ki tona maihao i runga i te tepu, ka ua ano tuppence te mana kaha e anapanapa i te tangata.

"a ki te kore ia e korero?" ka ohorere a julius.

"ki taku whakaaro ka pai ia. Kotahi e rua ranei nga tihi kaha. Tonu, i roto i taua hui pea, i reira he tonu te taea o te utu whakapati. "

"tino. Me e te wahi haere mai i roto i! "karanga huriu, mau mai i tona ringa ki raro i runga i te tepu ki te bang. "ka taea e koe te whakawhirinaki ki ahau, mehemea e tika ana, mo te kotahi miriona taara. Ae, e te rangatira, kotahi miriona taara! "

I noho a sir james ka raru i te julius ki te tino roa.

"mr. Hersheimmer, "ka mea ia i te whakamutunga," e ko te moni rawa nui. "

"ki taku whakaaro ka pa. E kore e te ahua o te iwi ki te whakahere hikipene ki enei. "

"i te tere nei o te utu moni te reira ki tino i runga e rua rau me te rima tekau mano pauna."

"na. Pea whakaaro koe au korero i roto i toku pōtae, engari ka taea e whakaora i nga taonga tika katoa, me nui mo ki te tohungia hoki koutou utu. "

He iti noa iho te ngoi a mr.

"kahore he pātai o te utu, mr. Hersheimmer. Ehara ahau i te kaiwero takitahi.

"pouri. Imi i ko i tika he mite hohoro, engari kua kua i ongo'i kino e pā ana ki tenei pātai moni. Hiahia i ki te whakahere i te utu nui mo rongo o jane i etahi ra i mua, engari tohutohu ahau tou whare crusted o ruri scotland ki reira. I ki mai tera kaore i pai. "

"ko ratou pea tika," ka mea a hemi ariki dryly.

"engari te reira ok katoa e pā ana ki huriu," hoatu i tuppence. "kaore ia e harikoa i to waewae. He peihana putea noa iho a ia.

"i haupu te tangata koroheke reira ake i roto i te kāhua," faataa huriu. "tena ra, kia haere tatou ki raro. He aha to whakaaro? "

E whakaarohia ana e te rangatira a sir mo tetahi wa poto ranei.

"kaore he wa hei ngaro." te wawe patu tatou i te pai. "tahuri ia ki te tuppence. "ko mrs. E kai ana koe ki te po, e mohio ana koe? "

"ae, whakaaro pena i, engari e kore e waiho i roto i ia te mutunga. Te kore, e ia kua riro te latchkey. "

"pai. Ka karanga ahau ki a ia kia tekau mai pea. He pehea te wa e hoki mai ai koe?

"e pā ana ki iwa-e toru tekau ranei tekau, engari i taea e haere i hoki mua."

"kaua e mahia e koe i runga i tetahi pūkete. Kia whakaohokia te reira te māharahara ki te kore koutou i noho i roto i noa te wa mua. Hoki e iwa-toru tekau. Ka tae ahau i te tekau. Mr. Ka tatari i raro hersheimmer i roto i te tēkihi pea. "

"te ka ia he motokā hou rolls-royce," ka mea tuppence ki whakapehapeha fakafofonga.

"ara pai. Ki te angitu i roto i te whiwhi i te wāhitau i a ia, ka taea e tatou te haere ki reira i kotahi, tango mrs. Vandemeyer ki a maatau mehemea e tika ana. Kei te mohio koe?

"ae." whakatika tuppence ki ona waewae me he tīpoka o ahuareka. "aue, ka pai rawa atu taku mohio!"

"kaua rawa e hanga i runga i taua mea nui, ngaro tuppence. Haere ngawari.

Ka huri a julius ki te roia.

"mea atu, na. Ka karanga i hoki koutou i roto i te motokā a taka noa iwa-e toru tekau. He tika? "

"tera pea ko te mahere pai rawa atu. E te mea tikanga ki te whai rua waka e tatari e pā ana ki. Inaianei, ngaro tuppence, toku whakaaro ki a koutou, ko te ki te haere me te whai i te tina pai, he tetahi tino pai, whakaaro. A kore e whakaaro i mua atu i te taea e koe te āwhina. "

Ka ruia e ia ringa ki a ratou e rua, me te kau i muri i ratou ki waho.

"e kore te mea ia i te pārera?" ui tuppence ecstatically, rite ia pekepeke iho nga kaupae. "oh, ko huriu, e kore te mea ia i te pārera tika?"

"pai, tukua i te mea ia ki te kia tika nga taonga katoa. A ko i he e pā ana ki tona te maumau ki te haere ki a ia. Mea, ka haere tika atu tatou hoki ki te ritz? "

"me haere ahau i tetahi wahi iti. He tino harikoa au. Maturuturu ahau i roto i te park, ka? Ki te pai koe ki te haere mai?

"kei te hiahia au ki te tiki hinu." "ka tuku atu i tetahi taura, kia rua ranei."

"pai katoa. Ka tutaki ahau ki a koe i te ritz i te whitu. Me tatari tatou ki te papa o runga. E kore e taea e i whakaatu ahau i roto i nga karukaru koa. "

"tino. Ka whiwhi i pirika te awhina i ahau te whiriwhiri i te tahua. Ko ia etahi waiterene upoko, na. Roa atu. "

Haere tuppence te taahi haere ki te tangiwai, tuatahi te hi'ohi'oi i tona tiaki. Kua tata ki te ono karaka. Mahara ia e kua a ia kahore tea, engari ua oaoa rawa ki te kia mohio o te kai. Haere ia tae noa ki ngā māra kensington, me te ka āta tahuri ana takahanga, ongo'i ore pai mo te rangi hou, me te mahi. Kihai i pena ngāwari ki te whai tohutohu o hemi ariki, a ka hoatu nga ngā taea o te ahiahi i roto i o tona matenga. Rite unuhia ana a ka tata ia ki te kokonga o hyde park, ki te faahemaraa hoki ki nohonga audley tonga i tata irresistible.

I tetahi auau, faaoti ia, e rave i te reira e kore te kino tika ki te haere me te titiro ki te whare. Pea, ka, taea ia rihaina ia ki tatari marie hoki tekau karaka.

Titiro rite nohonga tonga audley te taua rite mua. He aha te tuppence i tūmanakohia ia i mohio whakauaua, ko te tirohanga o tona stolidity pereki whero paku mariri te ano'ino'iraa te tipu, me te katoa poauau e nohoia ia. I tika tahuri ia atu, no te rongonga ia he whiowhio hohonu, me te albert pono mai rere i te whare ki te uru atu a ia.

Te koretake o te tuppence. Ko reira kahore he wahi o te hōtaka ki te whai whakarongo ka karanga ki tona aroaro i roto i te tata, engari i papura ki fiefia tāmia albert.

"ki taku, kei te ngaro, kei te haere tonu ia!"

"ko wai te haere?" ka ui tuppence koi.

"te taera. Rita rite. Mrs. Vandemeyer. Te ia he-pikau ake, a te tika tonoa ia ki raro kupu ki ahau mo te tiki ia he tēkihi. "

"he aha?" taapiri ana i tona ringa.

"koinei te pono, ngaro. I whakaaro au pea mena kaore koe i mohio mo taua mea. "

"albert," karanga tuppence, "kei koe he pereki. Ki te kahore i reira hoki koutou hiahia kua ngaro matou ia. "

I harakoa a albert i te koa ki tenei takoha.

"i reira te kore wā ki te ngaro," ka mea tuppence, whiti te ara. "i whakamutua e ahau. I nga utu katoa me pupuri e au i konei tae noa ki te --- "i wahia e ia. "albert, i reira te he waea ki konei, kei te kore i reira?"

Ka raru te tamaiti.

"ko nga kaainga kei a ratau ake, ngaro. Engari he pouaka ano kei te taha o te kokonga. "

"haere ki reira na, i kotahi, ka waea atu ake te hotera ritz. Ui mo te mr. Hersheimmer, a ka whiwhi koutou ki atu ki a ia a ia ki te whiwhi a hemi te ariki, me te haere mai ki runga ki i kotahi, rite mrs. Ko te vandemeyer e ngana ana. Ki te kore koe e taea e tiki ia ia, waea ake te ariki hemi kiri edgerton, ka kitea e koutou tona tokomaha i roto i te pukapuka, ka mea atu ki a ia te mea e te tupu nei. E kore koe e wareware i nga ingoa, ka wareware koe? "

Korero ano a albert i nga wa katoa. "whakawhirinaki koe ki ahau, ngaro, ka waiho i te reira tika katoa. Tena ko koe? Kahore koe e mataku ki te whakawhirinaki ki a ia?

"kare, kaore, kei te pai katoa. Engari haere me te waea. Kia tere. "

Tuhi i te manawa roa, tomo tuppence nga nohonga i a rere ki runga ki te whatitoka o kahore. 20. Me pehea e puremu ai ia i a mrs. Vandemeyer noa tae nga tangata tokorua, e kore ia i mohio, engari te hopoia atu ranei i reira ki te kia meatia, a me rave i ia te mahi kotahi-ringa. He aha i puta ai te heke haere? I mrs. Kei te whakapae a vandemeyer ia?

He mangere nga kupu. Ka whakapiri a tuppence i te pere. Tera pea e akohia e ia tetahi mea mai i te kaari.

Kahore tupu a, i muri i tatari etahi meneti, e aki ano tuppence te pere, e pupuri tona maihao i runga i te pātene mō etahi wahi iti nei. I muri ka rongo ia takahanga roto, me te kau i muri mrs. Ko vandemeyer ano i whakatuwhera i te tatau. Ara ia ona tukemata i te titiro o te kotiro.

"koe?"

"i i te pa o te niho tunga, ma'am," ka mea tuppence glibly. "na whakaaro reira pai ki te haere mai te kāinga, ka whai i te ahiahi ata."

Mrs. Kahore vandemeyer mea, engari ka whakatata hoki ia, ka kia tuppence haere ki te whare.

"pehea meapango mo koutou," ka mea ia tou kanohi. "i pai ake koe ki te moe."

"oh, ka waiho i tika katoa i roto i te kīhini, ma'am. Tunu

"kua puta te tunu," ko ta mrs. Vandemeyer, i roto i te reo, kaua ore. "i tonoa e ahau ki waho. Na kua kite koe i pai koe ki te moe.

Ohorere ka pa te wehi. He mowhiti i roto i te mrs. Te reo o vandemeyer e kihai i rite ia i te katoa. Ano, atu i te wahine i āta niao ia ake te irava. Ka huri te tupapaku ki te kokoru.

"e kore au e hiahia"

Na, i roto i te flash, he awhi o te parahi matao pa tona temepara, me mrs. Whakatika matao a ri'ari'a reo o vandemeyer:

"kua riria e koe te wairangi! Kei te whakaaro koe kaore au e mohio? Kaore, kaua e whakahoki. Ki te whawhai koe, ki te tangi ranei, ka kopere ahau koe, ano he kuri.

Aki te awhi o te maitai i te iti maro ki te temepara o te kotiro.

"na inaianei, haere," ka haere i runga i a mrs. Vandemeyer. "tenei - ki taku rūma. I roto i te meneti, ina kua mahi i ki a koutou, ka haere koe ki te moenga rite i korerotia e koe ki. A ka moe-oh koe ae, toku tirohia, iti, ka moe koe i matau katoa! "

I reira ko te ahua o te geniality palakuú i roto i nga kupu whakamutunga e tuppence kihai i rite i te katoa. Mo te kau ki reira, ko tetahi mea ki te kia meatia, a ka haere talangofua ia ki a mrs. Whare moenga o vandemeyer. Kaore ano te pirike i waiho i tona rae. Te ruma i roto i te āhua o te whakararuraru, mohoao, i te haapurorohia kakahu e pā ana ki matau ka mahue, he take-take, me te pouaka pōtae, hawhe-kikī, tu i roto i te waenganui o te patunga witi.

Ko te tuppence i whakapakeke ia ia me te kaha. Tona reo ngaueue ana te iti, engari korero maia atu ia.

"haere mai," ka mea ia. "he horihori tenei. E kore e taea e koe te kopere i ahau. Aha, ko nga tangata katoa i roto i te whare e whakarongo i te pūrongo. "

"kua raru ahau i tera," ko ta mrs. Vandemeyer koa koa. "engari, rite te roa rite kore koutou e waiata atu mo te awhina, kei a koutou katoa tika-a kahore e i whakaaro e koe. He kotiro mohio koe. Kei tinihanga i ahau katoa. Kaore ahau e whakapae ki a koe! Na ua i kahore feaa e matau koutou tino pai e ko tenei te wahi au i runga i runga, me te koe raro koutou. Tena ra, noho i runga i te moenga. Hoatu koutou ringa i runga i tou matenga, ka ki te haafaufaa koe i tou ora e kore e neke ratou. "

I whakanuia te tupuna. Korerotia tona tikanga pai ia e reira ko te mea ke atu ki te mahi engari farii i te āhuatanga. Ki te karanga ia mō te tauturu i reira i iti rawa tupono o tetahi rongo ia, te mea i reira i pea rawa he tupono pai o mrs. He kaipatu pu a vandemeyer ia. I roto i te wā, i tino katoa meneti o te whakaroa riro.

Mrs. Whakatakotoria vandemeyer iho te hurihuri i runga i te mata o te washstand i roto i taea o tona ringa, me, kanohi tonu tuppence rite te lynx i roto i te take kia ngana te kotiro ki te neke, ka tango ia i tetahi pounamu stoppered iti i tona wahi i runga i te mapere, a ringihia etahi o ona tirotiro ki te karaihe e ia ki tonu i te wai ki runga.

"he aha te e?" ka mea tuppence koi.

"tetahi mea kia pai ai to moe."

Tuppence pareded he iti.

"ko te haere koe ki te rereke ahau?" ka ui ia i roto i te komuhumuhu.

"penei pea," ko ta mrs. Vandemeyer, ataata tonu.

"katahi ahau kaore e inu," e kii ana a tuppence. "pai ake taku kopere. I tetahi tere e e hanga he rarangi, me etahi tetahi kia rongo i te reira. Engari e kore e kia patua i atu ata rite te reme. "

Mrs. Ko te vandemeyer e takahia tona waewae.

«eiaha oe e riro ei maamaa iti! Kei te whakaaro koe kei te hiahia au ki te hiu me te tangi mo te kohurutanga i muri i ahau? Ki te ua koe i tetahi tikanga i te katoa, ka mohio koutou e pau koutou e kore e hāngai toku pukapuka i te katoa. He tauira moe, tena. Ka ata ki-apopo kahore te kino ara koe ake. I kore noa e hiahia te whakararuraru i o te here ake koutou, me te gagging koutou. E te te rerekē-a kore e rite koe i te reira, ka taea e ahau te korero ki a koutou! Ka taea e au te tino uaua mena ka whiriwhiri au. Na e inu i tenei iho, ano he kotiro pai, a ka waiho koe tetahi te kino hoki reira. "

I roto i tona ngakau nga tupuna i whakapono ki a ia. Ko nga tautohetohe kua tapiritia e ia ki te pono. Ko reira he tikanga ngāwari, me te whai hua o te whiwhi ia i o te ara mo te wa he. Ka neongo iá, i kore tango aroha te kotiro ki te whakaaro o te tamely hoatu ki te moe i waho rite nui rite kotahi tono mo te haere noa. Mana'o ia ko kotahi mrs. Hoatu vandemeyer a ratou te pepa, te tumanako whakamutunga o te kimi tommy e kia haere.

Ko te tuppence te tere i roto i ana mahi hinengaro. Enei whakaaro huritao katoa haere i roto i tona ngakau i roto i te flash, a ka kite ia i te wahi i takoto te tupono, te tupono rawa problematical,, ka takoto ia ki te aituä katoa i roto i te kotahi kaha nui rawa.

Fakatatau, lurched ohorere ia atu te moenga, a hinga ki runga ki ona turi i te aroaro o mrs. Vandemeyer, ka awhi i ona pito.

"e kore i e whakapono reira," ae pouri ana ia. "he paitini — kei te mohio au he paitini. Oh, e kore e hanga inu ahau i te reira "whakatika reo -her ki te shriek-" e kore e hanga inu ahau i te reira! "

Mrs. Vandemeyer, karaihe i ringa, ka titiro ki te ngutu koiri i tenei tiango ohorere iho.

"whakatika, e te hunga kuware! Kaua e haere ki te taraiwa ki reira. Pehea koe ake ake i te karere ki te tākaro koutou wahi rite ai koe e kore e taea i te whakaaro. "takatakahia e ia tona waewae. "whakatika, ka mea atu ahau."

Engari tonu tuppence ki piri me te tangi, interjecting tona tangi ki tono incoherent mō te tohu. Ko nga meneti katoa ka riro ki te pai. Ano, ka rite ki grovelled ia, whakakorikoria ia nga◊i ia tata ki tona whāinga.

Mrs. Hoatu vandemeyer he hauhā manawanui koi, a hiwia te kotiro ki a ia turi.

"inu i te reira i kotahi!" imperiously aki ia te karaihe ki ngutu o te kotiro.

Hoatu tuppence kotahi korero e korerotia ana te tumanako whakamutunga.

"e oati ana koe kaore e whara i ahau?"

"ma te kore e raru koe." kaua e wairangi.

"ka oati ranei koe?"

"ae, ae," ka mea te tahi atu ta'efa'akātaki. "ka oati ahau."

Tuppence wiri i te ringa maui whakaara ki te karaihe.

"pai rawa." ka puaki tona waha i te mahaki.

Mrs. Hoatu vandemeyer he korero e o te tauturu, atu tona kaitiaki mo te kau. Na, tere rite te flash, hiwia tuppence te karaihe whakarunga rite pakeke rite taea ia. Tauhiuhia te inu i roto i reira ki a mrs. Mata o vandemeyer, a i roto i tona kiha rangitahi kau, koperea ringa matau o tuppence i a hopukia atu te hurihuri te wahi takoto ai i runga i te mata o te washstand. Te taime i muri i tupu ia hoki te tere, a tohu te hurihuri tonu i mrs. Ngakau o vandemeyer, me kahore angatonu i te ringa i pupuri ai.

I te wa o te wikitoria, na te tuppence i tuku i tetahi wikitoria kaore i tino rite.

"i teie nei e te i runga i runga, me te tangata e te raro?" ka tangi ia.

Ko te kanohi o tetahi, ka riri. Whakaaro hoki he tuppence miniti i haere ia ki te tupu ki runga ki a ia, e e kua whakanohoia te kotiro i roto i te matawaenga kino, mai ia auraa ki te utu i te raina i mau tuku atu te hurihuri. Heoi, me te rapu a mrs. Mana vandemeyer ia, a i muri tomo te ataata kino puhoi ki runga tona mata.

"na kaua e wairangi, engari katoa. He pai to mahi, e ko. Engari ka utu koutou hoki taua mea-oh, ae, e utu koe mo reira! Te haamana'o roa nei au! "

"au miharo kia kua koe i gulled pera ngāwari i," ka mea tuppence whakahawea. "i koe tino whakaaro ko i te ahua o te kotiro ki te hurihia e pā ana ki i runga i te patunga witi, me te nganginganī hoki te aroha?"

Ka mea "mahi-etahi kia koe ra!" te tahi atu tino.

Tonoa te whanoke matao o tona tikanga he kani kino iho tuarā o tuppence, engari kihai i haere ia ki te hoatu i roto i ki reira.

"hua noa noho tatou ki raro," ka mea ia maite. "ko te iti melodramatic to tatou huru reira. Kaore — kaore i runga i te moenga. Te utu i te tūru ki runga ki te tepu, e te tika. Inaianei ka noho i te ritenga koutou tahi i te hurihuri i roto i mua o ahau-tika i roto i te take o aituā. Whakahiato. Tena, kia korero tatou. "

"he aha?" ta mrs. Vandemeyer puhipuhi.

Te kanohi o tuppence ia feruri mo te meneti. He maha nga mea e maumahara ana ia. Kupu a boris, "whakapono i pai te manitia koe matou!" me tona whakahoki, "e whai i te utu ki te kia nui," hoatu iti, pono ko reira, heoi e kore ai i reira e he substratum o te pono i roto ia reira? Roa i mua, kihai i ui whittington: "kua nei ngā nuitia ana? Rita? "e rita vandemeyer whakamatau ki te hei i te wahi ngoikore i roto i te patu o te mr. Parauri?

Pupuri whakaritea tamau i runga i te mata i te tahi atu o ona kanohi, ka mea ata tuppence:

"moni--"

Mrs. Timata te vandemeyer. Aue, ko te whakautu kaore i koretake.

"he aha ta koe ki?"

"ka korerotia e ahau ki a koe." i korero koe i naianei kua roa koe e maumahara ana. E kore te mea he mahara roa hawhe rite whai hua rite te putea roa! Maia i mea relieves reira he mahi pai ki te whakamahere i roto i katoa o nga mea whakamataku ki te meatia ki ahau o koutou mau mana'o, engari ko e mahi? He tino pai te whakautu. Ka penei te korero. Engari "mahana -tuppence ki tona mokai creed-" moni pai, i reira te kahore kore pai e pā ana ki te moni, ko reira? "

"kei te whakaaro koe," ko ta mrs. Ka whakahiato a vandemeyer, "he momo wahine ahau ki te hoko aku hoa?"

"ae," ko ta tuppence tere tonu. "mena he nui te utu."

"kotahi rau rau pauna neke atu ranei!"

"kare," e kii ana a tuppence. "kia whakaaro ahau — kotahi rau mano!"

Tona wairua ohanga kaore i tukua e ia kia whakahua i te miriona taara kua whakapaetia e te julius.

Ka rere te ngaru ki runga ki a mrs. Kanohi o vandemeyer.

"he aha i koe e mea?" ka ui ia, ona maihao tākaro nervously ki te autui i runga i tona uma. I roto i taua taime tuppence mohio e te potae te ika i, a mo te wa tuatahi ite ia he wehi o tona ake wairua moni-aroha. Hoatu ana e ia ki a ia he tikanga whakawehi o te whanaungatanga ki te wahine i mua ia.

"kotahi rau mano pauna," taapiri tonu.

I mate te maama i o mrs. Nga kanohi o vandemeyer. Hoki ia ki tona torona.

"bah!" ka mea ia. "kaore koe i riro."

"kahore," tuppence uru, "i kaumatua-engari e matau i te tahi mau tetahi tangata e he."

"ko wai?"

"he hoa nōku."

"he tangata nui hei miriona," ta mrs. Vandemeyer whakaponokore.

"he kaupapa hoki ia. He tangata amerika ia. Ka utua e ia ki a koe kaore he amuamu. Tangohia e koe i ahau i te reira e te kupu pono tino. "

Mrs. Ka noho ano a vandemeyer.

"kei te hiahia au ki te whakapono ki a koe," ka kii ia.

Reira he aha i rangona i waenganui ia ratou mo etahi wa, ka mrs. Ka titiro ake a vandemeyer.

"kei te hiahia ia ki te mohio, ki to hoa?"

Ko te tuppence i haere i te wa poto, engari ko te moni a julius, me uru mai ana hiahia ki te tuatahi.

"te hinaaro ia ki te matau ki te wahi jane finn ko," ka mea maia ia.

Mrs. Kaore a vandemeyer i puta i te miharo.

"e kore au e mōhio i te wahi ko ia i te taime reira," ka mea ia.

"engari ka kitea e koe?"

"aue, ae," ka hoki mai a mrs. Vandemeyer whakaarokore. "reira e kia kore fifi e pā ana ki taua."

"na" ngaueue ana te reo o te -tuppence te little- "i reira te he tamaiti, he hoa o te toku. Kei te mataku ahau ki tetahi mea i pa ki a ia, na o koutou rangatira.

"ko wai tona ingoa?"

"tommy beresford."

"kaore ano kia rongo ki a ia. Engari ka patai atu ahau ki nga kaitoi. Ka korerotia e ia ki ahau tana e mohio ai.

"whakawhetai koe." ua ite tuppence te ara faahiahia i roto i ona wairua. Na tera i kaha te maia ki a ia. "tera ano tetahi mea."

"pai?"

Ka piki whakamua a tuppence me te tuku i tana reo.

"ko wai mr. Parauri?"

Ona kanohi tere kite i te ohorere o te mata ataahua. Me mrs kaha. Ka piri tahi a vandemeyer ki a ia ka ngana ki te whakaara i ana ahuatanga o mua. Engari ko te nganatanga he paremete noa iho.

Ka opehia e ia nga pokohiwi.

"kaore koe e tino mohio ki a maatau ki te kore koe e mohio kaore tetahi e mohio ko wai mr. He parauri te…"

"e mahi ana koe," e ai ta tuppence.

Ano ka tae te kara ki te mata o tetahi.

"he aha ta koutou e whakaaro ai?"

"e kore i e mohio," ka mea te kotiro pono. "engari e tino mohio ana ahau."

Mrs. Ko te vandemeyer e tihi ana i mua i a ia mo tetahi wa roa.

"ae," ka mea ia hoarsely, i muri, "e matau i. He ataahua au, ka kite koe — he tino ataahua—"

"kei te noho tonu koe," ko te korero a tuppence me te whakamīharo.

Mrs. Vandemeyer ruru tona matenga. I reira ko te kara ke i roto i ona kanohi hiko-puru.

"kaore e ataahua," ka mea ia ma te reo ngoikore ngoikore. "kaore e ataahua - ataahua! A te tahi mau taime, hou, kua kua i wehi .... Te reira mōrearea ki te mohio rawa nui! "okioki atu ia puta noa i te tepu. "oati e kore e kawea mai toku ingoa ki roto i te reira-e ka ake mohio e kore tetahi."

"i oati ahau. Na, ka mau ia i a koe, ka ngaro koe.

He ahua whakamataku i rere puta noa i mrs. Kanohi o vandemeyer.

"me ahau? Ka waia au? "ka kapohia e ia te ringa tuppence. "kei te tino mohio koe mo te moni?"

"tino tino."

"a hea ahau? E kore e whakaroa.

"ko tenei hoa oku ka tae mai ki tenei wa. Kia whai ia ki te tonoa taura, ranei te tahi mea rite taua. Otiia e kore e reira e tetahi roa-ia te he hustler faahiahia. "

He whakatau totika i whakatauhia ki runga ki nga raru. Kanohi o vandemeyer.

"ka mahia e au. He moni nui rawa atu, me era atu "—e hohaa ana te kata -" ehara i te mea whakaaro nui ki te tuku wahine mai i a au. "

Mo te rua ranei kau, noho ia ataata, me iti mirimiri ona maihao i runga i te tepu. Ohorere tonu i tiimata, ka koma tana mata.

"he aha tera?"

"kaore au i rongo."

Mrs. Ka titiro matatau a vandemeyer ki a ia.

"mena he whakarongo tetahi"

"poauau. Ko wai hei reira?

"me nga pakitara he taringa," ko te korero a tetahi. "mea atu ahau ki a koe kua mataku ahau. Kahore koutou e mohio ki a ia.

"whakaaro o nga pauna kotahi rau mano," ka mea tuppence soothingly.

Mrs. Haere vandemeyer tona arero i runga i ona ngutu maroke.

"e kore koe e matau ki a ia," faahou ia hoarsely. "ko ia - ah!"

Ki te karanga o te wehi pihi ia ki ona waewae. Tohu tona ringa ki maro ki runga ki te matenga o tuppence. Ka whakangaueuetia ana ia ki te whenua i roto i te hemo mate.

Tirotiro tuppence kia kite i te mea i te mauri ia.

I roto i nga te kuwaha hemi ariki tipitipi edgerton me huriu hersheimmer.

Pene xiii. Te kaitiaki

Ko te james a sir i paahitia i mua o te julius me te huri tere ki te wahine kua hinga.

"ngakau," ka mea ia. "te kitenga tatou na ohorere me kua homai ia i te ru. Parani-a hohoro, ranei ka paheke ia i roto i to tatou maihao ".

I tere a julius ki te whare horoi.

"kaore i reira," e kii ana a tuppence ki tana pokohiwi. "i roto i te tantalus i roto i te rūma kai. Tuarua ka heke ki te huarahi. "

I waenga i a ratau ko james me te tuppence i ara ai a mrs. Vandemeyer ka kawea ia ki te moenga. I reira ka panga e ratou te wai ki runga ki a ia, engari kaore he hua. Roroi tona roia.

"pa atu ki te haere," ta kona. "ko taku hiahia kia tere rawa te mahi a nga taiohi."

I taua momeniti huriu te re-tomo te ruma, mau ana te karaihe te hawhe tonu o te wairua i hoatu e ia ki a hemi ariki. I tuppence ara tona matenga tamata te rōia ki te faahepo i te iti o te wairua i waenganui i ona ngutu katia. I te mutunga ka puare te kanohi o te wahine. Puritia tuppence te karaihe ki ona ngutu.

"inumia tenei."

Mrs. I tutaki a vandemeyer. Kawea te parani te tae hoki ki a ia paparinga ma, a ka ora ia i roto i te ahua whakamiharo. Tamata ia ki te noho ki runga-ka hinga hoki i te he aue, tona ringa ki tona taha.

"ko toku ngakau," ka raru ia. "e kore ahau e korero."

Ka taoto ano ia me nga kanohi kati.

I pupuri te ariki james tona maihao i runga i tona ringa i te meneti roa, ka haere atu i te reira ki te kamokamo.

"ka mahia e ia inaianei."

Oho atu katoa e toru, a tu tahi korero i roto i te reo iti. Kotahi me katoa i mohio o te tetahi mana'o o anticlimax. Mārama ko tetahi kaupapa mo te ripeka-ui te wahine i roto i o te pātai mō te kau. He hoki te wa, a tahurihuri ana ratou, a taea mahi tetahi mea.

Tuppence related how mrs. Whakaaturia vandemeyer i pai ia ki te whakaatu i te tuakiri o te mr. Parauri, a pehea i whakaae ia ki te kitea e ka whakakitea ki a ratou te hea o jane finn. Ko julius te mihi.

"e pai katoa, kaua tuppence. Whakarangatira! Mana'o nei i e ka titiro rau mano pauna tika rite pai i roto i te ata ki te wahine rite i reira i runga i te po. Kaore he mea e manukanuka ai. E kore ia e korero i waho o te moni tonu, bet koe! "

He pai tonu te ahua o tenei, a he pai tonu te whakamarie o te tuppence.

"ko te pono te aha e mea koutou," ka mea a hemi ariki te feruriruri i. "me whakaae i, heoi, e kore e taea e ahau te āwhina hiahia tatou kihai i haukotia i te meneti i matou. Tonu, e kore e taea te awhinatia reira, te reira te he mea anake o tatari tae noa ki te ata."

Titiro puta noa ia i te ahua e mangere i runga i te moenga. Mrs. Takoto maitai hāngū ki kanohi kati vandemeyer. Ka raru i tona matenga.

"pai," e kii ana a tuppence, me te ngana ki te koa, "me tatari ra kia tae noa ki te ata, tena ra. Engari kaore au e pai kia mawehe atu tatou i te papa."

"ka pehea te waiho i taua tamaiti kanapa kia tiakina?"

"albert? Me mahara hoki i haere ano ia i te waa, ka piri. Kaore i taea e albert te aukati ia ia."

"ki taku mahara kaore ia e hiahia kia neke ke atu nga taara i nga taara."

"tera pea. I te ahua tino mataku ia ki a 'mr. Parauri.'"

"He aha? He tino pawera te wehi ki a ia?

"ae. Titiro ia a tawhio noa, ka mea taiepa a tae noa i taringa."

"pea te auraa ia he hopu kōrero," ka mea a huriu ki te moni.

"ko tika ma'iri tuppence," ka mea a hemi ariki marie. "kaua tatou e whakarere i te papa -a mena ka haere noa mo nga tatini. Mo te hunga mate."

I tiakina a julius ki a ia.

"ka whakaaro koe ki te whai ia ia? I waenganui i tenei ata ki te apopo. Me pehea e mohio ai ia?

"wareware koe tou ake mana'o o te hopu kōrero," ka mea a hemi ariki dryly. "he hoariri nui ta tatou. Whakapono ahau, ki te faaohipa tatou tiaki tika katoa, e reira ko te tupono rawa pai o tona i tukua ki to tatou ringa. Engari kaua tatou e wareware ki te kore tupato. To tatou he kaiwhakaatu nui, engari me ia paruruhia ia. E whakaaro i kia haere taua ma'iri tuppence ki moenga, me e koutou ko i, mr. Hersheimmer, kia faaite i te maharatia. "

I pā ana ki ki te whakahē i tuppence, engari tupu ki mawhiti i te moenga i kite ia mrs. Vandemeyer, ona kanohi hawhe-tuwhera, me te faaiteraa taua o te wehi i konatunatua me malevolence runga tona mata e te reira tino piri nga kupu i runga i ona ngutu.

Mo te kau miharo ia ranei kua te hemo me te whakaeke ngakau i te wawetia ammonite, engari e mahara ana te ataahua whakamate whakauaua taea ia whakairia te feruri. Rite titiro ia ngaro te faaiteraa rite i te makutu, me mrs. Takoto mangere me te whakaroau rite ki te aroaro o vandemeyer. Mo tetahi wa poto nei kua maharahara te kotiro. Otira kua whakatauhia e ia kia mataara tonu.

"pai," ka mea a huriu, "te mana'o nei i pai matou hiahia hanga i te nekehanga i roto i o konei tetahi ara."

Ko etahi i uru ki tana whakaaro. I pa ano a mr james. Tuhinga o mua.

"maitai pai," ka mea ia i roto i te reo iti ki tuppence. "ka waiho ia tino tika katoa i muri okiokinga o te po."

U tonu te kotiro i te taha o te moenga. Maongo te kaha o te faaiteraa i miharo ia i ia tino. Mrs. I whakanuia e te vandemeyer ana pueru. Te ahua nei kei te wero ia ki te korero. Ka piko te tupuna ki runga i a ia.

"kei rangona hoki-leave--" whakaaro ia taea ki te puta, amuamu te tahi mea e whakatangi rite "hiamoe." ka tamata ano ia.

Tuppence piko raro. He manawa noa.

"mr.-parauri" i mutu te reo.

Engari whakaaro tonu nga kanohi hawhe-katia ki tonoa he karere moeahia.

Oho e te hihiko ohorere, hohoro mea te kotiro:

"kaore au e whakarere i te papa. Ka noho ahau i te po katoa.

He flash o te tauturu whakakitea i mua heke kotahi atu te tapo'io te. Ahua mrs. Ka moe a vandemeyer. Engari ana kupu faaara i te ano'ino'iraa te hou i roto i te tuppence. Te mea i te tikanga o ia e taua amuamu iti: "mr. Parauri? "ko te tuppence ka hopukia e ia te titiro atu ki tona pokohiwi. Fatata mai ake te kakahu nui i roto i te ahua nanakia i mua i ona kanohi. Nui o te ruma mo te tangata ki te huna i roto i taua .... Hawhe-whakama o ia, unuhia tuppence reira tuwhera, me te titiro i roto. Kaore he tangata — hea! Tuohu ana ia ki raro, ka titiro ki raro i te moenga. Kua kore he piringa huna.

Ko te tuppence i tuku i tana ohorere o nga pokohiwi. Ko reira heahea, tenei hoatu ara ki raru! Ka haere whakarunga ia i waho o te ruma. Huriu ko tā hemi i korero i roto i te reo iti. Tahuri te ariki james ki a ia.

"maukati te tatau i runga i te waho, tēnā, ngaro tuppence, ka tangohia atu te kī. Reira kia kore tupono o tetahi tomo e piha ".

Te mahara o tona tikanga maere ratou, a ka ua iti whakama o tona whawhai o tuppence "raru."

"e mea," parau huriu ohorere, "i reira te tamaiti kanapa o tuppence. Te mana'o nei i hiahia pai haere i raro, me noho tona whakaaro taitamariki. Tera pea etahi tama, tuppence. "

"pehea koutou i te tiki i, na te ara?" ka mea tuppence ohorere. "kua wareware ahau ki te patai."

"pai, ka ahau albert i runga i te waea matau katoa. I rere au mo te taha ki a sir james, ana ka tau mai matou. Ko i te tamaiti i runga i roto i te titiro mo tatou, a ka ko noa he mite māharahara e pā ana ki te mea ai i tupu ki a koutou. Ua ia i whakarongo ki waho i te kuwaha o te papa rawa, heoi kihai i taea e rongo i tetahi mea. Ahakoa te whakaaro ia te tuku tatou ake i roto i te anga waro hei utu o ta'i te pere. A tino nui ka u matou i roto i te scullery, a ka tae tika tonu atu ki te kitea e koe. Albert o tonu i raro, a me tika mokowhiti haurangi e tenei wa. "ki i haere atu huriu koimutu.

"na inaianei, ngaro tuppence," ka mea a hemi ariki, "e matau ana koutou ki tenei wahi pai atu i te mahi. Te wahi e koe e whakaaro e tango tatou ake to tatou pito? "

Kua whakaarohia mo te wa poto, e rua ranei.

"ki taku titiro. Ko te boudoir o vandemeyer te mea tino pai, "ka kii ia i te mutunga, ka arahi i te huarahi ki reira.

I titiro matakitaki a sir james.

"ka meatia tenei rawa pai, a inaianei, e taku kotiro aroha, haere e ki moenga, me te tiki i te tahi moe."

Ka tupato tona tupuna.

"kaore e taea e au, whakawhetai ki a koe, e james. Me moemoea ahau a mr. Parauri katoa i te po! "

"engari ka tino ngenge koe, e tama."

"kare, kaore au. Tena ra, kia tu tonu ahau.

I homai e te roia.

Te tahi mau meneti i muri i pa huriu, he whakamarie albert ka utu ia nihowera mo ona ratonga. He i roto i tona tahuri rahua ki whakapati tuppence ki te haere ki te moenga, ka mea ia rave:

"i tetahi auau, kua ka koe ki te whai i te tahi mea ki te kai tika atu. Kei hea te kaipatu?

Na te tupapence i arataki ia ia, ka hoki mai ano ia i etahi meneti me te papa makariri me nga papa e toru.

I muri mai i te paraoa tino kai, ka aro te kotiro ki te pooh-pooh i te hawhe haora i mua i a ia. Ko te mana o te moni moni kaore i taea te hinga.

"and now, miss tuppence," said sir james, "kei te pirangi matou ki te whakarongo ki o haerenga mai."

"na reira," whakaae julius.

Ko te tuppence i korero mo tona haerenga me etahi tino whakaponokore. Huriu wā interjected te miharo "houtamaki." hemi te ariki ka mea tetahi mea noa i oti ia, ka tona ata "pai mahi, ngaro tuppence," hanga tona nini ki pai.

"i reira te kotahi te mea e kore i e whiwhi mārama," ka mea huriu. "he aha i taea e ia ki te muru?"

"kaore au e mohio," ko te korero tupapaku.

E ai ki a sir james te maru o tana kaokao.

"i tino raru te ruma. Me te mea he kore o mua i tana rerenga. Me te mea ano i puta he whakatupato ohorere kia haere mai i tetahi. "

"mr. He parauri, ka mea ahau, "ta julius i tawai.

I titiro tupato te roia mo te meneti neke atu ranei.

Ka mea ia, "he aha?" "kia mahara, ko koe ano i kino rawa ki a ia."

Ka tiakina te julius me te tino riri.

"i ite haurangi noa ina whakaaro i o pehea i hoatu i roto i whakaahua o jane ki a ia kia rite ki te reme. Gee, ki te takoto tonu i ringa i runga taua mea ano, ka tio i runga ki reira rite-rite te reinga! "

"ko taua ahuatanga he ahua mamao te tawhiti," ko te korero a tetahi atu.

"te mana'o nei i kei tika koe," ka mea huriu whakautu,. "a, i roto i tetahi take, te reira te taketake au i roto i i muri. Ka pehea e taea ai e ia, e te rangatira, e james?

Ka oho te roia.

"kaore e taea te ki atu. Engari he tino pai taku korero kei hea ia.

"kei a koe? Kei hea? "

I ata ataata a sir.

"i te scene o koutou haerenga po, te kāinga bournemouth ngote u."

"i reira? Kore taea. Ka patai ahau. "

"kahore, e toku ariki aroha, ka ui koe ki te i tetahi o te ingoa o jane finn i reira. Inaianei, ki te i kua whakanohoia te kotiro i reira e tata tino te mea i raro i te ingoa riro. "

"houtamaki mo koutou," ka karanga huriu. "e kore i whakaaro o taua!"

"ko reira tika kitea," ka mea te tahi atu.

"pea te te tākuta i roto i te reira rawa," fokotu'u tuppence.

Ruia huriu tona matenga.

"e kore i e whakaaro na. Ka mau i ki a ia i kotahi. Kahore, au i dr tino tino. Matau o te whare katoa. "

"whare, i koe mea?" ka mea a hemi te ariki. "e he pākiki- tino rawa pākiki."

"te aha?" ka ui tuppence.

"no te mea tupu i ki te whakatau ia ia i tenei ata. Kua mohiotia i ia paku i runga i a atu mo etahi tau, me tenei ata rere i puta noa ia i roto i te huarahi. Noho i te métropole, ka korerotia e ia ki ahau. "tahuri ia ki te ko huriu te. "kihai i ia korero koe i haere mai ia ki runga ki te pa?"

Ruia huriu tona matenga.

"pākiki," tatari ana hemi ariki. "e kore koe i whakahua tona ingoa tenei ahiahi, ranei e kua te whakaaro i to koutou haere ki a ia mo te ētahi atu kōrero ki toku kāri rite introduction."

"te mana'o nei i au i te mutt," ka mea a huriu ki te haehaa rerekē. "tika i ki kua whakaaro o te whakameremere ingoa teka."

"pehea i taea e koutou te whakaaro o te tetahi mea i muri i hinga i roto i o taua rakau?" ka karanga tuppence. "au i tino tetahi atu e kua patua tika atu."

"pai, te mana'o nei i te kore e mea faufaa te reira i teie nei, ahakoa," ka mea huriu. "kua ka tatou mrs. Vandemeyer i runga i te string, me e te katoa e hiahia ana tatou. "

"ae," e kii ana a tuppence, engari he ngoikore ana tona reo.

Noho he puku iho i runga i te rōpū. Iti e iti te makutu o te po ka timata ki te riro i te mau ki runga ki a ratou. I reira nga creaks ohorere o te taonga, rustlings āta i roto i nga pihi. Ohorere pihi ake tuppence ki te karanga.

"e kore e taea e ahau te āwhina i te reira. Kei te mohio ahau ma. Vahi i a pakaka i roto i te flat! Ka taea e au te pa ki a ia.

"tino, tuppence, me pehea i taea e ia? Tuwhera o tenei tatau ki te whare. I taea kua tae mai kahore tetahi i roto i te taha o te kuwaha mua, kahore to tatou titiro, me te rongo ki a ia. "

"e kore e taea e ahau te āwhina i te reira. Ite i te ia i konei! "

Titiro ia appealingly i hemi ariki, nei ra ko kaingākau:

"ki te whakaaro e tika ana ki o koutou mau mana'o, ngaro tuppence (me oku rite pai mo taua mea), e kore i e kite pehea he reira naku taea hoki ki te tangata kia i roto i te flat kahore to tatou matauranga."

Ko te kotiro i nohinohi te koa e ana kupu.

"ko e noho ake ana i te po tonu kaua jumpy," whakina e ia.

"ae," ka mea a hemi ariki. "ko tatou i roto i te huru o te iwi e pupuri ana, hirihiria te atua. Pea, ki te i reira kia whiwhi tatou i te tahi hua fakaofo he reo. "

"mahi whakapono koe i roto i te spiritualism?" ka mea tuppence, te whakatuwhera ona kanohi whanui.

Koohine te rōia ana pokohiwi.

"i reira he etahi pono i roto i te reira, kahore he feaa. Engari te nuinga o te whakaaturanga kore e haere tauanga i roto i te whakaatu-pouaka. "

Ka eke nga haora. Ki te glimmerings hemo tuatahi o te ata, ka whakatata a hemi te ariki peka nga pihi. Titiro ratou, he aha torutoru londoners kite, te aranga mai puhoi o te ra ki runga ki te pa moe. Hopoia, ki te haere mai o te marama, e au ra maamaa nga wehi ai, me whakaaro hanga noa o te po mua. Ka ora ake wairua o tuppence ki te noa.

"ohana!" ka mea ia. "kei te haere i te reira ki te waiho i te ra whakapaipai. A ka kitea e tatou tommy. Ko jane finn. A ka kia ataahua katoa. Ka patai ahau ki a mr. Carter ki te kore e taea te hanga i te kahurangi! "

I whitu haora tuppence tūao ki te haere me te hanga i etahi tea. Ka hoki ia ki te paepae, kei roto i te teapot me wha kapu.

"e te te tahi atu kapu mo?" ui ko huriu te.

"te herehere, a te akoranga. Whakaaro i ai karanga tatou ia e? "

"mau tona tea āhua i te ahua o te anticlimax ki whakamutunga po," ka mea huriu feruri.

"ae, e, te reira" uru tuppence. "engari, ahakoa, i konei haere. Pea hiahia koe e rua mai, rawa, i roto i te take tupu ia, tetahi mea ranei ki runga ki ahau. Kite koe, kahore matou e matau ki ta te tūāhua ka ara ia ki runga i roto i. "

Haere tahi ia te ariki hemi ko huriu ki te tatau.

"kei hea te kī? Aue, koina noa, kua riro i ahau. "

Hoatu e ia te reira i roto i te raka, a ka tahuri reira, ka tūtatari.

"hua noa, i muri katoa, ngā mawhiti ia?" amuamu ia i roto i te komuhumuhu.

"paramu taea," ka mea huriu reassuringly.

Engari te ariki james mea tetahi mea.

Kumea ana tuppence he manawa roa, ka tomo. Hapahapainga ia he korero e o te tauturu rite kite ia i taua mrs. I takoto vandemeyer i runga i te moenga.

"ata pai," parau ia oaoa. "kua kawea mai i a koutou etahi tea."

Mrs. Kihai i vandemeyer whakautu. Hoatu tuppence iho te kapu i runga i te tepu i te moenga, a haere puta noa ki te utu ake nga ārai. Ka tahuri ia, mrs. Takoto tonu vandemeyer kahore te kaupapa. Ki te wehi pa whakarere pupuri i tona ngakau, ka rere tuppence ki te moenga. Ko makariri rite tio te ringa ara ia .... Mrs. E kore e vandemeyer korero inaianei ....

Na tana tangi i kawe mai i era atu. He meneti torutoru rawa makona. Mrs. Ko vandemeyer mate-me kua kua mate etahi haora. I mahino mate ia i roto i tona moe.

"ki te kore te mea e te waimarie cruellest," karanga a huriu i roto i te hepohepo.

Ko marie te te ture, engari i reira ko he kara pākiki i roto i ona kanohi.

"ki te he te reira waimarie," ka mea ia.

"e kore koe e whakaaro-engari, mea, e te paramu taea-kahore tetahi i taea kua ka i roto i."

"kahore," uru te rōia. "e kore i e kite me pehea i taea e ratou. A ano-ia kei i runga i te mata o te tukunga i te mr. Parauri, me-ka mate. Ko te mea noa anake? "

"engari pehea"

"ae, pehea! E ko te aha tatou me kitea i roto i. "reira e tu ana ia muhu, ata stroking tona kauae. "me kitea ia tatou i roto i," ka mea ia ata, ka ua tuppence e ki te ko ia mr. Parauri kore e hiahia ana ia i te āhua o aua kupu ohie.

Haere mawhiti o huriu ki te matapihi.

"tuwhera o te matapihi," parau ia. "koe e think--"

Ruia tuppence tona matenga.

"te taupee anake haere haere tae noa ki te boudoir. I reira maua. "

"ia ai kua paheke out--" fokotu'u huriu.

Engari haukotia ia e te ariki james.

"mr. E kore e pera masivesivá tikanga o parauri. I roto i te wā me unga tatou mo te tākuta, engari i mua i te mahi matou na, he reira tetahi mea i roto i tenei ruma e ai kia o uara ki a tatou? "

Hohoro, rapu te toru. He papatipu te mounga i roto i te pae kupenga tohu i taua mrs. Vandemeyer i tahu pepa i runga i te mahana o tona rere. Tetahi mea o te faufaa noho, ahakoa rapu ratou te tahi atu ruma rite te pai.

"i reira te taua," ka mea tuppence ohorere, tuhu ki he iti, tuku haumaru tawhito-pupuku ki te taiepa. "te reira mo te rei, i whakapono, engari i reira kia kia te tahi mea atu i roto i reira."

Ko te kī i te raka, a ka haua huriu whakatuwhera te tatau, a ka rapu i roto. He wa ano ia mo runga i te mahi.

"pai," ka mea tuppence ta'efa'akātaki.

I reira ko te okioki i mua ka whakahoki a huriu, ka haere atu ia i tona matenga, a tutakina ana ki te tatau.

"kahore," ka mea ia.

I roto i te rima meneti ka tae he tākuta taitamariki fakamālohisinó, hohoro karanga. Ko ia auraro ki hemi ariki, nei mohio ia.

"rahunga ngakau, he tuwhena rawa o etahi moe-tauira ranei pea." iho ia. "kaua te kakara o chloral i te rangi."

Mahara tuppence te karaihe i pouri ia. Peia he whakaaro hou ia ki te washstand. Kitea e ia te pounamu iti i ai mrs. Ringihia vandemeyer i te torutoru pata.

I kua reira e toru nga wahi tonu. Inaianei - he kau noa.

Pene xiv. He whakawhitiwhitinga

Kahore i atu maere, me te fakatupu puputu'u ki tuppence atu te noho noa me te tapatahi ki te mea i whakaritea nga mea katoa, i runga ki te te whāwhā mohio ariki james o. Whakaae te tākuta rawa ngā te ariā e mrs. I tangohia aitua vandemeyer he tuwhena rawa o chloral. I ruarua ia ranei e waiho hei whakawā mate e tika ana. Mehemea he pera, ka tukuna e ia a sir james. Matau ia e mrs. Ko vandemeyer i te mahana o te wehenga atu mo ki waho, a kua mahue kē te tangata? E karanga mai ana a sir james me ona hoa taiohi ki a ia, i te wa i ohorere atu ai ia a i a ratou e moe ana i te po, kaore i pai ki te waiho ia. I mohiotia ranei e ratou etahi whanaunga? Kihai i ratou, engari tukuna ia hemi te ariki ki a mrs. Roia o vandemeyer.

Tata muri tae te tapuhi ki te tango i tiaki, me te tahi atu i mahue te whare kino-omened.

"me aha inaianei?" ka mea huriu, ki te tohu o te hepohepo. "te mana'o nei i kei raro me i mo te pai matou."

E ai ki a sir james te maru o tana kaokao.

"kahore," ka mea ia ata. "i reira he tonu te tupono e dr. Kia taea ki te korero ki a matou te tahi mea whare. "

"gee! Ua wareware i a ia. "

"ko iti te tupono noa, engari e kore e me e mahue ai. Whakaaro i korerotia e i a koutou e te noho ia i te métropole. Kia whakaaro i tatou e karanga ki a ia i reira, no ka taea. Ka tatou mea i muri i te pati me parakuihi? "

I whakaritea ai e tuppence me kia hoki huriu ki te ritz, ka karanga hoki a hemi ariki i roto i te motokā. Pono tenei hōtaka i kawea ki waho, me te iti i muri i tahi ka whakatata ake ratou i te aroaro o te métropole. Ka ui ratou hoki dr. Whare, me te whārangi-tamaiti haere i roto i te rapu o ia ia. I roto i te meneti torutoru haere mai te taote iti hohoro ki a ratou.

"ka taea e koe e tohu tatou i te meneti torutoru, dr. Whare? "ka mea a hemi ariki maite. "kia whakamōhio ahau ki a koutou ki te mahue cowley. Mr. Hersheimmer, whakaaro i, e mohio kua koe. "

Ka haere mai i te kara quizzical ki te kanohi o te tākuta rite ruia e ia ringa ki ko huriu te.

"ah, ae ra, toku hoa taitama o te wāhanga rākau! Pona matau katoa, tēnā? "

"te mana'o nei i te ora i runga i te reira ki to koutou maimoatanga mohio, doc."

"ka raru te ngakau?" ha ha! "

"rapu tonu," ka mea poto ko huriu te.

"ki te haere mai ki te wāhi, ka taea e te kupu ki a koutou i tatou i roto i tūmataiti?" ka mea a hemi te ariki.

"tino. Whakaaro i reira ko te ruma i konei te wahi e kia tatou tino ata ".

Arahina e ia te ara, me te etahi aru ia ia. Ka noho iho ratou, a ka titiro inquiringly te tākuta i hemi ariki.

"dr. Whare, ko ahau rawa manukanuka ki te kitea tetahi kotiro etahi mo te whakaaro o te whiwhi i te tauākī i ia i. E take ki te whakapono e kua ia i tetahi wa ranei tetahi i roto i to koutou whakatū i bournemouth i. Te ti'aturi nei i ahau i takahi i kahore ritenga ngaio i roto i ui koe i runga i te tumu parau? "

"i whakaaro ko reira he mea o te iteraa papû?"

Ruarua i te ariki james he kau, ka ka mea ia:

"ae."

"ka waiho i pai ki te hoatu ki a koe i tetahi mōhiohio i roto i toku kaha. He aha te mea ingoa o te kotiro? Mr. Ui hersheimmer ahau, remember-- i "hawhe ia tahuri ki ko huriu te.

"te ingoa," ka mea a hemi ariki faautuaraa i, "ko tino wenewene. E kia tata tino tono tangata ia ki a koutou i raro i te i tetahi riro. Engari kia rite i ki mohio, ki te e maheni koe ki te mrs. Te kaikawe? "

"mrs. Vandemeyer, o 20 nohonga i audley tonga? E matau ana i ia paku. "

"e kore e mōhio o te mea kua tupu koe?"

"he aha ta koe ki?"

"e kore koe e mohio i taua mrs. He mate vandemeyer? "

"aroha, aroha, i i kahore whakaaro o reira! Ka i tupu i te reira? "

"ka mau ia i te tuwhena rawa o chloral whakamutunga po."

"opua?"

"aitua, kua whakapono ai. E kore e rite i ki te mea i ahau. Ahakoa i mate tenei i te ata nei.

"tino pouri. He wahine taa ataahua. Mana'o i ko ia he hoa o koutou, mai e matatau ana koe ki enei kōrero katoa. "

"kua mohio i ki te kōrero hoki-pai, ko reira i kitea nei ia mate."

"pono," ka mea te tākuta, tīmata.

"ae," ka mea a te ariki hemi, a mirimiri tona kauae huritao.

"ko tenei rongo pouri rawa, engari ka tukua e koe ki ahau, ki te mea i e kore i e kite pehea huaina ai ki runga ki te kaupapa o to koutou uiui?"

"faaite nei te reira i runga taua mea i roto i tenei ara, ehara i te mea he meka e mrs. Tukua vandemeyer he kuao whanaunga o ana mea ki to koutou tiaki? "

Okioki atu vēkeveke huriu.

"e ko te take," ka mea te tākuta ata.

"i raro i te ingoa of--?"

"janet vandemeyer. I ia i matau ki te waiho i te irāmutu o mrs. Vandemeyer o. "

"a ka haere mai ia ki a koutou?"

"tae noa ki e taea i mahara i roto i june o hōngongoi o 1915. Ranei"

"ko ia he take hinengaro?"

"ko tika nga mahara, ia, ki te mea e ko te aha te tikanga o koutou. I maarama au i a mrs. Vandemeyer e ua te kotiro i ki ia i runga i te lusitania ka i totohu taua kaipuke kino-hū, ka kua tukua he ru nui i roto i te tupu. "

"tatou e i runga i te ara tika, whakaaro i?" titiro hemi ariki a tawhio.

"rite mea i te aroaro o, au i he mutt!" hoki huriu.

Titiro te tākuta i a ratou katoa ata whakairohia.

"i korero koe o hiahia te tauākī i a ia," ka mea ia. "e kore te mea mahara ia taea ki te hoatu tetahi?"

"he aha? Kua tika mea koutou e he ia kua tika nga mahara. "

"pera ko ia. Ahakoa, ki te hiahia koe i te tauākī i ia mo tetahi ngā mua ki kia 7, 1915, e kore e waiho e ia e taea ki te hoatu i te reira ki a koe. "

Titiro ratou i te tangata iti, matotoru. Tungou ia oaoa.

"te reira i te aroha," ka mea ia. "he aroha nui, rawa rite kohikohi i, e te ariki hemi, e he nui te mea. Engari i reira he reira, ka taea e ia te korero ki a koutou tetahi mea. "

"engari he aha, e te tangata? Darn reira katoa, he aha? "

Neke te tangata iti tona para aau ki te amerika taitamariki oaoa.

"no te mea kei te te mamae janet vandemeyer i te mate tino o te mahara."

"he aha?"

"rawa na. He take ngā, he take rawa ngā. E kore e pera nohinohi, tino, rite koutou e whakaaro. I reira e rave rahi faitatau rawa pai mohiotia. Te reira i te take tuatahi o te ahua e kua i i raro i toku ake kitea whaiaro, a me whakaae i e kua kitea e ahau taua mea o te ngongo moni. "reira ko te tahi mea pai ghoulish i utu o te tangata iti.

"ka mahara ia kahore," ka mea a hemi ariki āta.

"kahore mua ki te kia 7, 1915. I muri i taua rā ia mahara he rite pai rite koutou ranei toku."

"ko te mea tuatahi e maharatia ana e ia?"

"kei te ū ki te morehu. Mea katoa i mua i taua ko te wātea. Kihai ia i mohio ki a ia ake ingoa, ranei te wahi i haere mai ia i, ranei te wahi i ia. Kihai i taea e ara te korero e ia tona arero ake. "

"engari he pono ko te tino rerekē tenei katoa?" hoatu i roto i te huriu.

"kahore, e toku ariki aroha. Tino noa i raro i te mau huru. Ru nui ki te pūnaha io. Puta tata tonu mate o mahara i runga i te taua rārangi. Fokotu'u i te mātanga, o te akoranga. I reira te he tangata tino pai i roto i te paris-hanga te ako o enei take-engari mrs. Whakahē vandemeyer te whakaaro o te publicity e kia hua i te akoranga taua. "

"ka taea e i whakaaro i pai ia," ka mea a hemi ariki grimly.

"hinga i roto i ki ona whakaaro. I reira ko tetahi notoriety hoatu ki enei take. A ko te tino taitama-iwa nga kotiro, e whakapono i. E au ra te reira i te aroha e kia tona ngoikore e korero e pā ana ki-ai tūkino ona opuaraa. Haunga, kahore he maimoatanga motuhake ki te whai i roto i ngā take pēnei i. Ko te tino i te reira i te mea o tatari. "

"tatari?"

"ae, maoro,, te mahara ka hoki-rite ohorere rite haere te reira. Engari i roto i te tūponotanga katoa e kua katoa wareware te kotiro te wā te wawao, a ka tangohia ake te ora i reira mahue atu-ki ia te totohutanga o mua. "

"a ka e mahara koe tenei ki te tupu?"

Koohine te tākuta ana pokohiwi.

"ah, e i taea kore e mea. Ētahi wā ko reira he mea o nga marama, i ētahi wā kua reira kua mohiotia ki rite te roa rite e rua tekau nga tau e! Ētahi wā tetahi ru e te tinihanga. Kia whakahokia tetahi aha te tahi atu mau a atu. "

"tetahi atu ru, nē?" ka mea a huriu te feruri maite.

"rite tonu. I reira ko te take i roto i colorado-- "reo o te tangata iti i aru i, hurihuri, oangé ngākau nui.

Kihai i huriu titiro ki te whakarongo. I maoritanga ia ki ona whakaaro ake, a i te faatu'atu'a mai. Ohorere ka puta mai ia i roto o tona ako parauri, ka patua te tepu taua he bang tangi tiori ki tona ringa e nga tangata katoa peke, te tākuta te nuinga o te katoa.

"kua ka i te reira! Guess, doc, hiahia ana i i to koutou whakaaro hauora i runga i te mahere au e pā ana ki ki te ngā i. Mea jane i ki whiti ano te harotoroto hopu, me te mea ano ko ki tupu. Te waka ruku, te kaipuke totohu, katoa tetahi ki te tango ki te kaipuke-a na i runga i. E kore e mahi i te tinihanga? E kore e hoatu i te reira i te tukinga nui nui ki a ia whaiaro ta'oto, ranei te mea te hāngai ko, a ka tīmata i te reira te mahi ano e tika atu? "

"he matapae tino pai, mr. Hersheimmer. I oku whakaaro ake, ka angitu ia. Ko reira meapango e kahore he tupono o nga tikanga tukurua ratou rite whakaaro koe. "

"e kore tupu, pea, doc. Engari au korero i pā ana ki te toi ".

"toi?"

"he aha, ae. He aha te uaua? Utu i te liner-- "

"he ōseni!" amuamu dr. Whare ngoikore.

"utu etahi pāhihi, te utu i te waka ruku-e te anake te uaua, te mana'o nei i. He pai ki te waiho i te moka huna-herea runga ratou engines o te whawhai kāwanatanga. E kore ratou e hoko ki te tuatahi-comer. Tonu, te mana'o nei i e taea te ka i runga i. Ake rongo o te kupu 'uhi,' e te ariki? Pai, whiwhi uhi reira wa katoa! I whakaaro iho e kore e hiahia ana tino tatou ki te ahi i te tōkiri. Ki te hustles tawhio katoa tetahi, me te hamama nui nui e te totohu te kaipuke, e tika ai ki te kia nui hoki te kotiro taitamariki harakore rite jane. I te wa ka ia te he ora-whitiki ki runga ki a ia, a ka kei te ta'ita'ii ki te kaipuke, ki te rota pai-tāne o artistes mahi te whakameremere hysterical runga i te rahoraho, he aha-ia tika ki kia tika hoki te wahi i ia i roto i kia, 1915 . Pehea te e mo te whakahuahua whanau? "

Dr. Titiro whare i ko huriu te. Mea katoa e ko ia mo te momeniti hē o mea i te pukorero i roto i taua titiro.

"e kore," ka mea a huriu, i roto i te whakahoki ki reira, "e kore au haurangi i. Te mea tino pai te mea. Ngā mahi i te reira i nga ra katoa i roto i te āhua mō te kiriata. Kua kore koutou i kite tereina i roto i te tūtukitanga runga i te mata? He aha te te rerekētanga i waenganui i te hoko ake i te tereina, me te hoko ake i te ōseni? Te tiki i te āhuatanga, me te taea e koe te tika i mua haere! "

Dr. Whare kitea tona reo.

"engari te utu, toku ariki aroha." whakatika tona reo. "te utu! Ka waiho reira ngū! "

"e kore e moni manukanuka ahau tetahi," faataa huriu noa.

Dr. Tahuri whare he mata fakamānako ki hemi ariki, nei ua ataata paku.

"mr. Ko te tino pai atu-tino pai atu pono hersheimmer. "

Hoki ki te ko huriu te haere mai mawhiti o te tākuta ki te kounga hou, me te hianga i roto i reira. Ko kore tenei he hoa taitamariki rereke ki te peu o hinga atu rakau. Puritia kanohi o te tākuta te whakaaro ritenga ki te tangata tino taonga.

"mahere tino maere. Rawa faahiahia, "amuamu ia. "nga kiriata-o te akoranga! Koutou kupu amerika mo te kinema. Rawa ngā. Wehi ahau e pea tatou he iti muri nga wa i runga i konei i roto i to tatou tikanga. A ko koe anake te tikanga ki te kawe i tenei mahere maere.

"peti koe tou tāra raro mahi i."

Te tākuta i whakapono ki a ia-i ko te takoha ki tona iwi. Ki te te whakaaro he ingarihi i he taua mea, e kua i ia feaa urupa rite ki tona mahara.

"e kore e taea e ahau te kī he rongoa," tohu ia i roto i. "pea tika i ki te hanga e rawa mārama."

"tino, e te tika katoa," ka mea huriu. "tika trot koe i roto i jane, a waiho te toenga ki ahau."

"jane?"

"mahue janet vandemeyer, ka. Tatou e nehenehe e whiwhi tika atu i runga i te tawhiti roa ki to koutou wahi, ka ui ratou ki te tuku ake ia; tera ranei ahau e haere ki raro, ki te kawe ia ia ki taku kaainga?

Titiro te taote.

"tono mea i tou tohu, mr. Hersheimmer. Whakaaro i matau koe."

"i mohio ki te aha?"

"ko kore e ma'iri vandemeyer raro toku tiaki."

Pene xv. Ka whiwhi i te tuppence

Tupu ake huriu.

"he aha?"

"whakaaro i nga mohio o taua koe."

"ka i waiho ia?"

"kia kite i ahau. Ki-ra ko mane, ehara i te mea? Me kua reira whakamutunga wenerei-aha, ina-ae, ko reira te taua ahiahi e koutou-er-hinga i roto o toku rakau. "

"i taua ahiahi? I mua, i muri ranei?

"kia ahau kite-oh ae, muri iho. Tae te karere rawa akiaki i mrs. Vandemeyer. Te kotiro, me te nēhi e i roto i te tiaki o ia mahue i te tereina po. "

Totohu ano huriu hoki ki tona tūru.

"nēhi edith-mahue ki te manawanui-i mahara," amuamu ia. "toku atua, ki te kua na tata!"

Dr. Titiro pororaru whare.

"kaore au e mohio. Ko te kotiro kihai me tona whaea keke, i muri i te katoa? "

Tupua ana te matenga. I pā ana ki ki te korero, ka hanga he para whakatūpato i te ariki james pupuri ia tona arero ia. Ka ara te ria.

"au nui takoto i ki a koutou, whare. Kei rawa mauruuru mo te katoa kua korerotia e koe ki a matou e matou. Au wehi kei tatou i teie nei i roto i te tūnga o te he ki te aru i ma'iri vandemeyer faahou i. Aha e pā ana ki te tapuhi e haere tahi ia; whakaaro i kore koutou e matau ki te wahi ko ia? "

Ruia te tākuta tona matenga.

"e kore tatou e kua rongo i a ia, rite tupu te reira. Matau i ko ia ki noho ki ma'iri vandemeyer mo te ia. Engari te mea e taea i tupu? Pono kore kua i kahakina te kotiro. "

"e tonu ki te kia kitea," ka mea a hemi ariki kaingākau.

Ko etahi ka ruarua.

"e kore koe e whakaaro tika i ki te haere ki te pirihimana?"

"kare. I roto i te tūponotanga katoa kei ki ētahi atu whanaunga te kotiro. "

Kihai i tino makona te tākuta, engari kite ia i tona ngakau ki kahore ake mea i taua ariki hemi, ka mohio e ki te tamata me te tango atu pārongo i te kc rongonui e kia ururua noa o te mahi. Fakatatau, i pai ia ki a ratou poroporoaki, a whakarerea ana e ratou te hotera. Mo te meneti torutoru tu ratou i te korero motokā.

"pehea te riri," ka karanga tuppence. "ki te whakaaro me i taua huriu kua mau i raro i te taua tuanui ki a ia mo te ruarua haora."

"ko i he pōrangi darned," hamumu huriu e taupuru.

"kaore koe e mohio," ka whakamarie a tuppence ia ia. "taea ia?" karanga ia ki a hemi ariki.

"kia tohutohu i a koutou e kore e ki te manukanuka," ka mea te muri aroha. "kahore whakamahi karanga i runga i te waiu maringi, e mohio ana koe."

"te mea nui, ko te aha ki te mahi i muri," tāpiri tuppence te mahi.

Koohine te ariki james ana pokohiwi.

"kia pānui koe mo te tapuhi e haere tahi i te kotiro. E ko anake te akoranga e taea i whakaaro, a me whakaae i kore i e tumanako hoki nui hua. Te kore i reira he mea ki te kia meatia. "

"kahore?" ka mea tuppence upoo. "a-tommy?"

"kuo pau ke tau tumanako mo te pai," ka mea a hemi ariki. "oh ae, me haere matou ki runga ki tumanako."

Engari i runga i tona matenga whakapoururu tutaki ana kanohi huriu a, a fatata eita te ka ruia e ia tona matenga. I matau tenei julius. Whakaaro te rōia te take aue. Tupu urupa mata te taitama amerika o. Ka mau te ringa o tuppence ariki hemi.

"me tuku e koe e mohio ki ahau, ki te atu mai tetahi ki te marama. Kia tukuna tonutia nga reta. "

Titiro matatau tuppence ki a ia upoo.

"kei te haere atu koe?"

"kua korerotia e ahau ki a koe. Kaore koe e mahara? Ki sikotilani. "

"ae, engari thought-- i" ruarua te kotiro.

Koohine te ariki james ana pokohiwi.

"toku kotiro aroha, e taea te mahi i tetahi mea atu, wehi i. Kua mutu katoa matou tīwhiri i roto i te rangi angiangi. Ka taea e te tango e koe i toku kupu mo reira e kahore he mea atu ki te kia meatia. Ki te whakatika tetahi, ka waiho i hari ki te tohutohu koe i roto i tetahi ara e taea i. "

Hoatu ana kupu tuppence he mana'o ururua extraordinarily.

"i whakaaro kei tika koe," ka mea ia. "tonu, whakawhetai koe rawa nui mo te tamata no te tauturu ia tatou. Pai-poroporoaki. "

Huriu i piko ki runga i te motokā. Ka haere mai i te aroha, rangitahi kau ki kanohi hiahia o hemi ariki, rite titiro matatau atu ia ki mata whakapoururu o te kotiro.

"e kore e e pā pōuri ana rawa, ngaro tuppence," ka mea ia i roto i te reo iti. "mahara, e kore he hararei-wā tonu kē katoa. Tetahi ētahi wā te whakahaere ki te hoatu i roto i te tahi mau mahi rite te pai. "

Te tahi mea i roto i tona reo i hanga tuppence mawhiti ake koi. Ka ruia e ia tona matenga ki te ataata.

"e kore, i e kore a muri ake nei e mea. Hape nui ki te mea rawa nui. Kia mahara. E kore korero katoa e mohio-kore koe tae noa ki te tangata e matau ana koutou pai. Maramarama? Pai-poroporoaki. "

Haere atu aia. Titiro matatau tuppence i muri ia ia. I timata ia ki te maarama ki nga tikanga a sir james. Kotahi i mua i maka e ia ki a ia he tīwhiri i roto i te ahua whakaarokore taua. He tohu tenei he aha te mea e mau ana i muri o aua kupu poto? I te tikanga o ia e, i muri katoa, kihai i whakarerea e ia te take; e, puku, ia e kia mahi i runga i te reira tonu potopoto

I haukotia ona fakalaulaulotó e huriu, e whakaoati ia ki "te tiki tika i roto i."

"e rapu ana koutou ahua o whakaaro," parau ia rite tīmata atu ratou. "i tetahi atu te taata tawhito mea?"

Whakatuwheratia tuppence tona mangai rūhia, a ka tutakina te reira ano. Whakatangi kupu ariki james o roto i ona taringa: "kore korero katoa e mohio-kore koe tae noa ki te tangata e matau ana koutou pai." me rite ka haere mai he uira i reira ki tona ngakau i tetahi atu mahara. Huriu te aroaro o te haumaru i roto i te flat, tona pātai ake, me te okioki i te aroaro o tona whakautu "kahore." i, i reira tetahi mea tino? I kitea ranei ia te tahi mea i pai ia ki te pupuri i ki ia? Ki te taea e te hanga e ia he rahui, na i taea ia.

"kahore ngā," ka mea ia.

Ua ite ia, nui atu i kite huriu maka he para tītaha ki a ia.

"mea, mo te miro i roto i te papa e haere tatou?"

"ki te pai ki a koe."

Mo te ia rere ratou ki runga ki raro i te rakau i roto i te puku. He ra tino ataahua tenei. Te wiwi hiahia i roto i te rangi i kawea mai he hākailangitau hou ki tuppence.

"mea, ngaro tuppence, mahi whakaaro koutou haere tonu i ki te kitea jane?"

Korero huriu i roto i te reo haaparuparu. I pera ke ki a ia e tahuri tuppence a ka titiro ki a ia i roto i te ohorere i te huru. Ia ia.

"na. Au te kimi i raro me i runga i te mahi. Te ariki james ki-ra kihai i ka i tetahi tumanako i te katoa, i taea e kite e. E kore i e rite ia-tatou e kore e eke tahi hopoia-engari te ia tino orotika, a te mana'o nei i kore ia i pai ki whakatane ki te reira ko tetahi tupono o te angitu-inaianei, e ia? "

Ua ite tuppence kaua fiemālie, engari e piri ki a ia te whakapono e huriu te tahi mea i kaiponuhia ano i a ia, noho u ia.

"fokotu'u ia pānui mo te kaiwhakangote," fakamanatu ia ia.

"ae, me te 'manawapa tumanako' ki tona reo! Kahore — kei te ngau ahau. Kua i te hawhe whakaaro ki te haere hoki ki te āhua tika atu. "

"oh e kore!" karanga tuppence. "kua ka tatou ki te kitea tommy."

"i tino wareware beresford," ka mea a huriu contritely. "na. Ka kitea e tatou. Engari i muri i-pai, kua kua i ra-moe tonu mai tīmata i runga i tenei haerenga-a ko enei moe pirau pakihi rawakore. Kua mutu ahau. Mea, ngaro tuppence, i reira te tahi mea e hiahia ana i ki te ui ki a koutou. "

"ae?"

"koe me beresford. He aha?

"e kore i e matau koe," ka mea tuppence ki te kororia, te tāpiri kaua inconsequently: "me, tonu, kei he koutou!"

"e kore ka he ahua o aroha ongo'i mo tetahi ki tetahi?"

"tino kore," ka mea tuppence ki te mahana. "tommy me ko i hoa-kahore atu."

"guess mea i nga rua o te hunga i aroha kua e wā ranei tetahi," kite huriu.

"tito noa!" motumotuhia tuppence. "e titiro i te ahua o te kotiro e te hinga tonu i roto i te aroha ki nga tangata tutaki ia?"

"e kore koe mahi. Titiro koe te ahua o te kotiro e te kaha maha hoko hinga i roto i te aroha ki! "

"oh!" ka mea tuppence, kaua tangohia pērā. "e te he haapoupouraa, i whakaaro?"

"tino. Inaianei kia whiwhi a raro, ki tenei. Mahara e kore matou kitea beresford me-and-- "

"katoa tika-mea i te reira! Ka taea e au te pa ki nga korero. Hua noa he's-mate! Pai? "

"a fiddles tenei mahi katoa i roto i. He aha e haere koe ki te mahi i? "

"e kore i e mohio," ka mea tuppence p͞ouri.

"ka ngoikore koe, he tamaiti rawakore."

"ka waiho i tika katoa," motumotuhia tuppence ki tona inoino mua o te ahua o te aroha tetahi.

"te aha e pā ana ki te faaipoiporaa?" ui ko huriu te. "ka tetahi whakaaro i runga i te tumu parau?"

"i hiahia ki te marena, o te akoranga," ka mea tuppence. "e te, ki te" tūtatari kataka ana, i mohio he hiahia rangitahi kau ki te utu hoki, ka ka titi ki a ia pu bravely- "ka taea e kitea i etahi tetahi taonga nui ki te hanga i utu reira toku i. E te haavare, te kore te reira? Maia i mea whakahawea koutou ahau hoki reira ".

"kore i whakahawea parapara pakihi," ka mea a huriu. "he aha te ahua ngā whai koutou i roto i te ngakau?"

"ahua?" ka mea tuppence, maere. "e te tikanga koutou roroa poto ranei?"

"kare. Moni-moni.

"oh, i-i kua kore mahi tino e i roto i."

"ka pehea ahau?"

"koe?"

"he pono."

"oh, e kore i taea i!"

"hei aha?"

"korero i a koutou kihai i taea i."

"ano, he aha e kore?"

"e mea he na taurite."

"e kore i e kite i tetahi mea taurite e pā ana ki reira. Karanga i tou pari, e te katoa. Faahiahia i koe tino, ngaro tuppence, neke atu i te tetahi kotiro kua ake tutaki i. He tino memeha noa koe. Tika i hiahia aroha ki te homai koe i te tino, ngaehe wa pai. Mea te kupu, a ka rere tatou tawhio tika atu ki etahi rei nui-te piha, a whakatika ake te pakihi mowhiti. "

"i kore e taea e," te putanga o tuppence.

"no te mea o te beresford?"

"kahore, kahore, kahore!"

"ka pai?"

Tonu noa tuppence ki ruru tona matenga murua.

"e kore e taea e koe āhua mahara atu tara atu kua ka i."

"oh, ehara i te mea e," te putanga o tuppence ki te kata tata hysterical. "engari whakawhetai koutou rawa nui, me katoa e, whakaaro i i hiahia pai mea kahore."

"hiahia kia takoto i te mea hiahia mahi koe i te manakohia ki te whakaaro i te reira i runga i tae noa ki-apopo ahau."

"te reira kahore whakamahi."

"tonu, te mana'o nei i ka waiho tatou i te reira rite taua."

"tino pai," ka mea tuppence hamumu ake.

Korero ano e kore o ratou tae noa ki tae ratou te ritz.

Haere runga tuppence ki tona ruma. Ua morare te aki ia ki te whenua i muri i tona pakanga ki tuakiri kaha o huriu. E noho ana ki raro, ki mua o te karaihe, ka titiro ia ki a ia whakaata ake mo etahi meneti.

"wairangi," amuamu tuppence i roa, hanga he tia'ii. "wairangi iti. Mea katoa e hiahia ana-katoa koe kua ake tumanako koutou mo, me haere koe, ka kuri i roto i 'kore' rite te hipi iti roriori. Koinei tetahi tupono. He aha e kore e koutou tangohia i te reira? Hopu koe? Peke ki reira? Te aha ake e hiahia ana koe? "

Rite te mea i roto i te whakahoki ki a ia pātai ake, ka hinga ona kanohi ki runga ki te hopuāhua iti o tommy e tu ana i runga i tona tauiraa-tepu i roto i te tāpare shabby. Mo te kau takatakahi ia mo te mana-whaiaro, me ka mahue atu aroaro katoa, puritia ana e ia ki a ia ngutu, me te pakaru ki te pai o tangi.

"oh, tommy, tommy," karanga ia, "e aroha i a koutou na-a kore i ai kite koutou ano ...."

I te mutunga o e rima meneti noho tuppence ake, whakatangihia tona ihu, a ka pana hoki ia makawe.

"e te taua," kite ia, kati te. "kia titiro a meka i roto i te mata. Titiro i ki kua hinga i roto i te aroha-ki te pōrangi o te tamaiti nei kahore pea e tiaki e rua straws e pā ana ki ahau. "konei tūtatari ia. "tonu," anō ia, me te mea e totohe ana ki te hoariri e kitea, "kore i e mohio e mahi ia. Kore hiahia kua maia ia ki te mea pena. Kua peke i nga wa katoa i runga i te huru aau-a konei ahau he i nui atu hoê mana'ona'oraa atu i te tangata. He aha idiots kōtiro e! Kua whakaaro tonu i na. Whakaaro i ka moe i ki tona whakaahua ki raro i toku urunga, ka moemoea e pā ana ki a ia katoa te po. Te reira te wehi ki te ite kua i koe teka ki tou parau tumu. "

Ruia tuppence tona matenga kanohi, pera arotakehia ia tona tahuritanga ketanga.

"e kore i e mohio ki ta ki te mea ki a huriu, ua papû i. Oh, wairangi aha he ite i! Ka whai i ki te mea te tahi mea-ia te na amerika, me te tino, ka tohe ia ki runga ki te mea he take. Fifili i ki te i kitea ia tetahi mea i roto i taua safe-- "

Haere fakalaulauloto o tuppence atu i runga i tetahi atu pine. Āta a wawe arotakehia ia te mau ohipa o whakamutunga po. Hopoia, hangē herea ratou ake ki nga kupu enigmatical o hemi te ariki ....

Ohorere homai ana e ia ahua mangu te tīmatanga-te nui tae i roto i o tona mata. Ona kanohi, mīharo, titiro i roto i te mua o ia, dilated nga tamariki.

"taea," amuamu ia. "kaore e taea! Me haere i haurangi noa ki te whakaaro o te taua mea .... "

Whakapehapeha-heoi ka whakaaturia e te reira mea katoa ....

I muri i whakaata o te kau ia noho iho, ka tuhituhi he tuhipoka, kotahi i ia kupu pera i pera ia. Hopea tungou ia tona matenga, me te mea makona, a paheke ana e ia ki te kōpaki i ngā ia ki a huriu. Ka haere ki raro ia te irava ki tona noho-ruma, a patoto i te tatau. Rite i tūmanakohia ia, takoto kau ana te ruma. Mahue ia te tuhipoka i runga i te tepu.

I tatari i te whārangi-tamaiti iti i waho tona tatau ake, ka hoki mai ia ki reira.

"waea hoki koutou, ma'iri."

Tangohia ana tuppence reira i te salver, a haea ana whakatuwhera reira wehikore nei. A he tangi tona. Ko te waea i tommy!

Pene xvi. Atu mōrearea o tommy

I tuhitia ki patiatia mauiui o te ahi i te pouri, ka toia tommy ana rongo āta hoki ki te ora. Ka ia i muri whakatuwheratia ana kanohi, ko mohio o engari te mamae rahi tona rahirahinga a puta tetahi mea ia. Ko ia vaguely mohio o te taiao tauhou. I hea ia? Aha te mea i tupu? Blinked ia tatou paruparu. Kihai i tona whare moenga i te ritz tenei. A he aha i te mea ki tona matenga te rewera?

"whakatara!" ka mea a tommy, a tamata ki noho ake. Kua mahara ia. Ko ia i roto i taua whare nanakia i roto i te soho. Puaki ia te aue, me te hinga hoki. I roto i ona tapo'io te tata-katia reconnoitred maite ia.

"kei te haere mai ia ki te," parau i te reo rawa e tata ana te taringa o tommy. Ka mohiotia e ia i te reira i kotahi mo taua o te pāhau, me te tōtika german, ka takoto whakairo e mangere. Ongo'i ia e riro te reira i te aroha ki te haere mai a tawhio hohoro rawa; a tae noa ki riro te iti iti whakapeka te mamae i roto i tona matenga, ua ia tino hē o te kohikohi ana i toe. Mauiui tamata ia ki te puzzle i te mea i tupu. Mārama me kua tomo tētahi ake i muri ia rite whakarongo ia, a patua iho e ia ki te patu ki runga ki te matenga. Ratou i matau ki a ia inaianei mo te tirohia, a pai i roto i te tūponotanga katoa hoatu ia shrift poto. Kore ko ia i roto i te wahi raru. I mohio tangata te wahi i ia, koia e hiahia ana ia titau kahore āwhina waho, a me whakawhirinaki anake i runga i tona ake i toe.

"pai, konei haere," amuamu tommy ki ia, a ka korerotia tona parau o mua.

"whakatara!" kite ia, a muri i tenei wa i roto i noho ki runga.

I roto i te meneti marere te german mua, a whakanohoia he karaihe ki ona ngutu, me te poto whakahau "inu." tommy i whakarongo. Te mananga o te tauira i hanga kowaowaotia ia, engari whakawāteatia te reira i tona roro i roto i te tikanga whakamiharo.

I takoto ia i runga i te moenga i roto i te ruma i roto i kua i te hui i tū. I tetahi taha o ia ko te german, i runga i te tahi atu te kaitiaki tatau villainous-hinana nei i kia ia i roto i. Te etahi ano tauanga i te tawhiti iti atu. Engari ngaro tommy kotahi mata. Ko kore o te kamupene te tangata e mohiotia ana ko te tau kotahi.

"ite pai?" ka mea te german, pera nekehia e ia te karaihe kau.

"ae, whakawhetai," hoki ana tommy fiefia.

"ah, e toku hoa taitama, he mea waimarie hoki koutou he pera matotoru to koutou angaanga. Te conrad pai patua pakeke. "tohua e ia te kaitiaki tatau kino-hinana e te kamokamo. Ko te tangatatanga o te tangata.

Whiria tommy tona matenga a tawhio ki te kaha.

"aue," ka mea atu ia, "na, ka kuhu koe, ko koe? Patu te reira ahau i waimarie te matotoru o toku angaanga mo koutou rawa. Ka titiro i ki koe ite i te reira tata te aroha kua whakahohea i koe ki te tinihanga i te hangman ".

Amanono ki te tangata, a ka mea te tangata te ahipare ata:

"e ia i rere kahore mōrea o taua."

"tika rite rite koutou," ka mea a tommy. "e matau ana i te reira i te ahua ki te rere ki raro i te pirihimana. I kaua whakapono i roto i a ratou i ahau ".

Ko nonchalant ki te tohu whakamutunga tona tikanga. Tommy beresford ko tetahi o te hunga taitamariki ingarihi kore whakanuia e tetahi kaha hinengaro motuhake, engari ko wai e puai i to ratou pai i roto i te mea kei te mohiotia rite te "wahi raru." ratou diffidence tūturu me tūpato hinga i a ratou, ano te karapu. Te kitenga o tommy maitai e i roto i tona ake toe takoto anake te tupono o mawhiti, a muri tona tikanga tūao i racking ia ona roro weriweri.

Ka mau nga nako matao o te german ake te whakahaere:

"e tetahi ki te mea a koutou i mua i e hoatu e koe ki te mate hei tirohia?"

"he maha nga mea," ka whakahoki a mama ma te taone ano i mua.

"mahi whakakahore koutou i whakarongo koutou i taua kuwaha?"

"kare ahau. Me i tatarahapa-engari tino i na ngā e hinga ana a reira i aku tautohe koutou whakahaere. "

"pehea koutou i te tiki i roto i?"

"aroha conrad tawhito konei." ua ataata deprecatingly tame i a ia. "toumoua i ki fokotu'u pensioning atu he pononga pono, engari koutou tino tika ki te whai i te tipene pai."

A amanono impotently conrad, ka mea sullenly, rite te tangata ki te pahau akina iho a tawhio ki runga ki a ia:

"hoatu e ia te kupu. Pehea i i ki mohio? "

"ae," koia tommy i roto i. "pehea i ki matau ia? E kore e whai kupu te hoa rawakore. Kua homai ki ahau tona mahi hohoro te pai o te kitenga o koutou mata katoa ki te kanohi. "

Puāwaitanga ia e meinga ana kupu etahi discomposure roto te rōpū, engari i whakamarie te german mataara reira ki te poipoi o tona ringa.

"korero nga tangata mate kahore tales," ka mea ia whakanoho iho.

"ah," ka mea a tommy, "engari e kore au i mate ano!"

"koe hohoro ka hei, toku hoa taitama," ka mea te german.

Ka haere mai te amuamu whakaae i te ētahi atu.

Whiua tere ngakau o tommy, engari e kore tona ahuareka tūao i ruarua.

"e kore i whakaaro," ka mea ia mau. "kia whai i te whakahe nui ki mate."

I ka ia maere ratou, ka kite ia i taua e te titiro i runga i te mata o tona fakapōpula ki.

"ka taea e homai e koe ki a matou tetahi take he aha e kore e tatou te hoatu koe ki te mate?" ka mea te german.

"e rave rahi," ka mea a tommy. "titiro konei, kua kua tono koe i te rota o ngā pātai ki ahau. Kia ui ahau koutou tetahi mo te huringa. He aha kihai i koutou patu i ahau atu i kotahi i mua ka whai i mahara? "

Ruarua te german, a hopukina ana tommy tona painga.

"no te mea kahore koutou i matau ki te nui i mohio-a wahi whiwhi i taua matauranga. Ki te whakamatea e koe ki ahau aianei, e koe e kore e mohio. "

Engari i konei ka nga kare o boris rawa nui mo ia. Marere ia atu poipoia ana ringa.

"koe reinga-hound o te tirohia," karanga ia. "ka hoatu e matou shrift poto koe. Patua! Patua!

I reira ko te haruru o te pakipaki.

Ka mea "rongo koe?" te german, ona kanohi ki runga ki tommy. "he aha i ki a koe te mea ki taua?"

"e mea?" koohine tomi ana pokohiwi. "mōkihi o wairangi. Me ui ki a ratou i te tahi mau uiraa. Me pehea ahau i uru ai ki tenei wahi? Maharatia nga korero a te kuia tawhito - me taau ake kupuhipa, kaore ranei? Pehea i i whiwhi mau o taua? E kore koe e whakaaro haere mai i ake aua kaupae kōpeka ka mea te mea tuatahi i haere mai ki toku upoko? "

I pai ki te kupu hopea o tenei kupu tommy. Ko tana pouri anake ko te tuppence kaore i tae mai ki te mauruuru i tana ki tonu.

"e he pono," ka mea te tangata e mahi ohorere. "hoa, tatou kua tukua!"

Whakatika te amuamu kino. Kata tame i ratou i whakamarie.

"te pai. Me pehea e taea tumanako koe ki te hanga i te angitu o tetahi mahi, ki te kore koe e whakamahi koutou roro? "

"ka korero koe a matou nei kua tukua tatou," ka mea te german. "engari e kore e e whakaora ia koutou-aue, kahore! Ka korero ki a koutou ki a matou katoa e mohio ana koe. Boris, i konei, e matau ana ara pretty o te iwi korero! "

"ko hepetipa!" ka mea a tommy whakahawea, whawhai iho he ongo taa kino i roto i te poka o tona kopu. "ka kore koe whakamamaetia ahau e kore whakamatea ahau."

"a he aha e kore?" ui boris.

"no te mea hiahia whakamatea koe te kuihi e waha te hua koura," ka mea a tommy ata.

I reira ko te okioki rangitahi kau. E au ra te reira, me te mea ko te te haapapûraa tamau o tame i hono ikuna◊i whakamutunga. Kore i ratou tino tino o ratou. Te tangata i roto i nga kakahu shabby titiro matatau i tommy searchingly.

"te ratou ngakau ia koe, boris," ka mea ia ata.

I kino te whaea ki a ia. I kite taua tangata i a ia?

Te german, ki te kaha, tahuri whakatuma ki tommy.

"he aha ta koe ki?"

"he aha te mahi koe whakaaro te tikanga i?" mataika ana tommy, rapu tino i roto i tona ngakau ake.

Ohorere ka whakatata boris, a ka ruia e tona ringa i roto i te mata o tommy.

"korero, poaka koutou o te pākehā-korero!"

"e kore e whiwhi na fiefia, toku hoa pai," ka mea a tommy marie. "e te te kino o a koutou tangata ke. E kore koe e taea e pupuri marino. Inaianei, ui i koutou, meatia titiro i rite te mea whakaaro i reira ko te tupono iti rawa o koutou patu i ahau? "

Titiro ia he pakari a tawhio, a ko hari kihai ratou i taea rongo te patu tamau o tona ngakau i hoatu te teka ki ana kupu.

"kahore," uru boris i muri sullenly, "e kore koutou mahi."

"whakawhetai atua, e kore ia te te kaipānui hinengaro," whakaaro tommy. Reo whaia e ia tona painga:

"a he aha kia māia ahau i? No te mea e matau ana i te tahi mea e e ahau i roto i te tūranga ki te tono he utu pupuri. "

"he utu pupuri?" ka mau te tangata pāhau ia ake koi.

"ae-te utu pupuri. Toku ora, me te haere noa kinotia; "tūtatari ia.

"ki te aha?"

I haere whakamua te ropu. Taea e koe kua rongo i te taka titi.

Āta korero tommy.

"nga pepa e danvers kawea mai ki runga i i amerika i te mua."

Ko hiko te pānga o ana kupu. Katoa tetahi i runga i ona waewae. Poipoia te german ratou hoki. Okioki atu nei ia ki runga ki tommy, tona mata papura ki te oaoa.

"himmel! Kua ka e koe a ratou, na? "

Ki marino nehenehe ruia tommy tona matenga.

"e matau ana koe kei hea ratou?" tohe te german.

Ano ka ngenge a tommy. "e kore i roto i te iti rawa."

"na-then--" riri, a whakapororarutia ana, i taka ia i nga kupu.

Titiro a tommy. Kite ia i te riri, me te wiri ki runga ki nga mata, engari mahi tona hau i tona mahi-kahore tetahi i ruarua engari takoto taua te tahi mea i muri ona kupu.

"e kore i e mohio ki te wahi i te pepa e-engari whakapono i e taea kitea i ratou. I ahau he ariā-- "

"pah!"

Tommy whakaarahia tona ringa, a ka wahangu ai nga clamours o anuanu.

"karanga i reira i te ariā-engari au i tino mohio o aku meka-meka e kua mohiotia ki kahore tetahi ko ahau. I roto i tetahi take aha e ngaro koe? Ki te taea i hua i te pepa-koe homai ki ahau toku ora me te haere noa i roto i te utu. He tiiti? "

"a ki te kore tatou?" ka mea te german ata.

Tommy takoto hoki i runga i te moenga.

"te 29 o," ka mea ia feruri, "he iti iho i te rua wiki ahead--"

Mo te kau ruarua te german. Ka hanga e ia he tohu ki conrad.

"tango ia ia ki ētahi atu te piha."

Mo te rima meneti, noho tommy i runga i te moenga i roto i te ruma dingy tatau i muri. Kei te pukuriri tona ngakau. I tuku nei ia katoa i runga i tenei taunga. Pehea ratou e whakatau? Me te i katoa i moeahia tenei ka haere totohe a roto ia, korero flippantly ia ki conrad, enraging te kaitiaki ripeka-baked ki te mata o te mania homicidal.

I muri i te tatau e tuwhera ana, ka huaina imperiously ki conrad te german ki hoki.

"kia tumanako a te whakawa e kore i hoatu tona pōtae pango i runga i," parau tommy noatia e. "e te tika, conrad, haere ahau i roto i. Ko te herehere i te pae, rangatira."

Te german i noho kotahi ake i muri i te tepu. Tawhiri ia ki tommy ki te noho ki raro ritenga ki a ia.

"manako matou," ka mea ia pakeke, "i runga i ngā. Te tikanga kia tukua te pepa ki a tatou i mua i te haere noa koe. "

"pōrangi!" ka mea a tommy amiably. "koe whakaaro pehea e taea i te titiro mo ratou, ki te puritia e koe i ahau e here ana ki te waewae i konei?"

"he aha e mahara koe, na?"

"me whai i haere noa ki te haere e pā ana ki te mahi i roto i toku ara ake."

Kata te german.

"mahi whakaaro koutou he tamariki nohinohi ki te tukua koe haere i roto o konei mahue tatou te kōrero tino tonu o mau fafauraa tatou?"

"kahore," ka mea a tommy te feruri maite. "ahakoa ore ohie hoki ahau, e kore i whakaaro tino i e whakaae koutou ki taua mahere. Rawa te pai, e ti'a ia tatou te whakarite i te ngāwari. Me pehea e piri ai koe ki konei ki taku tangata. Te ia te hoa pono, a rawa rite ki te ringa. "

"hiahia tatou," ka mea te german tou kanohi, "e kia noho koe i konei. Tetahi o to tatou tau e kawe atu o koutou tohutohu minutely. Ki te e uaua nga ngā mahi, ka hoki mai ia ki a koutou ki te pūrongo, me te taea e koe atu whakaako ia. "

"e here koe toku ringa," amuamu tommy. "te reira i te take noa iho, a ka muff te tahi atu hoa reira ake rite pea rite kahore, a ka wahi ka waiho i? E kore i e whakapono tetahi o koutou kua whakatika te hekere o te mărû e. "

Rapped te german te tepu.

"ko to tatou ngā hunga. Ki te kore, ka mate.

Okioki tommy hoki a meake ko.

"e pai ana ahau ki to taera. Curt, engari ātaahua. Na te mea, na. Engari kotahi te mea he faufaa, me kite i te kotiro. "

"he aha te kotiro?"

"jane finn, o te akoranga."

Te tahi atu ka titiro ki a ia ata whakairohia hoki te tahi mau meneti, ka āta mea ia, a, me te mea te kōwhiri ana kupu ki te tiaki:

"e kore koe e matau, e ia tetahi mea e taea e korero ki a koutou?"

Whiua te ngakau o tommy te iti tere. E manuïa ia i roto i te haere mai kanohi ki te kanohi ki te kotiro i rapu ia?

"e kore i e ui ia ki te korero ki ahau tetahi," ka mea ia ata. "e kore i roto i na maha nga kupu, e ko."

"na he aha kite ia?"

Ka faaea e tommy.

"ki te mataara tona mata ka ui i ia kotahi kupu," ka mea ia i muri.

Ano i reira ko he titiro i roto i kanohi te german o e kihai i tino matau tommy.

"e kore e waiho e ia taea ki te whakahoki kupu i tō pātai."

"e kore e taua faufaa. Ka i kua kite tona mata ka ui i te reira. "

"ka korero me a koutou whakaaro e koe tetahi mea?" ka hoatu e ia he kata au ore poto. Neke atu i te ake, ua tommy e reira ko he take wahi e kihai i matau ia. Titiro te german ki a ia searchingly. "fifili i ranei, i muri katoa, e mohio ana koutou i rite te nui rite tatou whakaaro?" ata ka mea ia.

Ua ite tommy tona kaka hake ko iti tino atu i te kau ki te aroaro o. I paheke tona mau he iti. Engari ko maere ia. Te mea i mea ia he? Korero e ia i roto i runga i te hihiko o te kau.

"i reira kia kia mea e matau koutou kahore e mahi i. Kihai i i te ahua kei ki kia mōhio o nga kōrero katoa o tou whakaatu. Engari rite kua ka i te tahi mea ake toku peinga e kore koutou e mohio e pā ana ki. Me e te wahi tikanga i ki piro. Danvers ko he fellow-- tupato faahapahia "whawhati atu ia, me te mea i mea ia rawa nui.

Engari i marama mata te german o te iti.

"danvers," amuamu ia. "i kite nei" ki'i tu'u ia he meneti, ka poipoia ki conrad. "tango atu ia. I runga, e mohio ana koe.

"tatari i te meneti," ka mea a tommy. "ka pehea ra te kotiro?"

"e pea ai kia whakaritea."

"me te mea."

"ka kite matou c pā ana ki reira. Ka taea e tetahi anake te tangata whakatau e. "

"ko wai?" ka mea tommy. Engari i mohio ia te whakahoki.

"mr. Parauri-- "

"ka kite i a ia?"

"tera pea."

"haere mai," ka mea conrad pakeke.

I ara ake a tommy. I waho te tatau tawhiri tona kaitiaki ki a ia ki te maunga i te pikitanga. Ia ia i aru tata ki muri. I runga i te patunga witi i runga conrad whakatuwheratia te tatau, a haere tommy ki te ruma iti. Tahuna conrad he pūwera hau whakahianga a haere ki waho. Rongo tommy te tahuri te tangi o te kī i roto i te raka.

Whakaturia e ia ki te mahi ki te titiro i tona whare herehere. Ko reira he ruma iti atu i te kotahi e'a, me i reira ko te tahi mea kehe fakalūkufua e whae e pā ana ki te huru o te reira. Ka mohio ia e kahore he matapihi. I haere ia a tawhio reira. I paruheti nga taiepa, pera nga wahi katoa atu. Whakairihia crookedly wha pikitia i runga i te taiepa e tohu scenes i faust. Marguerite me tona pouaka o mea, te scene hahi, siebel me ana puawai, me faust me mephistopheles. Kawea te whakamutunga hinengaro o tommy hoki ki mr. Parauri ano. I roto i tenei ruma hiri me kati, ki tata-tikanga ona tatau taimaha, ua tapahia ia atu i te ao, me te mana nanakia o te kikorangi-hara te titiro atu tūturu. Hamama rite pai ia, ake ake i taea e kore tetahi rongo ki a ia. Te wahi i te urupa ora ....

Ki te kaha unuhia tahi tommy ia. Totohu ia i runga i ki te moenga, a hoatu ia ki runga ki te whakaaro. Ka mamae tona mahunga; ano, ka hiakai ia. Ko dispiriting te puku o te wahi.

"tonu," ka mea a tommy, e ngana ana ki te ngakau ia, "ka kite i te tino-te mr ngaro. Parauri me te ki te moka o te waimarie i roto i ratou ngakau e kite ano i te ngaro jane finn. I muri i tena "

I muri takoha e tame i ki te whakaae i te amanaki titiro pōuri noa.

Pene xvii. Annette

Nga whakapawera o te heke mai, heoi, hohoro ahua mangu te aroaro o nga whakapawera o te hakari. Me o enei, ko te tonu tino me te pēhi i taua o te kai. A tommy he hiahia hauora, me te maia. Te paopaohia me maramara kai o mo tina whakaaro inaianei ki te riro ki tetahi atu tekau tau. Ia mohio manawa pā te meka e kore e meinga e ia te angitu o te patu matekai.

Te haereere ia oma e pā ana ki tona whare
herehere. Kotahi, e rua whiua ia kororia, ka ākina i runga i
te tatau. Engari tangata ka whakahoki nga hamene.

"whakairi reira katoa!" ka mea a tommy riri. "e kore ratou e
taea e te tikanga ki te hemokai ahau kia mate." te wehi hou-
whanau haere i roto i tona ngakau e tenei ai, pea, kia kotahi
o aua "ara pretty" o te hanga i te herehere korero, i i pēnei
ki boris. Engari mo runga i te whakaaroaro kua whakakorea
e ia te whakaaro.

"te reira e conrad whakaarokore kawa-hinana," faaoti ia. "e
te he hoa ka koa ki i whiwhi noa ki tetahi o enei ra. Ko te
wahi tika o te ahakoa i runga i tona wahi i tenei. Au i etahi
o reira. "

Ko nga whakaaroaro ka whakauruhia ki roto i a ia te
whakaaro he mea tino pai ki te kawe mai i tetahi mea me te
patu i runga i te upoko o te puoro o conrad. Mirimiri
tommy tona matenga whakamarie, a hoatu ia ake ki nga
ahuareka o whakaaro. Te mutunga rererere he whakaaro
kanapa puta noa tona roro. He aha e kore tahuri whakaaro
ki mooni? Ko veiveiua conrad te riihi o te whare. Ko etahi
atu, ma te koretake pea o te kaimau i te pahau, i
whakamahia noa hei peehi. Na, he aha e kore tatari i roto i
pehipehi mo conrad muri te tatau, a ka ka tomo ia kawea ki
raro i te tūru, ranei tetahi o nga pikitia decrepit, koroiroi ki
runga ki ki tona matenga. E tetahi, o te akoranga, kia tupato
e kore ki te patua pakeke rawa. A ka-a ka, noa haere i roto
i! Mena ka tutaki ia ki tetahi e haere ana i te ara, pai ake a
tommy ki te maataki i te whakatau me ona ringa. Ko ore
atu te take pera i roto i tona aho atu te-waha farereiraa o
tenei ahiahi. Haurangi e tona mahere, ata unhooked tommy
te pikitia o te rewera, me te faust, a noho ana ia ia i roto i te
tūranga. Kua tiketike tana tūmanako. E au ra i te mahere ki
ia ohie engari pai.

Haere te wā i runga i, engari kihai i puta conrad. I te po, me te ra te taua i roto i tenei ruma herehere, engari ringa-tiaki o tommy, i koa he tetahi tohu o te tika, e ia e ko te reira iwa nga haora i roto i te ahiahi. Kitea e taupuru tommy e ki te kore i tae hapa hohoro e tenei he totohe o tatari mo te parakuihi. I kotahi tekau karaka whakarere tumanako ia; a ka panga e ia ia i runga i te moenga, ki te rapu whakamarie i roto i te moe. I roto i te rima meneti i warewarehia tana aue.

Te tangi o te koki matua i roto i te raka ka maranga ake a ia i tona he moe o. E kore no ki te momo o te hero e he rongonui mō te oho i riro tonu o ana aravihi, blinked noa tame i te tuanui, a miharo vaguely wahi ko ia. Ka mahara ia, ka titiro ki tana tiaki. Ko reira waru haora.

"te reira rānei tea te ata wawe parakuihi ranei," i whakapae te tangata taitama, "me te inoi atua te reira i te hopea nei!"

Puare tonu te tatau. Mutunga rawa, mahara tommy tona kaupapa o te obliterating te conrad unprepossessing. He momeniti muri i koa ia i a ia, e kore hoki i reira conrad nei tomo, engari he kotiro. Kawea ia he paepae i whakatakotoria e ia ki raro, ki runga ki te tepu.

I roto i te marama o te tame hau pūwera ngoikore blinked ki a ia. Faaoti ia i kotahi e ko ia tetahi o nga kotiro tino ataahua i kite ake ia. Tona makawe ko te parauri taonga tonu, me glints ohorere o te koura i roto i reira rite te mea i reira i herea hihi mahana aro i roto i ona rire. I reira ko tetahi kounga mohoao-rohi e pā ana ki tona mata. Ko ona kanohi, he whanui te whanui, he haruru, he haona koura ka maharahara ano i nga maharahara ki nga putiputi.

Koperea he whakaaro kuawa roto i te ngakau o tommy.

"ko koe jane finn?" ka ui ia ki te aho pau.

Ngaueue ana te kotiro tona matenga wonderingly.

"ko toku ingoa annette, monsieur."

Korero ia i roto i te ngohengohe, pakaru english.

"oh!" ka mea a tommy, kaua tangohia pērā. "française?" tuku nei ia.

"oui, monsieur. Monsieur parle français? "

"e kore hoki tetahi roa o te wā," ka mea a tommy. "he aha tera? Parakuihi? "

Tungou te kotiro. Maturuturu iho tommy atu te moenga, a ka haere mai, ka tirotirohia nga tirotiro o te paepae. Ngā reira o te taro, etahi mātiarīni, me te ipu o te kawhe.

"e kore e rite ki te ritz te ora," kite ia ki te korero e. "engari i hanga mo te mea e matou i muri e pā ana ki ki te riro i te ariki kua mauruuru pono ahau. Amene »

Unuhia ana e ia ki runga he tūru, ka tahuri atu ki te tatau i te kotiro.

"tatari te hekona," karanga tommy. "i reira he rota o nga mea e hiahia ana i ki te ui ki a koe, annette. He aha e mahi koe i roto i tenei whare? E kore e korero ki ahau a koutou e irāmutu o conrad, ranei tamahine, ranei tetahi mea, no te mea e kore i taea whakapono reira. "

"mahi i te mahi, monsieur. Kahore ahau e pa ki tetahi atu.

"kite i," ka mea a tommy. "e matau ana koe ki ta i ui koe tika inaianei. Kua rongo ake koe e ingoa? "

"kua rongo i te iwi korero o jane finn, whakaaro i."

"e kore koe e matau ki te wahi ko ia?"

Ruia annette tona matenga.

"e kore ia te i roto i tenei whare, no te tauira?"

"oh kahore, monsieur. Me haere i tenei-ratou ka tatari hoki ahau. "

Hohoro ia. Ka huri te kī i roto i te raka.

"fifili i nei 'ratou' e," tatari tommy, pera tonu ia ki te hanga ho runga i te taro. "ki te wahi o te waimarie, e kotiro ai te awhina i ahau ki te tiki i roto i o konei. E kore ia e titiro rite tetahi o te rōpū. "

I kotahi haora i pa annette ki tetahi atu paepae, engari haere tahi tenei conrad wā ia.

"ata pai," ka mea a tommy amiably. "e kore i whakamahia e koe hopi o pea, kite i."

Meinga threateningly conrad.

"kaore he kaamuri marama, he tawhito taau? I reira; i reira, e kore e taea e whai tonu tatou roro me te ataahua. He aha to tatou no te tina? Kiki? Me pehea e mohio ai ahau? Tuatahi, he papu toku watson-te aroha kakara o aniana. "

"kōrero atu," grunted te tangata. "te reira te wā iti nui ka whai koe ki te kōrero i roto i, pea."

I kino i roto i tona mana'o tauturu te parau, engari tukunoa'i tommy reira. Noho ana ia ki te tepu.

"putere, varlet," ka mea ia, ki te poipoi o tona ringa. "kaua e whaaki ki au kaihokohoko."

Noho taua ahiahi tommy i runga i te moenga, a ka cogitated hohonu. E conrad ano haere tahi te kotiro? Ki te kahore i ia, kia aituä ia e ngana ana ki te hanga i te hoa o ia? Faaoti ia e me waiho e ia hurihia kahore kohatu. I pau tona tūranga.

I te waru karaka i te tangi maheni o te koki matua hanga puna ia ki ona waewae. Ko te kotiro anake.

"tutakina te tatau," whakahau ia. "e hiahia ana i ki te korero ki a koe." rongo tonu ia.

"titiro konei, annette, e hiahia ana i ki a koe te āwhina tiki ahau i roto i o tenei." ruia e ia tona matenga.

"kore rawa. I reira e toru o ratou i runga i te papa i raro nei ".

"oh!" i mauruuru mo te mōhiohio puku tommy. "engari e te tauturu ia koe i ahau, ki te taea e koe?"

"kahore, monsieur."

"hei aha?"

Katahi te kotiro ka.

"i whakaaro-ratou ko taku iwi ake. Kua kite koe ki runga ki a ratou. Ko ratou rawa tika ki te pupuri i a koe ki konei. "

"kei ratou he rota kino, annette. Ki te ka tauturu ia koe i ahau, ka tango i a koutou atu i te rota o ratou. A pea hiahia whiwhi koe i te whack pai o te moni. "

Engari ruia noa te kotiro tona matenga.

"e kore i maia, monsieur; e wehi ana ahau o ratou i. "

Ka tahuri atu ia.

"e kore koutou mahi i tetahi mea ki te āwhina i tetahi atu kotiro?" karanga tommy. "te ia e pā ana ki to koutou tau rawa. E kore koe e whakaora ia ia i o ratou ringa? "

"tikanga koe jane finn?"

"ae."

"ko reira ia haere mai koe ki konei ki te titiro hoki? Ae? "

"e te reira."

Titiro te kotiro ki a ia, ka haere tona ringa puta noa tona rae.

"jane finn. Tonu rongo i taua ingoa. He maamaa tenei. "

Haere mai tommy whakamua vēkeveke.

"me mohio koe te tahi mea e pā ana ki a ia?"

Engari tahuri atu te kotiro koimutu.

"e matau ana i tetahi mea-anake te ingoa." haere ia ki te tatau. Ohorere puaki ia te karanga. Ka tiimata te tommy. I hopukia e ia titiro o te pikitia i whakatakotoria e ia ki te taiepa te po i mua. Mo te kau mau ia he titiro o te wehi i roto i ona kanohi. Rite inexplicably ke reira ki te tauturu. Na koimutu haere ia i roto i o te ruma. Tommy taea hanga tetahi mea o reira. I poipoia ia e kii ana ia ki te whakaeke ki a ia? Kaore rawa. Rehung ia te pikitia i runga i te taiepa feruri.

Haere atu e toru ra i te i roto i te otirā pōuri noa. Ua ite tommy te tanukutanga korero i runga i tona raru. I kite ia kahore tetahi, engari conrad ko annette, a kua riro te kotiro wahangu. Korero ia anake i roto i monosyllables. He ahua o te māharahara pouri smouldered i ona kanohi. Ua ite tommy e ki te haere tenei tape'araa mokemoke i runga i te roa o e haere ia haurangi. Huihuia e ia i conrad i tatari ratou mo whakahau i "mr. Parauri. "pea, whakaaro tommy, ko ia ki waho atu ranei, a ka titauhia ratou ki te tatari mo tona hoki.

Otira i te ahiahi o te toru o nga ra ka maranga ia koe.

Ko reira papaki whitu haora, i te rongonga ia te hīkoikoi o waewae i waho i roto i te irava. I roto i tetahi atu meneti te haapurorohia te tatau i tuwhera. Whakaurua mai. Ki a ia ko totohu ngakau te o tau kino-titiro 14. Tame i te aroaro o ratou.

"evenin ', gov'nor," ka mea a taua tangata ki te riihi. "ka aua taura, hoa?"

Whakaputaina te conrad puku he roa o te taura pai. Te te meneti tau 14 ringa muri, haratau ngaro, i awhiowhio te te aho a tawhio noa ona wahi, i puritia iho ia conrad.

"he aha te devil--?" timata tommy.

Engari piri te puhoi, menemene reokore o te conrad puku nga kupu i runga i ona ngutu.

Tau 14 haere deftly ki tona mahi. I roto i tetahi atu meneti ko tommy he paihere rawakore noa. Ka korero i te conrad whakamutunga:

"whakaaro hiahia bluffed koe matou, i a koutou? Ki te mea i matau koutou, a te mea kahore koutou i mohio. Utu noa ki a tatou! I nga wa katoa hoki he koriri! Pupuhi! E mohio ana koe iti iho i te i te punua. Engari ki runga o tou maha inaianei tika katoa, b-- koe poaka. "

Kaore a tommy i wahangu. I reira ko tetahi mea ki te mea. Kua taka aia. Hopoia atu ranei te mr māfimafī. I kite parauri roto i ona mahi. Ohorere puta he whakaaro ki a ia.

"he korero tino pai," korero, "e kii ana ia. "aha nga here me here waewae engari? He aha e kore kia teie taata atawhai konei tapahia toku korokoro e whakaroa? "

"garn," ka mea tau 14 ohorere. "whakaaro kei tatou rite matomato rite ki te mahi koe i roto i konei, a ka whai i te pirihimana nosing tawhio? Kore 'alf! Kua whakahau tatou te hariata mo koutou whakarangatira ki-apopo mornin ', engari i roto i te wā e kore tatou e e tango i tetahi tūponotanga, kite! "

"kahore," ka mea a tommy, "taea whakapai atu koutou kupu-te kore i reira tou mata."

"a faahoi ai i te reira," ka mea tau 14.

"ki te pai," ka mea a tommy. "e hanga e koe he hape-engari pouri ka waiho koutou te mate."

"mahi koe e kore koati tatou e ara ano," ka mea tau 14. "korero me te mea i a koutou tonu i te ritz korōria, e kore e koe?"

Hanga tommy kahore whakautu. I whai wāhi ia i roto i te miharo pehea mr. Kitea parauri i tona tuakiri. Faaoti ia e tuppence, i te mamae o te manukanuka, i haere ki te pirihimana, ka e tona ngaro, ka kua hanga tūmatanui kihai i te rōpū i puhoi ki te hoatu e rua, me te rua tahi.

Ka haere atu nga tangata e rua, te tino akinga te tatau. Tommy i mahue ki ona fakalaulaulotó. Kihai i ratou mea ahuareka. Kua ua kōpipiri, me te kaki ona wahi. Ko ia rawakore rawa, a taea kite ia kahore tumanako ki hea.

Tata ki te haora kua pahemo i te rongonga i te pihi maeneene ka tahuri, ka tuwhera te tatau. Ko reira annette. Ka iti noa te pakaru o te ngakau o tommy. I wareware e ia te kotiro. Ko reira taea e kua tae ia ki tona awhina?

Ohorere rongo ia te reo o te conrad:

"haere mai i roto i o reira, annette. E kore e hiahia ana ia i tetahi hapa ki-po ".

"oui, oui, je sais bien. Engari me tango e i te tahi atu paepae. Me matou nga mea ki runga ki taua mea. "

"pai, hohoro ake," meinga conrad.

Kahore titiro i tommy haere te kotiro ki runga ki te tepu, a tangohia ake ana te paepae. Whakaarahia e ia te ringa, a tahuri atu i te marama.

"kanga koe" i haere mai -conrad ki te ki waho "he aha koe i mahi ai?"

"tahuri tonu i reira i roto i. Kia kua korerotia e koe ki ahau. Ka relight i reira, monsieur conrad? "

"kahore, haere mai i runga i roto o taua mea."

"le beau petit monsieur," karanga annette, tū i te moenga i roto i te pouri. "kua herea ia e koe ake te pai, hein? Ko ia rite te heihei hehere "te faaoaoaraa hangatonu i roto i tona reo jarred runga i te tamaiti!; engari i taua momeniti, ki tona miharo, ua ia tona ringa ki rere iti ki runga ona here, me te tahi mea iti, me te matao i aki ki te nikau o tona ringa.

"haere mai i runga i, annette."

"mais ahau voilà."

Mea kati te tatau. Rongo tommy conrad mea:

"maukati reira, ka homai ki ahau te kī."

Mate atu nga tapuwae. I waihotia e tommy te miharo. Te ahanoa i werohia annette ki tona ringa ko he maripi a iti, te mata tuwhera. I te ara i studiously na'e titiro ia ki a ia, me tona mahi ki te marama, ka haere mai ia ki te mutunga i i wareware te ruma. Reira me waiho he wahi kowhetewhete-rua i roto i nga taiepa. Kei te mahara ki te tiaki i a ia i nga wa katoa i roto i a ia, kua kite ia i te mea e tirohia ana pea ia i nga wa katoa. I mea ia tetahi ki te hoatu ia ia atu? Whakauaua. I whakakitea e ia he hiahia ki te mawhiti me te hiahia ki te kitea jane finn, engari kahore e taea e kua hoatu te clue ki tona tuakiri ake. Pono, tona pātai ki annette whakamatauria i e ko ia fakafo'ituitui û ana'e ki jane finn, engari e kore ia i te ahua kei te kore. Te pātai nei ko, i annette tino mohio atu? I te tikanga matua ona teka hoki nga e faaroo? Ia i runga i taua wāhi i taea mai ki kahore mutunga.

Engari i reira ko he pātai atu faufaa e peia ki waho etahi katoa. I taea e ia, herea rite ko ia, te whakahaere, ki te tapahia ana here? Ka whai ia āta ki te mirimiri ake a raro te mata tuwhera i runga i te aho e herea tahi ana ringa e rua. Ko reira he mahi rorirori, ka kumea ana he kuo tāmate'i "ow" o te mamae i a ia kia rite ki te maripi tapahia ki tona ringa. Engari āta a mautohe haere ia i runga i te rākau ki a kopikopiko. Tapahia e ia te kikokiko kino, engari i muri ua ite e ia te whakangawaritia taura. Ki ona ringa free, ko ngāwari te toenga. Rima meneti i muri mai ia tu tika ki etahi uaua, runga ki te uhu i tona wahi. Tona tiaki tuatahi ko ki te here ake tona ringa toto. Ka noho ia i runga i te mata o te moenga ki te whakaaro. Tangohia conrad i te kī o te tatau, kia taea e ia titau iti atu āwhina i annette. Anake te putanga i te ruma i te tatau, no reira e perforce ia i ki te tatari noa ka hoki nga tangata tokorua ki te tiki ia. Engari ka meatia ratou .... Tommy kata! Neke ki te tūpato mure ore i roto i te rūma pouri, kitea ia, ka unhooked te pikitia rongonui. Ua ite e ia he pai economical e kore tona mahere tuatahi e kia maumauria. I reira ko tetahi mea ki te mahi, engari ki te tatari inaianei. Tatari ia.

I mutu haere te po. I ora ai tommy roto i te mure ore o haora, engari i muri i rongo ia hikoinga. Ia tu tika, ka whakatata he manawa hohonu, a clutched mau te pikitia.

Puaki ana te tatau. Rere te marama hemo i roto i i waho. Haere conrad tika tonu ki te hau ki te whakamarama i te reira. Hohonu puta ke tommy e ko ia te reira te tangata i tomo tuatahi. E kua ahuareka ki te tiki noa ki conrad reira i. Tau 14 aru. Rite marere puta noa te paepae ia, ka kawea mai tommy te pikitia ki raro ki te kaha faahiahia i runga i tona matenga. Tau 14 ka haere ki raro, ki roto i te tukinga stupendous o te karaihe whati. I roto i te meneti paheke tommy i waho, ka kumea ki te tatau. Ko te kī i roto i te raka. Tahuri ia te reira, a haere atu i te reira tika rite conrad maka ia ki te tatau i te roto ki te pakunga o kanga.

Mo te kau ruarua tommy. I reira ko te reo o etahi tetahi whakaoho i runga i te patunga witi i raro. Ka puta mai te reo o te german o ake nga pikitanga.

"gott im himmel! Conrad, he aha te mea te reira? "

Ua ite tommy te akina ringa iti ki tona. Taha tu ia annette. Tuhu ia ake te arawhata rickety e āhua arahina ki etahi rūmanga.

"tere-ake konei!" toia ia ia i muri ia ia ake te arawhata. I roto i tetahi atu momeniti i tu ratou i roto i te garret efua kapi ki rakau. Titiro a tommy.

"e kore e mahi tenei. He mahanga mau tonu. Kaore he ara. "

"aue! Tatari. "hoatu te kotiro tona maihao ki ona ngutu. Tomo ia ki te tihi o te arawhata, a whakarongo.

Ko faahiahia te kurua me patu i runga i te tatau. I tamata i te german me tetahi atu ki te faahepo i te tatau i roto i faataa annette i roto i te komuhumuhu.:

"ka whakaaro ratou he koe tonu roto. Kaore e rongo ki nga korero. Te tatau he matotoru rawa. "

"whakaaro i taea e koutou te whakarongo ki ta i haere i runga i roto i te piha?"

"i reira ko te kowhetewhete-rua ki roto ki te ruma i muri. Ko reira tupato o koutou ki te imi. Otiia e kore ratou e whakaaro o taua-ratou e manukanuka anake ki te tiki i roto i ".

"ae-engari titiro here--"

"waiho reira ki ahau." piko ia ki raro. Ki tona miharo, ka kite tommy e i whakamau ia te mutunga o te wahi roa o string ki te kakau o te ipu ngatata nui. Whakaritea e ia te reira āta, ka tahuri ki te tommy.

"e koe te kī o te tatau?"

"ae."

"homai reira ki ahau."

Hoatu e ia te reira ki a ia.

"e haere ana i raro. Mahi koe whakaaro e taea e koe te haere i waenganui, a ka tārere koe ki raro i muri te arawhata, a kore ratou e kite koe? "

Tere a tommy.

"i reira te he kāpata nui i roto i te atarangi o te taunga. Tu ki muri. Tango i te mutunga o tenei aho i roto i tou ringa. Ka tukuna atu e au etahi atu - toia! "

I mua i ia wa ki te ui ia tetahi atu, i flitted ia iti iho te arawhata, a ko i te waenganui o te rōpū ki te reo ki te karanga:

"dieu mon! Mon dieu! Qu'est-ce qu'il ya? "

Te german tahuri ki runga ki a ia ki te oati.

"te tiki i roto i o tenei. Haere ki to ruma!

Tino tupato tonu a tommy ki te tua o te arawhata. Na te roa rite kihai ratou i tahuri a tawhio noa ... Pai ko katoa. Ka peke ia ki muri o te kaata. I tonu ratou ki waenganui ia me nga pikitanga.

"ah!" ki te tutuki i runga i te tahi mea puta annette. Tuohu ana ia. "mon dieu, voilà la tohu!"

Kapohia te german reira i a ia. Matara e ia te tatau. Tutuki conrad i roto i, oati.

"kei hea ia? Kua whiwhi koe ki a ia?

"kua kite matou i kahore tetahi," ka mea te german koi. Ka koriri tona mata. "e e te tikanga koutou?"

Hoatu conrad pouri ki tetahi atu oati.

"te ka atu ia."

"kore rawa. E kua ia haere tatou. "

I taua momeniti, ki te ataata miharo unuhia tommy te aho. Ka haere mai tetahi tūtukitanga o uku i te tuanui i runga. I roto i te trice i nga tangata e aki ana ia atu ake te arawhata rickety a kua ngaro ki te pouri i runga.

Tere rite te tame flash marere i wahi piringa-tona, ka taia iho nga pikitanga, toia te kotiro ki a ia. Kahore he tetahi i roto i te whare. Fumbled ia i runga i te raka, me te mekameka. I muri tuku ratou, haua tuwhera te tatau. Ka tahuri ia. I ngaro annette.

Ka tuia a tommy. I rere i runga ano ia? He aha te haurangi e nohoia ia! Fumed ia ki faaoromai, ko tona whenua e tu ana ia. E kore ia e haere me te kore ia.

Na, ohorere ana ko te rererangi karanga, he hitirere i te german, a ka reo o annette, mārama, me te tiketike:

"ma foi, kua mawhiti ia! Ka hohoro! Ko wai e kua whakaaro reira? "

Tommy tonu tu hutia ki te whenua. Ko e ki he whakahau ki a ia te haere? Puāwaitanga ia ko reira.

A ka, rahi tonu, tere te kupu ki raro ki a ia:

"he whare tino whakamataku tenei. Hiahia ana i ki te haere hoki ki te marguerite. Ki marguerite. Ki marguerite! "

I hoki ki te pikitanga rere tommy. Ua hinaaro oia ia haere e faarue ia'na. Engari na te aha? I utu katoa me tamata ia, ka tiki atu ia ki a ia. Katahi ka totohu tona ngakau. I tupekepeke conrad iho nga pikitanga, puaki nanakia he karanga i te tirohanga o ia. I muri ia ia ka haere mai nga ētahi atu.

Mutu tommy wiwi o conrad ki te patu tika ki tona ringa. Mau te reira i te tahi atu i runga i te mata o te kauae me hinga ia rite te roko. Ko te taangata tuarua i horahia e ia tona tinana, a hinga ana. I teitei ake te e'a i reira ko he flash, me te matā kai taringa o tommy. Ua ite ia e e waiho reira pai hoki ki tona hauora tiki i roto o tenei whare kia rite ki wawe tonu. Mo te annette kaore i taea e ia tetahi mea. I ka ia ara ki conrad, i ko kotahi utu. Kua te patu i te tetahi pai.

Ka marere ia mo te tatau, slamming reira i muri ia ia. I te tapawha. I roto i te mua o te whare, ko van o te kaihanga taro. Hā mahino ko ia ki i tangohia i roto i o london i taua, a rokohanga tona tinana maha maile i te whare i roto i te soho. Whakatika te taraiwa ki te papa kohatu, me te tamata ki whakau ara o tommy. I koperea ano hoki te totoro o te tommy, ka peke te taraiwa i runga i te papaa.

Ka mau a tommy ki ona rekereke, ka oma - kaore i roa ka tata. Whakatuwheratia te tatau mua, me te whatu o matā aru ia ia. Waimarie tetahi o ratou patua ia. Tahuri ia te kokonga o te tapawhā.

"i reira te kotahi te mea," whakaaro ia ki a ia; "e kore e taea e ratou te haere i runga i shooting. Ka whai ratou i te pirihimana i muri ia ratou ki te mahi ratou. Te mana'o nei au i maia ai ratou ki reira. "

Rongo ia i nga tapuwae o tona kaiwhai muri ia, ka ua ta'ipiti tona ake tere. Kotahi ka ia i roto o enei e-ara e kia haumaru ia. Reira e waiho he pirihimana e pā ana ki wahi-e kore e hiahia tino ia ki te tiaoro nei i te āwhina o te pirihimana ki te pea e taea e ia i waho reira. Te tikanga o nga whakamarama, me te tino pouri. I roto i te tahi atu momeniti i take ki te manaaki i tona waimarie ia. Tutuki i runga ia i te ahua piko, i tīmata ake ki te yell o whakaoho, a taia atu ki raro i te huarahi. Kumea ana hoki tommy ki te kuwaha. I roto i te meneti i ia te pai o te kitenga i ana kaiwhai tokorua, ko o nei te german kotahi, itoito aroturuki iho te hopu whero!

Noho tommy iho ata i runga i te paepae, me whakaaetia he torutoru taime ki te rano nga ia ora ake ana e ia tona manawa. Ka haereere ata ia i roto i te huarahi i te ritenga. Hila ia i tona tiaki. Ko reira he iti i muri i te hawhemua e rima. I tere tipu reira marama. I te kokonga i muri haere ia i te pirihimana. I peehia e te pirihimana tetahi kanohi mau tonu ki a ia. Ua inoino te tommy. I muri iho, o te opararaa i to 'na rima i nia i to' na mata, ua kata a'era hoi oia. E toru nga ra kihai i horoia e ia, e toru nga ra. He aha te taata me titiro ia.

Tukua ia ia i waho atu ngangau ki te whakatū pati turkish i mohio ia ki te kia tuwhera katoa te po. Puta ia ki te awatea pukumahi kotahi atu ongo'i ia, a taea ki te hanga mahere.

Te mea tuatahi, me kai te kai tapawha. I kai ia tetahi mea mai tawharara te inanahi. Tahuri ia ki te toa abc me whakahau hua me te pēkana me te kawhe. Ahakoa kai ia, lau e ia he pepa ata pupuri ake i roto i mua o ia ia. Ohorere ka whakapakeke ia. I reira ko te tuhinga roa i runga i kramenin, nei i whakaahuatia rite te "tangata i muri i mua" i roto i te russia, me te hunga i tika tae i roto i te london-etahi whakaaro hei karere unofficial. I tuhia iti tona mahi, a ka ka papu tohe reira e ia, a kihai te feia faatere o te figurehead, kua te kaituhi o te revolution russian i.

I roto i te pokapū o te whārangi, ko tona whakaahua.

"na e te nei tatau 1 ko," ka mea a tommy ki tona mangai ki tonu o hua me te pēkana. "e kore te feaa e pā ana ki reira, me pana i runga i."

Utua ia mo tona parakuihi, ka tukua ia ki whitehall. Tonoa reira e ia ake tona ingoa, me te kupu i ko reira akiaki. He miniti i muri ko ia i roto i te aroaro o te tangata e kore i haere i konei i te ingoa o "mr. Carter. "i reira ko te koromingi i runga i tona mata.

"titiro ki konei, kaore he umanga e haere mai ki te tono mai i ahau penei. Ki taku whakaaro i tino marama te mohio?

"ko reira, te ariki. Engari i whakarite i te reira nui ki te ngaro kahore wa ".

A kia rite ki poto me mahino rite taea ngā ia nga wheako o te torutoru nga ra whakamutunga.

Hawhe-ara ma roto i te, mr. Haukotia te carter ia ki te hoatu i te torutoru whakahau neherā i roto i te waea. Tohu katoa o te riri mahue i teie nei tona mata. Tungou ia itoito, ka oti tommy i.

"tino tika. Te katoa kau o uara. Wehi ka waiho tatou mutunga rawa tonu. Kihai ratou i pai ki te tatari. Ka maamaa tonu te waa. Tonu, i waiho pea etahi mea i muri ia ratou ka waiho hei tohu. Mea koe kua mohio koe tau 1 ki te kia kramenin? He mea nui. Kei te hiahia matou ki tetahi mea kino ki a ia kia kore ai e taea e te rūnanga te kati i runga i tona kaki. Me pehea etahi? Mea koe i mōhio ki a koutou e rua mata? Te kotahi te tangata mahi, whakaaro koe? Tirohia anake enei whakaahua, tirohia kia kite ka kitea e koe. "

He meneti i muri mai, puritia tommy kotahi ake. Mr. I whakaatuhia e te kaata te ohorere.

"ah, westway! E kore e kua whakaaro reira. Notemea rite te āhua. Rite mo te tahi atu hoa, whakaaro i taea i te hoatu i te pōhēhētanga pai. "hoatu e ia tetahi atu whakaahua ki tommy, a kata i hauhā te tahi atu o te. "au i tika, ka. Ko wai te mea ia? Airihi. Tauturu uniana rongonui mp he matapo katoa. I whakapae maua — engari kaore i taea e koe te kii. Āe, kua pai tāu mahi, e te taitamariki. Te 29, e ki ana koe, ko te ra. He iti noa iho te waa ki a maatau — he iti nei te waa."

"but--" ruarua tommy.

Mr. Tai'o carter ana whakaaro.

"ka taea e taatau te whakatau ki te tira whiu whanui, ki taku whakaaro. Te reira i te kalokalo-ake-engari kua ka tatou he tupono hākinakina! Engari ki te tahuri ake taua tiriti, kua oti matou. Ka kia werohia ingarangi i roto i te ihe. Ah, he aha te e? Te motokā? Haere mai i runga i, beresford, ka haere tatou, ka whai i te titiro i tenei whare o koutou."

E rua katipa i runga i te ohipa i roto i mua o te whare i roto i te soho. Korerotia te kaitirotiro ki mr. Carter i roto i te reo iti. Ko te muri ka huri ki te whaea.

"kua rere-rite te manu whakaaro matou. Tera pea e pai taatau.

E haere i runga i te whare mahue whakaaro ki te tommy ki amu o te huru o te moe. Rite tonu na mua. Te ruma herehere ki nga pikitia kopikopiko, te oko pakaru i roto i te tuanui; te ruma hui me tona tepu roa. Engari wahi i reira he wahi o pepa. I rānei kua ngaro katoa o taua ahua tangohia atu ranei. A kahore he tohu o annette.

"he aha te koe korero ahau e pā ana ki maere ahau te kotiro," ka mea mr. Kaari. "whakapono koe e āta haere ia hoki?"

"e mea he pera, e te ariki. Rere ia i runga ia i whiwhi i te tatau tuwhera. "

"h'm, me no ia ki te rōpū, ka; engari, he wahine, kihai i ite rite tu i te taha ki te kite i te tangata taitamariki personable patua. Engari mahino te ia i roto i ki a ratou, ranei kihai i pai i haere ia i hoki. "

"e kore i taea whakapono te ia tino tetahi o ratou, e te ariki. Ia-whakaaro na different-- "

"pai-titiro, i whakaaro?" ka mea mr. Kaihoahoa me te ataata i pupuhi a tommy ki nga pakiaka o tona makawe. Uru ia ataahua o annette kaua shamefacedly.

"na te ara," ta te mr. Kaihoko, "kua whakaatu koe i a koe kia kore e pa ki te tuppence? Ngā kua bombarding ahau ia ki te pukapuka e pā ana ki a koutou. "

"tuppence? I wehi ai kia ia he moka mene i. Ia i haere ki te pirihimana? "

Mr. Ka rara te pane.

"na fifili i pehea ratou twigged ahau."

Mr. Titiro carter inquiringly ki a ia, a faataa tommy. Te tahi atu ka tawhiri atu feruri.

"pono, e te pai te wāhi pākiki. Te kore te whakahuatia o te ritz ko te parau kōpeka? "

"kia kua reira, te ariki. Tera pea kua puta ke oku whakaaro mo tetahi.

"pai," ko mr. Carter, tirotiro ia, "i reira te kahore atu ki te kia meatia konei. Hei aha ahau mo te tina?

"tena koa, e te rangatira. Engari whakaaro i hiahia pai whiwhi i hoki, ka whati ai i roto i tuppence ".

"o te akoranga. Homai ia aku pā atawhai, me te kore ia korero ki te whakapono e patua e koe ngāwari rawa te wa i muri. "

Ka nge a tommy.

"tango i te rota o te patu, e te ariki."

"na kite i," ka mea mr. Kaita maroke. "pai, pai. Mahara kei koe te tangata i tohua inaianei, ka tiaki whaitake o koe. "

"whakawhetai koe, e te rangatira."

Hailing he taxi te taahi marere tommy i, a ka tere whanau ki te ritz, te i noho i runga i te anaanatae pārekareka o te tuppence maere.

"miharo he aha tana ake. Kurikina 'rita' tino pea. I te ara, e mea ana i e te nei te auraa annette i marguerite. Kihai i i te tiki i te reira i te wa. "oto roa te whakaaro ia he iti, hoki whakaaro reira ki te whakamatau i taua mrs. Vandemeyer me i te kotiro i runga i ngā tupu.

Ka toro te waka i te ritz. Pakaru tommy ki ona papa matotoru hoki tapu vēkeveke, engari riro tona anaanatae te haki. I mōhio ia e haere ma'iri cowley i roto i te hauwhā o te haora i mua.

Pene xviii. Te telegram

Whakapororarutia ana mo te kau, i haereere tommy ki te wharekai, a ka whakahau te kai o e hira rawa kairangi. I whakaako herehere ona ra e wha 'ia faahou ki haafaufaa kai pai.

Ko ia i roto i te waenganui o te tuku i te kongakonga ngā whiriwhiri o te kapu à la jeanette ki tona mangai, ka mau ia titiro o huriu tomo te ruma. Poipoia tommy he tahua oaoa, a muri i kukume aro te tahi atu o te. I te aroaro o tommy, au ra kanohi o huriu me te mea e pakū ratou i roto o tona matenga. Ka mawhiti nui ia puta noa, me papu-whawha ringa o tommy ki te mea te titiro ki te kaha rawa faufaa muri.

"nakahi tapu!" ejaculated ia. "ko reira tino koe?"

"o te akoranga ko te reira. Hei aha?

"e kore e aha e te reira? Mea, te tangata, e kore te mahi e mohio koutou kua kua hoatu ki a koutou ake mo te tupapaku? Te mana'o nei i hiahia kua matou he requiem nui hoki koutou i roto i tetahi atu torutoru ra ".

"nei whakaaro i mate i?" ka ui tommy.

"tuppence."

"mahara ia te whakatauki e pā ana ki te pai mate taitamariki, i whakaaro. Reira me waiho he nui etahi o te hara taketake i roto i ahau ki kua ora. Kei hea he tuppence, i te ara? "

"e kore te mea ia i konei?"

"kare, ko nga hoa i te tari ka kii ka haere noa ia."

"hokohoko riro, imi i. Maturuturu iho i a ia i konei i roto i te motokā e pā ana ki te haora i mua. Engari, mea, ka taea e kore koutou whakahekea e marino ingarangi o koutou, a ka whiwhi ki raro, ki reira? He aha te whenua i mahi ai koe i tenei whenua?

"ki te e kai koutou i konei," ka mea tommy, "kia inaianei. Te haere i te reira ki te waiho i te roa kōrero. "

Kumea ana huriu ake he tūru ki te taha ki te ritenga atu o te tepu, ka karanga te hāwini e rere, a mangai ana hiahia. Kātahi ka huri ia ki te whaea.

"ahi i mua. Te mana'o nei i kua i koe etahi mātātoa torutoru ".

"kotahi e rua ranei," ka mea tano tommy, a rere ana ki tona recital.

I whakarongo a julius ki te purepure. Hawhe nga rihi e i whakanohoia ia i mua i wareware ia ki te kai. I te mutunga ka whakakehehia e ia tetahi ra roa.

"houtamakí mo koutou. Pānui rite te pūrākau kapea! "

"a inaianei mo te mua kāinga," ka mea a tommy, totoro atu tona ringa mo te pītiti.

"tatou-el," drawled huriu, "e kore e mahara i whaki kua i tatou i te tahi mahi mātātoa rawa."

Ia, i roto i tona tahuri, riro te tūnga o te kaikōrero. Timata ki tona hurahura tutuki i bournemouth, haere ia ki runga ki ki tona hokinga ki rānana, te hoko o te motokā, te tipumo'ua o tuppence, te karanga ki runga ki hemi te ariki, me nga takanga autaia o te po o mua.

"engari ko wai ia patua?" ka mea tommy. "kaore au e tino mohio."

"kidded te tākuta ia tangohia ana e ia a reira ia," ka mea huriu dryly.

"me hemi ariki? He aha i ia whakaaro? "

"he whakamarama ture, he pera ano ia he tio tangata," ka mea huriu. "kia mea i 'i rongoa whakawa.' ia" haere ia ki runga ki ki taipitopito nga ngā o te ata.

"ngaro tona mahara, nē?" ka mea tommy me ona hua. "na roto i te jove, e whakamārama he aha ratou titiro ki ahau kia queerly ka korero i o ui ia. Wahi o te pepa ki taku waahanga, na! Otiia kihai i reira te ahua o te mea e kia pea ki te imi i te hoa. "

"e kore ratou i hoatu e koutou i tetahi ahua o te tohu rite ki te wahi a jane?"

Ruia tommy tona matenga tatarahapa.

"ehara i te kupu. Au i te wahi o te kaihe, kia rite ki matau koutou. Tika i ki kua ka atu i roto i o ratou hopoia ".

"te mana'o nei i waimarie ki te kia i konei i te katoa koutou. E pari o koutou ko nga taonga tika katoa. Pehea koe ka haere mai tonu ki te whakaaro o reira katoa na pat patu ahau ki te frazzle! "

"ko i roto i te funk taua i i ki te whakaaro o te tahi mea," ka mea a tommy noa.

I reira he wa poto, ka katahi ano ka hurihia e tommy ki a mrs. Mate o vandemeyer.

"i reira te kahore feaa i reira chloral?"

"kaore ahau e whakapono. I te iti rawa karanga ratou i te reira kore ngakau piri e te tuwhena rawa, etahi taua claptrap ranei. He taulaea katoa. E kore matou e hiahia ana ki te kia māharahara ki te whakawā mate. Engari mana'o nei i tuppence me i, me kua ka noa nga hemi te ariki highbrow te katoa te whakaaro kotahi. "

"mr. Parauri? "tuku nei tommy.

"he pono."

Tere a tommy.

", ko te taua katoa" ka mea ia feruri, "mr. Kore kua parauri ka parirau. Kore i e kite me pehea ka ia i roto i, me te ki waho. "

"pehea e pā ana ki etahi nui-te piha whakaaro whakawhitinga whakameremere? Etahi mana autō e tuutuu tura'i mrs. Vandemeyer ki te mahia e whakamomori? "

Titiro tame i ia ki te faatura.

"pai, ko huriu te. Tino pai. Ina koa ko te rerenga korero. He rau te reira ahau makariri. Hinaaro i hoki te mr tūturu. Parauri o te kikokiko me te toto. Ki taku whakaaro me uru nga mahi a nga rangatira taitamariki ki te mahi, me te ako i nga tomokanga me nga putanga, ka pao i nga putunga ki o ratou rae tae noa ki te putunga o te mea ngaro ki a ratou. Kia riihitia tatou ki te waahi o te tutu. Hiahia i taea te tiki tatou mau o tuppence. Te ritz e oaoa i te matakitakinga o te fakataha koa. "

Uiui i te tari whakakitea te meka e kore i ano hoki tuppence.

"te taua katoa, mana'o nei i ka whai i te a tawhio titiro runga," ka mea huriu. "ai e ia i roto i toku nohoanga-ruma." ngaro ia.

Ohorere korero te tamaiti-kokoto nei i te tuke o tommy:

"haere te wahine-ia taitamariki ngā atu i te tereina,, whakaaro i te ariki," amuamu ia shyly.

"aha?" e turaihia oia tawhio tommy ki runga ki a ia.

Ka te tamaiti iti pinker atu i te aroaro o.

"te taxi, e te rangatira. Rongo i korero ia i te ripeka taraiwa charing me ki te titiro koi. "

Titiro matatau tame i a ia, ona kanohi te whakatuwhera whānui i roto i te ohorere. Ka koa, ka haere te tamaiti iti. "na i whakaaro ahau, i tono ahau mo te abc me te bradshaw."

Haukotia te tommy ia:

"nohea ana ia i tono atu ai ki tetahi putea me te bradshaw?"

"ka ka mau i a ia te waea, e te ariki."

"he waea?"

"ae, e te ariki."

"ka ko e?"

"e pā ana ki te hawhe-mua ma rua, ariki."

"korero ahau rite te mea i tupu."

Ka whakatata te tamaiti iti i te manawa roa.

"i tangohia e ahau tetahi telegram ki kore. 891 — i reira te kuini. Whakatuwheratia e ia taua mea, ka hoatu he kiha, a ka mea ia, rawa fakafiefia rite: '. Kawea ahau ake he bradshaw, me he abc, ka titiro koi, henry' e kore ko toku ingoa henry, but-- "

"e kore whakaaro tou ingoa," ka mea a tommy ta'efa'akātaki. "haere i runga i."

"ae, e te rangatira. I kawea mai e ahau, ka ki mai ia ki ahau kia tatari, ka titiro ake tetahi mea. A ka titiro ia ki runga i te karaka, me 'hohoro ake,' ta ia. 'Korero ratou ki te tiki ahau he taxi,' me te tīmata ia he-panuku i runga i o tona pōtae i mua o te karaihe, a ka he iho ia i roto i rua tohu, tata rite tere rite ko i, a ka he purapura i ia e haere ki raro nga kaupae me ki te taxi, a rongo i te karanga ia i roto i te mea i korerotia e koe. "

Mutu te tamaiti iti a whakakiia ana pūkahukahu. Tonu tommy ki e matakitaki ana ki a ia. Na i taua wa ka oho a julius ki a ia. Pupuri ia he pukapuka tuwhera i roto i tona ringa.

"mea i, hersheimmer" tahuri -tommy ki a ia; "kua tuppence kua atu sleuthing i runga i a ia ake."

"mangu!"

"ae, kei a ia. Ka haere ia ki te takahi ki te tarai whiti i runga i te tere o te waea mai i muri i tana hokinga mai i te telegram. "ka taka tana kanohi ki te reta i te ringa o julius. "aue; i waiho e ia tetahi kaute mo koe. E te tika katoa. I reira te ia atu ki? "

Tata pohehe, puritia ia i tona ringa mo te reta, engari takai huriu reira ake a whakanohoia ana e ia i roto i tona pute. Ano he ahua whakama.

"ki taku mahara kaore he mahi mo tenei. He mea ke atu ano — he mea taku i tono atu ai kia mohio ia ki ahau. "

"oh!" titiro pokaikaha tommy, a hangē tatari hoki atu.

"kite i konei," ka mea a huriu ohorere, "hiahia hoatu pai i a koutou whakaaro nui. Ui i ma'iri tuppence ki marena ahau tenei ata. "

"oh!" ka mea a tommy mihini. Ua ite ia wiri. Ko nga kupu a julius i tino ohorere ana. Mo te kau oku kaha ratou tona roro.

"e hiahia ana ahau ki te korero ki a koe," kei te haere tonu a julius, "i mua i te kii i tetahi o te ahua ki te ngaro i te tuppence, kua maarama e kore au e hiahia kia korikori noa i waenga i a ia me koe"

Whakaohokia tommy ia.

"kei te pai katoa," ka mea ia. "kua tuppence me i pals mō tau. Kaore he mea atu. "ka tiakina e ia te hikareti ma te ringaringa i ngenge noa. "e te tino katoa tika. Ka mea tonu tuppence e i titiro ia ki waho ka riro mai "

Mutu ia koimutu, crimsoning tona mata, engari ko huriu i kahore ara discomposed.

"oh, te mana'o nei i ka waiho nga tara e ka mahi i te tinihanga. Hoatu pahemo tuppence ahau whakaaro ki taua tika atu. I reira te kahore humbug e pā ana ki a ia. E tika ana kia pai ta tatou haere.

Titiro tame i ia ata whakairohia hoki te meneti, me te mea i ia e pā ana ki ki te korero, ka puta ke tona whakaaro, me te kahore mea. Tuppence and julius! Pai, he aha te mea kaore? I kore ia i tangi i te meka i mohio ia kahore tangata taonga? Kihai i ia nuitia tavana tona whakaaro o e marena ana hoki te moni ki te ake ake ia i te tupono? Tona hui ki te kuao milioni amerika hoatu ki a ia te tupono-a ko reira pea e kia ia puhoi ki te aua ia o reira. Ko ia i roto i te moni. I mea tonu ia na. He aha faahapa ia no te mea i kua ia pono ki tona hiro'a?

Ka neongo iá, i whai kupu tommy ia. Ki tonu ia i te weriweri pono me te tino kino. Ko reira katoa tino pai ki te mea mea rite taua-engari e kore e he kotiro tūturu marena mo te moni. Ko matao-toto rawa me siokita tuppence, a e waiho e ia te ngakau ki te kore ia i kite ia ia ano! A ko reira he ao pirau!

Whawhati te reo o huriu i runga i enei fakalaulaulotó.

"ae, e tika tatou ki te eke haere tahi rawa te pai. Kua rongo i e kore tonu te kotiro koe kotahi-he ahua o te tairururaa. "

Mau tommy tona ringa.

"whakakahore? E mea ana koe ki te peka?

"mea tino. Kihai ianei ahau i korero ki a koe? I whakapakeke tonu ia i te 'kore' me te kore he take. Karanga te mure ore wahine, nga mua reira, kua rongo i. Engari ka haere mai ia a tawhio tika nui. Pea nui, i whawha ahau ia some-- "

Engari haukotia te tommy ahakoa o te ti-.

"i mea ai mea ia i roto i taua tuhipoka?" ui kaha ia.

Hoatu te huriu paingia e te reira ki a ia.

"i reira te kahore clue te fenua i roto i reira rite ki te wahi haere ngā ia," fakapapau'i ia tommy. "engari kia rite te pai kite koutou hoki koe, ki te kahore koutou e whakapono ki ahau."

Te tuhipoka, i roto i te tuhituhi kura pai-mohiotia o tuppence, rere e whai ake:

"ko huriu te aroha,

"te reira pai tonu ki te whai mea i roto i te pango me te ma. E kore i e ite taea te hēmanawa i ki te whakaaro o te faaipoiporaa kitea ra ano te tommy. Kia waiho a reira noa na.

"koutou aroha,

"tuppence."

Ka whakahokia mai e tommy, whiti ana ona kanohi. Pehia ana mau mana'o i te tauhohenga koi. Katahi ano ia ka mea ko nga tupuna te mea pai katoa, he matekiri. I kore ia kihai huriu te feaa ore? Pono, betokened te tuhipoka tohu o vaivai, engari i taea e whakakahore ngatahi ia e. Tai'o i te reira tata rite te utu ki te huriu ki whakaohokia ia i runga i roto i tona mau tautooraa ki te kitea tommy, heoi hua noa ia kihai i tino auraa e ia i te reira i taua ara. Darling tuppence, kihai i he kotiro i reira i roto i te ao ki te pa ki a ia! No te kitenga o ia ia - i kawea mai ana whakaaro i runga ki te takiri ohorere.

"rite mea koutou," parau ia, toia ia tahi, "i reira e kore te he tīwhiri konei rite ki te mea te ia ki runga ki. Hi-henry! "

Haere mai talangofua te tamaiti iti. Whakaputaina tommy rima hereni.

"kotahi mea atu. Kei te mahara koe ki ta te kotiro i mahi tahi me te telegram?

Te putanga o henry a korero.

"manusinusi ia reira ki runga ki te mea porotaka, a maka ai ki te pae kupenga, me hanga he ahua o te haruru rite 'te mātihetihe ana!' e te rangatira. "

"rawa whakairoiro, henry," ka mea a tommy. "konei te koutou hereni e rima. Mai, julius. Me kitea ia tatou i taua waea. "

Hohoro tonu ratou i runga. Mahue tuppence i te kī i roto i tona kuwaha. Te ruma i rite i mahue ia i te reira. I roto i te kanga ahi, ko he mea porotaka manusinusi o karaka, me te ma. Disentangled tommy reira, ka mānia i te waea.

"haere mai i te kotahi, te awaker whare, ebury, yorkshire, nui whanaketanga-tommy."

Titiro ratou i tetahi ki tetahi i roto i te stupefaction. Huriu korero tuatahi:

"i kore tukua atu koe i te reira?"

"e kore o te akoranga. He aha te auraa i te reira? "

"te mana'o nei i te auraa i te kino," ka mea a huriu ata. "kua tae ratou ki a ia."

"he aha?"

"mea tino! Hainatia e ratou tou ingoa, a ka hinga ia ki te mahanga, ano he reme. "

"e taku atua! Aha tatou e mahi? "

"kia pukumahi, ka whai i a ia! I teie nei! Kaore he wa hei ururua. Te reira waimarie mana hope e kore i tangohia e ia te waea ki a ia. Ki te i ia hiahia pea e kore kua takina matou ia. Engari kua ka tatou ki ano'ino'io. Te wahi te taua bradshaw? "

Ko hopuhopu te pūngao o huriu. Mahue ki ia, tommy e pea kua noho ki raro, ki te whakaaro nga mea i roto i mo te pai hawhe-haora i mua i faaoti ia i runga i te mahere o te mahi. Engari ki te huriu te hersheimmer e pā ana ki, hustling i mooni.

I muri i te torutoru imprecations amuamu hoatu e ia te bradshaw ki tommy rite te ake i haereere tahi ai ona mea ngaro. Whakarerea tommy reira i roto i te manakohia o te abc

"konei he tatou. Ebury, yorks. I ripeka o kingi. He pe pancras. (me tamaiti kua hanga he pohehe. Ko reira ripeka o kingi, e kore charing cross.) 12.50, e te te pereoo auahi haere ia na. 2.10, haere e ngā. Ko te 3.20 te mea e whai ake nei - me te tereina whakahekeheke.

"he aha e pā ana ki te motokā?"

Ka ruru te tommy.

Ki te rite koe "unga ake reira, engari pai matou hiahia piri ki te tereina. Te mea nui, ko te ki te pupuri i marino. "

Ka ngunguru huriu.

"e te pera. Engari riro te reira toku koati ki te whakaaro o taua kotiro taitamariki harakore i roto i te ati! "

Tungou abstractedly tommy. Kei te whakaarohia ia. He rua ranei kau i roto i, ka mea ia:

"mea i, ko huriu, he aha e hiahia ana ratou ia mo, ahakoa?"

"eh? E kore i e whiwhi koe? "

"he aha te tikanga o i he e kore e whakaaro i te reira ratou kēmu ki te mahi ia i tetahi kino," faataa tommy, puckering tona rae ki te tanukutanga o ana tukanga hinengaro. "te ia he purutia, e te aha te mea ia. Te ia i roto i kahore ati tonu, no te mea ki te taka tatou i runga i ki tetahi mea, hiahia faahapahia ia pai ki a ratou. Kua roa ra kua riro i a ia a raatau, kua riro i a raatau te ringa whiu. Kite? "

"mea tino," ka mea huriu feruri. "e te na."

"haunga," tāpiri tommy, rite te hope'a, "i ua whakapono nui i roto i te tuppence."

Ko mauiui te ara, ki te tūnga maha, me nga hariata apiapi. E rua ta raua whakarereke, kotahi i te kaiarahi, kotahi i te waahi iti. Ebury ko te teihana koraha ki te kaitiaki tatau mokemoke, ki nei whakatutuki tommy ia:

"ka taea e koe te korero ki ahau te ara ki te whare te awaker i?"

"te whare awaker? Te reira i te taahiraa noho pai i konei. Te whare nui e tata ana ki te moana, ka kiia koe? "

Whakaae brazenly tommy. I muri i te whakarongo ki ngā tohutohu hu'ahu'a engari puputu'u o te kaitiaki tatau, rite ratou ki te waiho i te teihana. I timata i te reira ki te ua, ka tahuri ratou ake nga mekameka hoki o ratou koti rite mea tapitapi ratou i roto i te ōi o te ara. Ohorere te toitoti tommy.

"tatari te kau." hoki ki te teihana ka rere ia ka timata te kaitiaki hou.

"titiro konei, e mahara koe he kotiro e tae i te pereoo auahi mua, te 12.50 i te london? Hiahia pea ui ia koe te ara ki te whare te awaker. "

I whakaahuahia e ia te tuppence me te mea e taea ana, engari ka ruru te kuaha. Tae e rave rahi te iwi i te taha o te tereina i roto i te pātai. Kihai i taea e ia te karanga i mahara tetahi kotiro i roto i ngā ki. Engari e tino mohio ana ia kaore tetahi e ui ki a ia ki te huarahi ki te whare moatutu.

I whakahoki ano a tommy i te julius, ka whakamarama. I te noho i te korekore ki runga ki a ia rite te poro mata. Ongo'i ia papu e i haere ratou titauraa ki kia tutuki. I tīmatanga ki runga toru haora 'i te hoariri. E toru haora he roa ake i te kaha mo te mr. Parauri. E kore ia tau'a ore i te taea o te waea te mea kua kitea.

Te ahua nei he kore mutunga. Kotahi ka mau ratou ki te koki he, a haere tata hawhe te maile i roto i o ratou aronga. Ko reira pahemo whitu haora ka korerotia e te tamaiti iti ratou e ko tika mua te kokonga muri "t 'whare awaker i".

He kuaha rino te kauri e tarai ana i runga i ona hika! He puku tupuria matotoru ki rau. Tetahi mea mo te waahi i patu ai i o raatau ngakau. Haere ratou ki runga i te puku mahue. Ka mate nga waewae ki o ratou waewae. Kua tata te awatea i. Ko reira rite e haere ana i roto i te ao o kēhua. Rererangi oraora nga manga, a creaked ki te tuhipoka tangi. Wā paea muhu ki raro i te rau kohua, maere ratou ki tona pa makariri i runga i to ratou paparinga.

Kawea ratou he tahuri o te puku i roto i te tirohanga o te whare. E, rawa, au ra kau, me te koraha. I tutakina nga kuware, te kaupae ki runga ki te tatau tupuria ki pūkohu. I pono reira ki tenei wahi ururua e kua mea nukarau tuppence? Whakaaro reira pakeke ki te whakapono e te taahiraa avae tangata i haere i tena huarahi mō marama.

Hiwia huriu te kakau pere faaiti. Ngateri discordantly he pohū teka, e mihia i roto i te kore noa iho i roto. Kaore tetahi i haere. I haere tonu ano ratou — engari kaore he tohu o te ora. Ka haere ratou tino taka noa te whare. I nga wahi katoa ka mutu te kikii, ka kati nga matapihi. Ki te taea e ratou te whakapono i te taunakitanga o ratou kanohi i kau te wahi.

"kahore e mahi," ka mea huriu.

Tokomaha ratou o ratou takahanga āta ki te kuwaha.

"i reira me waiho he kainga pātata," tonu te taitamariki amerika. "pai ake ta tatou uiui i reira. Ka mohio pea ratou mo taua waahi, a he aha ranei kua waia noa atu. "

"ae, ehara koinei te mea kino."

E puta ake i te ara, hohoro haere mai ratou ki te kainga iti. I runga i nga waho o reira, ka tutaki ratou i te kaimahi piu o taputapu tona peke, a mutu ia tommy ki te pātai.

"te whare awaker? Kau kau. Kua pau mo nga tau. Mrs. Ka sweeny o te kī, ki te hiahia koe ki te haere i runga i taua mea-i muri ki te poutāpeta. "

Ua haamauruuru ia tommy. Hohoro ratou kitea te poutāpeta, i ko ano hoki he toa hokohoko reka, me te whānui, ka patoto i te tatau o te whare i muri ki reira. He, wahine maitai-titiro ma whakatuwheratia reira. Ia ohie hua te kī o te whare awaker.

"ahakoa ngakau rua i, ki te te reira ki te ahua o te wahi hāngai koutou, e te ariki. I roto i te āhua e wehingia ana o te hanga. Tuanui turuturu me katoa. 'Me twould te rota o te moni i pau i runga i te reira. "

"whakawhetai," ka mea a tommy cheerily. "maia i mea ka waiho hei whakateatea, engari he kau whare i enei."

"e he ratou," whakaaturia te wahine a ngakautia. "e taku tamahine, me te tama-i roto i-ture kua rapu mō te whare tika e kore hoki i e mohio pehea te roa. Te reira i te pakanga katoa. Mea pouri kaha, kua reira. Engari tukua ahau, e te ariki, ka waiho reira pouri rawa hoki ki a koe e kite i te nui o te whare. I kore koutou pai tatari tae noa ki-apopo? "

"kei te pai katoa." ka whai tatou te titiro a tawhio noa tenei ahiahi, ahakoa. Hiahia kua matou i konei i mua i anake ngaro matou to matou ara. He aha te te wahi pai ki te noho i mo te po a tawhio konei? "

Mrs. Titiro tirengi sweeny.

"i reira te te ringa yorkshire, engari e kore te reira nui o te wahi mo rangatira rite koe."

"aue, ka tino pai. Whakawhetai. I te ara, e kore kua i koe he kuao wahine i konei tono mo tenei kī ki-ra? "

Ngaueue ana te wahine tona matenga.

"kua kore tetahi te i runga i te wahi mo te wa roa."

"kia nui te mihi."

Tokomaha ratou o ratou takahanga ki te whare te awaker. Rite te tatau mua akina iho hoki i runga i ona inihi, whakatupato ana reo, patua huriu te kēmu, me te āta te uiui te patunga witi. Ka ruia e ia tona matenga.

"hiahia oati ahau kahore tetahi o haere i tēnei huarahi. Titiro ki te puehu. Matotoru. E kore te tohu o te footmark. "

I haereere ratou a tawhio noa te whare mahue. Nga wahi katoa te taua korero. Paparanga matotoru o te puehu āhua ata takoto.

"ko tenei ka whiwhi i ahau," ko ta julius te korero. "e kore i e whakapono ko ake tuppence i roto i tenei whare."

"me kua ia."

Ka ruru a julius tana mahunga kaore he whakautu.

"ka hoki ano taatau, apopo", e kii ana te maamaa. "pea ka tatou kite atu i roto i te marama."

I te aonga ake ka tirotirohia ano e ratau, ana ka whakaponohia ratau ki te whakaaro kaore ano te whare i whakaekea mo etahi wa roa. Ai i mahue ratou i te kainga mea rawa engari mo te kitea waimarie a tommy o. Rite i ratere ratou o ratou takahanga ki te kuwaha, ka hoatu e ia huaki tata te tangi, me te pikonga, tangohia te tahi mea ake i roto i nga rau, a puritia ana e ia i roto i ki ko huriu te. Ko reira he autui koura iti.

"e te tuppence o!"

"he tino koe?"

"tino. Kua maha i kite kakahu ia i te reira. "

Kumea ana huriu te manawa hohonu.

"te mana'o nei i e mutu ai te reira. Haere mai ia a tae noa ki konei, ahakoa. Ka peehia e maatau tera upoko, ka whakaarahia te reinga ki konei kia kitea ra e tatou. Me kua kite tētahi ia."

Tonu ka timata te pakanga. Mahi wehe a tahi tommy ko huriu, engari ko te taua te hua. Tangata whakahoki ki whakaahuatanga o tuppence i kitea i roto i te takiwā. A tahurihuri-ko ratou e kore e ngakaukore. Hopea whakarereketia e ratou o ratou tātai. Ko te tupapaku kaore i roa te noho i te kaainga o te whare moat. E tuhu ki ka kua hinga ia, ka kawea atu i roto i te motokā. I whakahoutia e raatau nga paatai. I tetahi kite te motokā e tu wahi tata te whare awaker i taua ra? Tutaki ano ratou ki kahore angitu.

Waeahia huriu ki te pa mo tona motokā ake, a mukumuku ratou te tata ia ki te hae aueue ore. He limousine hina i runga i whakatakotoria e ratou tumanako tiketike i ata ki harrogate, ka tahuri atu ki te hei i te taonga o te wahine kotiro tino raugatira!

Ia ra kite whakatakotoria ratou i runga i te titauraa hou. Ko rite te hound i runga i te herea huriu. Aru ake e ia te clue slenderest. Nga motokā e i haere i roto i te kainga i runga i te ra nō i aroturukihia iho. I akina atu e ia tona ara ki ngā āhuatanga whenua, a tukuna nga rangatira o nga motors ki te rapu ripeka-whakamātautau. Ko ana tatarahapa i rite tino rite ana tikanga, a varavara rahua i wewete to te aritarita o tona patunga; engari, ka rite ki te ra i muri ra, i ratou kahore ofi ange ki tūhura hea o tuppence. Na pai i whakaritea te kāhakitanga e whakaaro mooni te kotiro ki te kua ngaro ki te hau angiangi.

A ka taimaha tetahi atu mana'ona'oraa i runga i te ngakau o tommy.

"e mohio koutou pehea te roa kua i konei matou?" ka ui ia tetahi ata e noho ratou anga ia atu i te parakuihi. "he wiki! Kei tatou kahore ofi ange ki te kimi tuppence, me te rātapu i muri ko te 29 o! "

"shucks!" ka mea a huriu te feruri maite. "ua tata i wareware e pā ana ki te 29 o. Kua kua i whakaaro o engari tuppence tetahi mea. "

"na i i. I te iti rawa, e kore i i wareware e pā ana ki te 29 o, engari kihai i mea he ki te mea faufaa i te whakatara i roto i rite ki te kimi tuppence. Engari ki-ra te te 23 o, me te wā o whiwhi poto. Mena ka mau tonu taatau ki te hopu ia ia, me mahi tatou i mua i te 29th - kaore ano kia ora tana oranga mo te haora kotahi i muri mai. Ka te kēmu purutia kia takaro i roto i te reira. Au timata i ki ite e kua hanga tatou i te hape nui i roto i te ara kua whakatakotoria tatou e pā ana ki tenei. Kua hemo tatou wa, me te kei kahore forrader tatou. "

"au i ki koe ki reira. Kua kua matou o mutts, kua nei kua ngaua atu te bit nui atu ratou e taea e tararua ana te tokorua. Ka mutu taku haere te wairangi! "

"he aha ta koe ki?"

"ka korero i a koutou. Kei te mahi ahau i nga mea e tika ana kia mahia e tatou i te wiki kua hipa. Kei te haere tika hoki ki te london i ki te hoatu i te take i roto i nga ringa o koutou pirihimana ingarangi. Puāwaitanga tatou ia tatou iho rite sleuths. Puhipuhi! Ko reira he wahi o te whakatara-wairangi wairangi! Kei roto ahau! I na riki i a au. Iari scotland hoki ahau! "

"e tika ana koe," ka kii te tommy. "hiahia i ki atua ua haere matou i reira tika atu."

"pai mutunga atu i kore. Kua kua matou rite o nga kohungahunga tākaro te tokorua 'i konei e haere tatou tawhio te rakau maperi.' inaianei haere i tika me ki iari scotland ki te ui ratou ki te tango i ahau i te ringa, me te whakaatu i ahau te ara e haere ai i. Te mana'o nei au mo te hunga ngaiotanga i nga wa katoa o te kaitoi i te mutunga. E koe haere mai haere ki ahau? "

Ka ruru te tommy.

"he aha te te pai? Kotahi ano matou. I kia rite te pai noho ki konei, me te ihu a tawhio noa te bit roa. Te tahi mea ai tahuri ake. Kotahi e kore e matau. "

"mea tino. Pai, na te roa. Ka waiho i hoki i roto i o ruru i te tokorua ki te torutoru kaitirotiro haere. I ka korero ratou ki te tiki atu ratou e kānapanapa me pai. "

Otiia kihai i te akoranga o ngā kaupapa ki te whai i whakatakotoria te huriu te mahere ki raro. I muri i roto i te ra riro tommy he waea:

"uru manchester ahau midland hotel. Rongo nui - julius. "

I te 7.30 i taua po, ka peke atu te whaea o te tereina whakawhiti whenua. Ko huriu i runga i te tūāpapa.

"whakaaro hiahia haere mai koe i tenei tereina, ki te kahore i koe i roto i ka tae toku waea."

Te hopukanga atu tommy ia e te ringa.

"he aha te mea te reira? Ko tuppence kitea? "

Ruia huriu tona matenga.

"kare. Heoi kitea i tenei tatari i roto i london. Kua tae mai."

Hoatu e ia te puka waea ki te tahi atu. Whakatuwheratia kanohi o tommy rite lau ia:

"kitea jane finn. Haere mai manchester midland hotera edgerton tonu-kiri."

Ka mau a huriu te puka hoki a takai reira ake.

"queer," ka mea ia feruri. "whakaaro i e whakatane rōia chap i!"

Pene xix. Jane finn

"ka toku tereina i roto i te hawhe te haora i mua," faataa huriu, pera arahina e ia te ara i roto i o te teihana. "ki taku whakaaro ka haere mai koutou i mua o te wa i mahue ai ahau i raanana, a ka haerehia e au ki ta sir james. Ngā tāpuia ia ruma mo tatou, a ka waiho a tawhio ki kai i waru."

"he aha i hanga whakaaro koutou akonga mutu ia ki te tango i tetahi moni i roto i te take?" ka mea tommy ata whakairohia.

Ka whakahoki a julius, "he aha tana kupu." "o te manu tawhito rite tata rite te tio! Rite darned te rota katoa o ratou, e kore e haere ia ki te tuku atu ia ia i mohio taea e ia te whakaora i nga taonga noa ia. "

"i fifili," ka mea a tommy feruri.

Tahuri huriu ki runga ki a ia.

"kei te maere koe he aha?"

"ahakoa e ko tona take tūturu."

"tino. Peti koe tou ora i te reira. "

Ruia tommy, käore a tona matenga.

Tae te ariki james etau falalá i te waru karaka, ka whakaurua huriu tommy. Ruia te ariki james ringa ki a ia mahana.

"ko oaoa ki te hanga i tou mohio, mr i. Beresford. Kua rongo i na nui e pā ana ki a koutou i te ma'iri tuppence "ua ataata humarie ki involuntarily-" e reira tino āhua me te mea i kua matau koutou rawa te pai. "

"ariki whakawhetai koe,," ka mea a tommy ki tona menemene mahorahora. Karapahia ia te rōia nui vēkeveke. Rite tuppence, ua ia te aukumetanga o huru te tahi atu o te. I fakamanatu ia o mr. Carter. Nga tangata e rua, rawa pērā kia tae noa ki ahua tinana haere, whakaputaina he pānga rite. Raro hoha te tikanga o te tetahi me te rahui ngaio o te tahi atu, takoto te taua kounga o te ngakau, hiahia-matarua rite te rapier.

I roto i te wā i mohio o te tirohanga tata te ariki james o ia. Ka maturuturu iho te rōia ona kanohi i te tangata taitama te mana'o e i lau te atu ia i roto i a roto i rite te pukapuka tuwhera. Kihai i taea e ia, engari fifili te mea ko te whakawa whakamutunga, engari i reira i iti tupono o ako e. Ka mau te ariki james i roto i nga mea katoa, engari i hoatu i roto i anake te mea i whiriwhiria e ia. He tohu o taua puta tata i kotahi.

Tonu ko nga ohatanga tuatahi i runga i wahia i roto i huriu ki o pātai ngakau te waipuke. Pehea i hemi te ariki whakahaere ki te aroturuki i te kotiro? He aha e kore i tukua e ia matau ratou e i tonu te mahi ia i runga i te take? A na runga i.

Mirimiri te ariki james tona kauae, ka kata. I muri ka mea ia:

"tika na, noa na. Pai, te kitea ia. Me e te te mea nui, kei te kore te reira? Tēnā! Inaianei tae mai, e te te mea nui? "

"tino mohio. Engari tika pehea koutou i patua tona halá? Pahemo tuppence me i whakaaro hiahia whakatane koutou mo te pai, me te katoa. "

"ah!" ka whiua e te roia te uira ki a ia, ka mahi tonu i tana hakihaki. "i whakaaro koe i, i koe? I tino koe? E aroha ana ahau. "

"engari mana'o nei i taea te tango i i reira i matou he," whaia huriu.

"pai, kaore au e mohio ka haere ahau ki te korero i tera. Engari te mea tino waimarie mo ngā rōpū katoa e kua whakahaere tatou ki te kitea te kotiro. "

"engari kei hea he ia?" ka ui a huriu, ana whakaaro e rere atu ki runga ki tetahi atu pine. "whakaaro i hiahia kia koe tino ki te kawe ia haere?"

"e whakauaua e kia taea," ka mea a hemi ariki kaingākau.

"he aha?"

"na te mea i tukitukia te kotiro raanei i tetahi aitua rori, ka mau tonu i te whiu o tona mahunga. I haria ia ki te ruruhi, a, no te ora ano ka hua i tana ingoa ko jane finn. Ka-ah! Rongo -i e, whakaritea i hoki ki te kia nekehia atu ia ki te whare o te tākuta-he hoa o toku, me waeahia i kotahi hoki koutou. Maoritanga ia ki aita me kore kua mai i korero. "

"e kore te tino i ahatia ia?"

"oh, he karawarawa, me te tapahia e rua ranei; tino, i te wāhi hauora o te tirohanga, wharanga iti absurdly ki te kua hua he tu'unga taua. Kei te pea ki te pēnei tona ahua ki te pānga ru hinengaro i runga i ora tona mahara. "

"te hoki mai te reira?" karanga huriu oaoa.

Pātōtō te ariki james te tepu, kaua ta'efa'akātaki.

"kore, mr. Hersheimmer, mai i taea ki te hoatu tona ingoa tūturu ia. Whakaaro i i hounga'ia koe e ira ".

"a koe tika tupono ki runga te wahi," ka mea a tommy. "ahua rite ki te korero rorirori."

Engari ko tawhiti tūpato rawa ki te kia unu ariki hemi.

"ko nga umanga he mea whakahirahira," i kii ia ki te maroke.

Ahakoa ra, i teie nei etahi o ia te mea i whakapae i mua anake tommy. Aroaro ariki james o roto i manchester kihai i kōpeka. Matara atu i te faaru'eraa i te take, kia rite ki huriu te mahara, i ia e etahi tikanga o tona ake pai rere te kotiro ngaro ki te whenua. Anake te mea e maere tommy ko te take mo tenei huna katoa. Faaoti ia e ko te reira he foible o te whakaaro ture.

I korero huriu.

"i muri i te tamaaraa," ua faaite ia, "ka haere tika atu i a kite jane."

"e ka e taea, wehi i," ka mea a hemi ariki. "ko reira rawa pea e tukua e ratou ki a ia te kite i ngā manuhiri i tenei wa o te po. Kia whakaaro i ki-apopo te ata e pā ana ki tekau haora ".

Ngahau huriu. I reira ko te tahi mea i roto i hemi te ariki i whakaohokia ia tonu ki te ore. Ko reira he pakanga o e rua tuakiri aravihi.

"te taua katoa, i tatau ka haere i a tawhio reira ki-po, me te kite, ki te kore i taea kanekane ratou ake ki te wahi i roto i o ratou ture heahea."

"ka waiho reira tino maumau, mr. He hersheimmer. "

Ka puta mai nga kupu i rite i te kapiti o te pupuhi, a ka titiro ake tommy ki te tīmatanga. Ko io me oaoa huriu. Ko te ringa i whakaarahia e ia tana karaihe ki ona ngutu ruru, engari ka mau tonu ona kanohi ki a sir james. Mo te kau te riri i waenganui i te rua whakaaro pea ki te pakaru ki mura, engari i roto i tuku iho i te huriu te mutunga ona kanohi, patua.

"mo tenei wa, ki taku whakaaro ko koe te rangatira."

"whakawhetai koe," ka mea tetahi. "ka mea matou tekau haora ka?" ki humarie hope o te tikanga ka tahuri ia ki a tommy. "me whakaae i, mr. Beresford, e ko reira te tahi mea o te ohorere ki ahau kia kite koe i konei i tenei ahiahi. Te whakamutunga rongo i o koutou i taua i o koutou hoa i roto i te manukanuka urupa mo koutou. Kahore kua rongo i o koutou mo etahi ra, a ka ngaro i hinaaro ki whakaaro i eke koe ki fifi tuppence. "

"i i, te ariki!" grinned tommy reminiscently. "e kore ko i roto i te wahi kita i roto i toku ora."

Awhinatia i roto i ngā pātai i hemi ariki, hoatu e ia he pūkete haapotohia o ana mahi mātātoa. Titiro te rōia ki a ia ki te moni whakahoutia rite kawea e ia te korero ki te tata.

"ka koe koe i roto o te wahi raru rawa te pai," ka mea ia kaingākau. "te manaaki i a koutou. Whakaaturia e koe he mahi nui o te parapara, ka kawea koutou wahi i roto i te pai. "

Numinumi kau tommy, tona mata mana'o he hue prawnlike i te whakamoemiti.

"kihai i taea kua ka atu i engari mo te kotiro, te ariki."

"kahore." ua ataata hemi ariki te iti. "ko reira waimarie hoki koutou tupu ia ki-er-tango i te rerehua ki a koutou." puta e pā ana ki ki te whakahē i tommy, engari haere hemi ariki i runga i. "i reira te kahore feaa e pā ana ki te ia tetahi o te rōpū, i whakaaro?"

"kaore au e wehi, e te rangatira. Whakaaro i pea i pupuri ratou ia i reira i te kaha, engari te ara mahi ia kihai i pai i roto i ki taua. Kite koe, hoki ka haere ia ki a ratou, ina taea e ia i ka atu. "

Tungou feruri ariki hemi.

"te mea i ia e mea? Te tahi mea e pā ana ki e hiahia ki te kia mau ki te marguerite? "

"ae, e te rangatira. I whakaaro te tikanga o ia mrs. Vandemeyer. "

"hainatia tonu ia ia vandemeyer rita. Korero ana hoa katoa o ia rite rita. Tonu, i whakaaro me kua kua te kotiro i roto i te peu o te karanga ia e tona ingoa tonu. A, i te kau i karanga atu ia ki a ia, mrs. Ko rānei mate ranei mate vandemeyer! Pārekareka! I reira e kotahi e rua ranei ngā e patu ahau rite te kerekere-ratou huringa ohorere o te huru ki koe, hei tauira. I te ara, i whakaeke te whare, o te akoranga? "

"ae, e te ariki, engari ratou hiahia katoa whakawāteatia atu."

"fakanatula," ka mea a hemi ariki dryly.

"a kihai te clue i mahue ki muri."

"wonder-- i" pātōtō te rōia te tepu feruri.

Te tahi mea i roto i tona reo i hanga tommy titiro ake. E kua kite kanohi o tenei tangata te tahi mea i reira i ratou matapo? Korero ia rūhia te:

"hiahia i hiahia kua koutou ki reira, e kara, ki te haere i runga i te whare!"

"hiahia i a i," ka mea a hemi ariki marie. Noho ia mo te kau i roto i te puku. Katahi ka titiro ake. "a mai i reira? Te mea i mahi koe? "

Mo te kau, ka titiro tame i a ia. Ka puta ake i te reira ki runga ki a ia e o te akoranga e kore te rōia i mohio.

"wareware i e kore i mohio koutou e pā ana ki tuppence," ka mea ia āta. I kitea te manukanuka whakarihariha, wareware hoki he i roto i te oaoa o te mohio ki jane finn i muri, ano kahakina runga ia.

Whakatakotoria iho te rōia tona maripi, me te marau koi.

"he tetahi tupu ki te mahue i tuppence?" ko hiahia-matarua tona reo.

"te ngaro ia," ka mea a huriu.

"āhea?"

"he wiki i mua."

"pehea?"

Tika koperea pātai te ariki james o roto. I waenganui ia ratou i hoatu tommy ko huriu te hītori o te wiki whakamutunga, me to ratou rapu horihori.

Haere te ariki james i kotahi ki te pakiaka o te mea.

"hainatia he waea ki tou ingoa? I mohio ratou ki o maatau mo tena. Kaore ratou i tino mohio ki nga ahuatanga i akohia e koe i roto i taua whare. Ratou kāhaki o ma'iri tuppence ko te counter-nekehanga ki tou mawhiti. Ki te tika ka taea e ratou te hiri i ou ngutu ki te riri mo te mea ka pa ki a ia. "

Tere a tommy.

"e te tika te mea whakaaro i, te ariki."

Titiro te ariki james ki a ia mātu'aki. "i mahi koutou e ki waho, a koe? Kino e kore e kino-kore i te katoa. Te mea pākiki ko e ratou tino kihai i mohio ki tetahi mea e pā ana ki a koutou, ina ratou puritia tuatahi koe herehere. E tino e kore i koe i roto i tetahi ara whāki tou tuakiri koe? "

Ka ruru te tommy.

"e te pera," ka mea huriu ki te kamokamo. "na i taua e etahi tetahi hoatu ratou whakaaro nui-a kore mua atu i te sabati avatea."

"ae, engari ko wai?"

"e mr tokaima'ananga malosi katoatoa. Parauri, o te akoranga! "

Kua pouri tetahi korero whakahawea i te reo o amerika i kaha ai te titiro a te rangatira james.

"e kore koe e whakapono i roto i te mr. Parauri, mr. Hersheimmer? "

"kahore, e te ariki, i e kore," hoki te taitamariki amerika ki aro. "e kore rite taua, e ko te ki te mea. Tatau i te reira i roto i taua te ia he-noa figurehead he ingoa bogy ki whakawehi te tamariki ki. Te tino upoko o tenei mahi ko e kramenin chap russian. Te mana'o nei au e kaha ana ia ki te whakahaere i nga hurihanga i roto i nga whenua e toru i te wa ano i tohua ia! Ko te tangata ko te whittington te tumuaki o te manga ingarihi. "

"kore i ki koe," ka mea a hemi ariki tata. "mr. Vai parauri. "tahuri ia ki tommy. "i pa koe ki te kite te wahi tukua e waea i roto i?"

"kahore, ariki, au i wehi kihai i i."

"h'm. Kua tae ki a koe? "

"te reira i runga, ariki, i toku kete."

"te hinaaro nei i ki te whai i te titiro i reira wā. Kaua e tere. Kua pau koe i te wiki »- ka puhihia e mama tana upoko -" he ra, neke atu ranei te mea he moepuku. Ka mahi matou ki ma'iri jane finn tuatahi. Muri iho, ka whakaturia tatou ki te mahi ki te whakaora ma'iri tuppence i pononga. E kore whakaaro ahau te ia i roto i tetahi ati tonu. Ara, te mea kaore pea ratou e mohio kua pa ke to maatau, a kua hoki mai ano tana mahara. Ti'a ia tatou ia te pupuri i taua pouri i ngā utu katoa. Mahino koe? "

Te atu e rua i whakaae, a, i muri i te whakaritenga mō te whakatutuki i runga i te aonga ake, ka mau te ture nui tona poroporoaki.

I tekau karaka, ko o nga tangata taitamariki tokorua i te wahi i whakaritea. Piri te ariki james i ratou i runga i te paepac. Ko ia anake i puta korekore. Whakaurua ia ratou ki te tākuta.

"mr. Hersheimmer-mr. Beresford-dr. Roylance. Pehea te te manawanui? "

"haere i runga i te pai. Hā mahino e mohio o te rere o te wā. Ui tenei ata e hia i whakaorangia i te mua. Ko reira i roto i te pepa ano? E, o te akoranga, ko anake te mea i ki kia tūmanakohia. Te mea ia ki te whai i te tahi mea i runga i tona whakaaro, ahakoa. "

"whakaaro i taea tatou e atawhai tona manukanuka. Kia tatou te haere ki runga? "

"tino."

Whiua ngakau o tommy whaitake te tere rite aru ratou i te tākuta runga. Jane finn i whakamutunga! Te roa-rapua, te ngaro, te parori jane finn! Pehea waihoki i whakaaro angitu i rapaeau,! A konei i roto i tenei whare, tona mahara whakahokia tata semeio, takoto i te kotiro nei pupuri te heke mai o ingarangi i roto i ona ringa. Whawhati te aue hawhe i ngutu a tommy. Me i tupono noa te tupapaku i tona taha ki te whai waahi ki te whakatau angitu o ta raatau mahi tahi! Ka hoatu e ia te whakaaro o te tuppence ka whakamau peka. I tipu tona whakawhirinaki i roto i te ariki james. I reira ano tetahi tangata ka takahi i nga tuppence ki hea. I roto i te wā jane finn! A ohorere clutched te wehi ki tona ngakau. Au ra mea ohie rawa .... Whakaaro kia kitea e ratou tona mate ... Kua maha iho i te ringa o te mr. Parauri?

I roto i tetahi atu meneti i kata ia i enei whakaaro hanga noa melodramatic. Puritia te tākuta tuwhera te tatau o te ruma, ka haere ratou i roto i. Runga i te moenga ma, tapo'io a taka tona matenga, takoto te kotiro. Hopoia whakaaro mariko te scene katoa. Ko reira na rite te mea tetahi tūmanakohia e hoatu ana i te pānga o te tū nehenehe.

Titiro te kotiro i tetahi ki te tahi atu o ratou ki kanohi miharo nui. Te ariki james korero tuatahi.

"mahue finn," ka mea ia, "ko to koutou whanaunga, mr tenei. Huriu p. He hersheimmer. "

He riuhiri ngoikore i runga i te mata o te kotiro, i te mea ka haere a julius ki mua ka mau tona ringa.

"pehea, teina jane?" he ngawari tana korero.

Engari mau tommy te faaati i roto i tona reo.

"ko koe tino tama keke a hirama?" ka mea ia wonderingly.

Tona reo, ki te mahanahana iti o te nako te uru, i te kounga tata oaoa. E au ra te reira vaguely waia ki tommy, heoi peia e ia te mana'o peka rite taea.

"he pono."

"i maatau maatau te korero panui mo te matua keke i roto i nga pepa," kei te haere tonu te kotiro, i roto i ana reo ngawari ngawari. "engari e kore i whakaaro hiahia te whakatau i a koe tetahi ra. Puta ngā whaea reira i roto i taua e kore e matua keke hirama whiwhi i runga i te haurangi ki a ia ".

"ko te tangata tawhito rite taua," uru huriu. "engari mana'o i ahua o rerekē o te whakatupuranga hou. Ka kahore whakamahi mo te mahi pakanga te utuafare. Mea tuatahi whakaaro i pā ana ki, hohoro rite te whawhai i runga, i ki mai haere, ka hopu ake koe. "

Haere te atarangi ki runga te mata o te kotiro.

"mea-e kua kua korero ratou ki ahau nga mea-he hanga whakawehi haere toku mahara, me e reira he tau kore i ka mohio e pā ana ki-tau ngaro i roto o toku ora."

"kihai koe i mohio ko koe?"

Whakatuwheratia whanui kanohi o te kotiro.

"he aha, kaore. Te mea te reira ki ahau me te mea i reira kahore wa mai i te ta'ita'ii matou ki aua poti. Kua kite au i enei mea katoa. "ka kati tana mata i te tiimata.

Titiro puta noa i huriu i hemi ariki, nei ta'iriiri.

"e kore e manukanuka i tetahi. E kore te mea te reira utu reira. Na, tirohia konei, jane, kei reira tetahi mea e hiahia ana maatau ki te mohio. I reira ko te tangata runga taua kaipuke ki etahi pepa nui nui ki runga ki a ia, a ka kua ka te pu nui i roto i tenei whenua i te ariā e haere ia i runga i nga taonga ki a koutou. Tena? "

Ruarua te kotiro, ia mawhiti neke ki te atu e rua. Matau huriu.

"mr. Fekau'i 'beresford e te kāwanatanga o ingarangi ki te tiki i aua pepa hoki. Te ariki james kiri edgerton ko te english mema o te pāremata, a kia waiho he pū nui i roto i te rūnanga ki te pai ia. Ngā nama i te reira ki a ia e kua ferreted matou a koutou i roto i i muri. Kia taea e koe te tika i mua haere me te korero ki a matou i te kōrero katoa. Danvers i hoatu koe i te pepa? "

"ae. Ka mea ia hiahia whai ratou i te whai wāhi pai ki ahau, no te mea ratou e whakaora i te wahine me te tamariki tuatahi. "

"tika rite whakaaro matou," ka mea a hemi ariki.

"ka mea ia i ratou tino nui-e ai meinga e ratou te rerekētanga katoa ki te hoa. Engari, ki te te reira katoa na te roa i mua, me te whawhai a runga i, he aha e te reira mea i teie nei? "

"te mana'o nei i tuaruatia hītori iho, jane. Tuatahi i reira ko he hue nui, me te karanga i runga i aua pepa, na mate reira katoa iho, a inaianei tīmata o te caboodle katoa katoa i runga i ano-no te take kaua rerekē. Tera ranei e tukua e koe ki nga ringa o taua mea?

"engari e kore i taea."

"he aha?"

"e kore i ahau ka ratou."

"koe-kaumatua-ka a ratou?" pūputu huriu te kupu ki tatari iti.

"kahore-i huna ratou."

"huna koe ratou?"

"ae. Ka i manawarau. E au ra ki te matakitaki ana ahau te iwi. Mataku reira ahau-kino. "hoatu e ia tona ringa ki tona matenga. "te reira tata te mea whakamutunga mahara i te aroaro o fafangu i te hōhipera ...."

"haere i runga i," ka mea a hemi ariki, i roto i ona pepe hohonu ata. "he aha e mahara koe?"

Ka tahuri ia ki a ia talangofua.

"ko te tapu. Haere mai i taua ara-i kore e mahara he aha ...."

"e kore e taua faufaa. Haere i runga i."

"i roto i te whakama i runga i te parepare i peka atu au. I kite tangata ahau. Ka mau i te motokā. Ka korerotia e te tangata ki te pei i ahau i roto i o te pa. Ata tirohia i ka ka tatou i runga i te ara tuwhera. I whai tatou kahore atu motokā. Kite i te ara i te taha o te ara. Korerotia i te tangata ki te tatari."

Tūtatari ia, ka haere i runga i. "arahina te ara ki te pari, a ka ki raro, ki te moana i waenganui i gorse kōwhai nui rakau-ratou i rite mura koura. Titiro i tetahi taha. Kihai i reira he wairua i roto i te titiro. Engari tika taumata ki toku matenga ki reira ko he kohao i roto i te kamaka. Ko reira rawa iti-i anake i taea e tika te tiki i toku ringa, engari ka haere te reira i te ara roa hoki. Ka mau i te pākete oilskin i toku kaki a tawhio noa, a kaore ano te reira tika i roto i tae noa ki taea i. Ka haea atu i te moka o te gorse-toku! Engari i hukihuki-a reira mono te poka ki reira kia kore koutou hiahia imi i reira ko tetahi rua o ahua tetahi reira. Ka āta tohua i te wahi i roto i toku ngakau ake, kia e hiahia kitea ano i reira. I reira ko te toka queer i roto i te ara tika i reira-mo te ao katoa, ano he kuri e noho ana ki runga tono mea. Ka hoki ki te ara i haere i. Ko tatari te motokā, ka peia i hoki. I mau noa te tereina. Ko i he bit whakama o ahau mo fancying mea pea, engari, i a na, ka kite i te tangata i kimokimo ai te wahine i muri nei e noho ana ki ahau ritenga ahau, a ka ua ano i mataku, a ko koa i haumaru nga pepa. Haere i roto i roto i te kauhanga roa ki te tiki i te rangi iti. Whakaaro i hiahia paheke i ki tetahi atu hariata. Engari te wahine ka karanga ahau ki muri, ka mea hiahia maturuturu iho i te tahi mea, a ka piko i ki te titiro, te whakaaro te tahi mea ki te patu i ahau-ki konei. "whakanohoia e ia tona ringa ki te hoki o tona matenga. "e kore i e mahara tetahi atu tae noa whakaara ake i roto i te fare ma'i."

I paahitia.

"whakawhetai koe, e taha finn." ko reira hemi te ariki nei i korero. "te ti'aturi nei i to tatou kore ngenge koe?"

"aue, te pai katoa. Kei te rouru toku mahunga, engari kei te pai au.

Marere huriu atu a tangohia ana ano tona ringa.

"na te roa, whanaunga jane. Kei te haere i ki te tiki pukumahi i muri i aua pepa, engari ka waiho i hoki i roto i rua ruru o te hiku o te kuri, a ka tara i a koutou ki runga ki te london, me te hoatu i te wa o to koutou ora taitamariki koe i mua haere matou hoki ki te āhua ! Tikanga i reira-na hohoro ake, ka whiwhi pai. "

Pene xx. Te mutunga rawa

I roto i te huarahi pupuri ratou he kaunihera ōpaki o te whawhai. Unu te ariki james i te mataaratanga i tona pute. "te tereina kaipuke ki holyhead mutu i chester i 12.14. Ki te tīmata koe i kotahi whakaaro i taea e koe te hopu i te hononga ".

Titiro ake tommy, maere.

"ko reira tetahi hiahia ki te hohoro, e te ariki? Ki-ra ko te 24 anake. "

"te mana'o nei i te reira pai tonu ki te tiki ake i wawe i te ata," ka mea a huriu, i mua i te wā ki te whakahoki i te rōia. "ka hanga tatou ara mo te taupuni tika atu."

I noho he koromingi iti i runga i te rae o hemi ariki.

"hiahia i taea i haere mai ki a koutou. Ahau e tika ana ki te korero i te hui i rua haora i. Ko reira meapango. "

Te hiahia i roto i tona reo i te tino kitea. Ko reira mārama, i runga i te tahi atu te ringa, ko ngāwari ineine ki te hoatu ki te mate o te kamupene i te tahi atu o te ake i taua huriu.

"ki taku mahara kaore he uaua ki tenei mahinga," ko tana korero. "-a rapu-huna he kēmu tika o, e te katoa."

"na tumanako ahau," ka mea a hemi ariki.

"mea tino. He aha atu i taea e te reira? "

"he tonu koe taitamariki, mr. Hersheimmer. I toku tau e pea koe i ako kotahi haapiiraa. 'E kore haafaufaa ore koutou hoariri.' "

Te mahara o tona reo maongo tommy, engari i iti pānga ki runga ki ko huriu te.

"koe whakaaro mr. Parauri kia haere mai haere, ka tango i te ringa? Ki te mahi ia, au i rite hoki ia. "papaki ia tona pute. "kawe i te pū. Iti willie i konei haere a tawhio ki ahau i nga wahi katoa. "hua ia he aunoa fakapō-titiro, a papaki reira here i mua i hoki mai i te reira ki tona whare. "engari e kore e e hiahiatia e ia tenei haerenga. I reira te tangata ki te hoatu mr. Parauri whakaaro nui. "

Koohine te rōia ana pokohiwi.

"i reira ko tangata ki te hoatu mr. Parauri whakaaro nui ki te meka e mrs. Auraa vandemeyer ki tukua ia. Ka neongo iá, mrs. Mate vandemeyer kahore e korero ".

I wahangu ai huriu mo kotahi, a ka honoa mai hemi te ariki i runga i te tuhipoka mama:

"i hiahia anake ki te hoatu koe ki runga ki kaitiaki koutou. Waimarie pai-poroporoaki, a pai. Tango kahore tūponotanga faufaa e kotahi te pepa i roto i o koutou ringa. Ki te mea i reira te mea tetahi take ki te whakapono e kua kapakapa koe, i kotahi whakangaromia
ratou. Waimarie pai ki a koutou. Ko te kēmu i roto i o koutou ringa i teie nei. "ka ruia e ia ringa ki a ratou e rua.

Tekau meneti i muri mai i noho nga tangata taitamariki tokorua i roto i te hariata tuatahi-te piha en route mō chester.

Mo te wa roa i korero e kore o ratou. Ka i te roa ko huriu te whawhati te puku, ko reira ki te parau rawa ohorere.

"ki atu," ka mea atu ia, "he mea poauau koe i te kanohi o te kotiro?"

Tommy, i muri i miharotanga o te kau, rapu ana whakaaro.

"e kore e taea e te mea e whai i," ka mea ia i muri. "e kore e taea i mahara, ahakoa. Hei aha? "

"no te mea hoki i nga marama e rua whakamutunga i kua i hanga i te pōrangi hoê mana'ona'oraa o ahau ki runga ki jane! Momeniti tuatahi te pakipaki i kanohi i runga i tona whakaahua toku ngakau i nga stunts mua katoa i kite koe e pā ana ki roto i ngā pukapuka. Te mana'o nei i au whakama ki te whakaae i te reira i, engari i haere mai i runga i konei takoto ki te kitea e ia, ka whakatika i te reira katoa ake, ka tangohia ia ia hoki rite mrs. Huriu p. Ona kohinga! "

"oh!" ka mea a tommy, miharo.

Kāore i rīpekatia huriu ana waewae brusquely ka tonu:

"e whakaatu ana tika te mea he wairangi mana hope e taea te hanga te tangata o ia! Kotahi titiro i te kotiro i roto i te kikokiko, a ora i! "

Ongo'i-here arero atu ake ake, ejaculated tommy "oh!" ano.

"kahore whakaiti ki jane, mahara koe," tonu te tahi atu. "te ia he kotiro pai tūturu, a ka hinga etahi hoa i roto i te aroha ki a ia tika atu."

"whakaaro i ia te kotiro pai-titiro rawa," ka mea a tommy, i kitea tona arero.

"tino ko ia. Engari e kore ia i te rite tona bit photo kotahi. I te iti rawa i whakaaro ko ia i roto i te ara-kia-no te mea mohio i ia tika atu. Mena i kite ahau ia ia i roto i te mano ka mea ahau 'kei reira tetahi kotiro ko tana kanohi e mohio ana ahau' kaore tonu e raru. Engari i reira ko te tahi mea e pā ana ki taua whakaahua "ruia -julius tona matenga, a ka hapahapainga he sigh-" mana'o nei i romance ko te mea queer kaha! "

"me te mea," ka mea a tommy tou kanohi, "ki te taea e koe te haere mai i runga i konei i roto i te aroha ki tetahi kotiro, ka tono ki tetahi atu i roto i te rua wiki."

Huriu i te aroha noa ki te titiro discomposed.

"pai, kite koe, hiahia ka i he ahua o te mana'o ngenge e kore hiahia kitea i jane-a e ko te reira kuware paramu katoa tonu. A ka-oh, pai, nga wīwī, mo te tauira, he nui atu tika i roto i te ara titiro ratou ki nga mea. Pupuri ratou romance me te faaipoiporaa apart-- "

Ngotea te whaea.

"pai, ahau mala'ia i! Ki te that's-- "

Hohoro huriu ki te aruaru.

"inaianei mea, e kore e hohoro. E kore i te tikanga he aha te tikanga o koutou. Tangohia e ahau i reira amerikano whakaaro nui ake o te morare atu i koe. He aha ra i ko e te huinga wīwī e pā ana ki te faaipoiporaa i roto i te businesslike ara-kitea rua iwi nei e tano ki tetahi ki tetahi, titiro i muri i te mau ohipa moni, a ka kite i te mea katoa ngā, me i roto i te wairua businesslike. "

"ki te ui ki a koutou ki ahau," ka mea a tommy, "tatou e te katoa rawa malaia businesslike enei. Tatou e mea tonu, 'e utu i te reira?' ko nga tangata kino nui, a ka he kino nga kotiro! "

"whakamatao iho, tama. E kore whiwhi pera wera. "

"ite i wera," ka mea a tommy.

Titiro huriu ki a ia, a whakawakia whakaaro nui reira ki a muri ake nei e mea.

Heoi, nui o te wa ki te whakamatao iho a tommy i mua tae ratou holyhead, a kua hoki mai te menemene koa ki tona mata rite marere ratou i to ratou ūnga.

I muri i kōrero, me ki te āwhina o te mahere ara, i he āhua pai whakaae ratou rite ki te arata'iraa, na i taea ki te utu i te taxi, kahore atu ngangau me te pei atu i runga i te ara ārahi ki te treaddur kokoru. Whakaakona ratou i te tangata ki te āta haere, a ka ata tirohia matatau kia rite kore ki te mahue i te ara. Ka haere mai ratou ki a reira e kore roa i muri i mahue i te pa, a ka mutu tommy te motokā tere, ui i roto i te reo tūao ranei te ara arahina iho ki te moana, a rongo i utua ai atu te tangata i roto i te kāhua ataahua.

He momeniti muri i āta te taxi chugging hoki ki holyhead. Tommy a huriu titiro whakamau reira i roto i o aroaro, a ka tahuri ki te huarahi kuiti.

"te reira te tetahi matau, i whakaaro?" ka mea tommy doubtfully. "i reira kia ami noa haere konei."

"tino ko reira. Titiro ki te gorse. Mahara ki ta ka mea a jane? "

Titiro tame i nga taiepa huamo o te puawai koura i taha te ara ki tetahi taha, a ka he whakaaro.

Haere ki raro ratou i roto i te kōnae kotahi, ko huriu te ārahi. Rua tahuri tommy tona matenga uneasily. Titiro hoki huriu.

"he aha te mea te reira?"

"e kore i e mohio. Kua ka i te hau ki runga te hopoia. Kia mau fancying i reira te tahi mau tetahi e whai ake nei tatou."

"e kore e taea e," ka mea a huriu pai. "hiahia kite tatou ia."

A tommy ki whakaae e he pono tenei. Ka neongo iá, faahohonu tona tikanga o te ano'ino'iraa te. I roto i te noa'tu o ia i whakapono ia i roto i te ite rahi o te hoariri.

"i kaua hiahia e tae mai taua hoa haere," ka mea huriu. Pōpōnga ia tona pute. "iti william konei te tika maru hoki te mahi!"

"e kawe koe i nga wa katoa te reira-ia-ki a koutou?" ui tommy ki tahu pākiki.

"i nga wa katoa. Te mana'o nei i kore koutou e mohio ki ta ai tahuri ake ".

I whakamutua e tommy te noho puku. I ongo kiate ia e iti william. E au ra te reira ki te tango i te tuhinga o te mr. Parauri tata atu.

I rere nei te ara haere te taha o te pari, faitatau ki te moana. Kitea rawatia ake ka haere a huriu ki te taua kopa ohorere e tommy cannoned ki a ia.

"he aha te mea?" ka ui ia.

"titiro ki reira. Ki te kore e kore e whiua e te ropu! "

Titiro tommy. Tu i roto i te hawhe arai i te ara ko te kohatu nui i tino whanau he ahua fanciful ki te "tono mea" māhunga.

"pai," ka mea a tommy, fakafisi ki te faaite kare o huriu te, "te reira te mea tūmanakohia matou ki te kite i, kei te kore te reira?"

Titiro huriu ki a ia kanohi, ka ruia e tona matenga.

"maremare ingarangi! Tino tūmanakohia matou i te reira- engari reira ahua o papa ana ahau, katoa te taua, kia kite i te reira e noho ana i reira tika te wahi tūmanakohia matou ki te kitea i te reira! "

Tommy, ko tona marino ko, pea, atu riro atu i te taiao, oho ona waewae ta'efa'akātaki.

"pana tonu. Aha e pā ana ki te poka? "

Karapahia ratou te-taha pari matatau. Rongo tommy ia e mea ana idiotically:

"e kore e hei i te gorse reira i muri i enei tau katoa."

A ka mea tino huriu:

"ki taku mahara he tika koe."

Ohorere tohu tommy ki te ringa ru.

"he aha e pā ana ki taua kapiti ki reira?"

Ka mea a huriu i roto i te reo awestricken:

"e te reira-no te tino."

Titiro ratou i tetahi ki tetahi.

"ka ko i roto i france," ka mea a tommy reminiscently, "wa e rahua toku marū ki te karanga ahau, ka mea tonu ia e kua tae mai ia i runga i queer. Kaore ano au kia whakapono. Engari ahakoa ua ia reira ranei kahore, i reira te mea he sensation taua. Kua ka i te reira i teie nei! Kino! "

Titiro ia ki te kamaka ki te ahua o te riri moeahia.

"whakatara reira!" karanga ia. "e kore e taea! E rima tau! Whakaaro ki tena! Mau tamaroa bird's-kōhanga, rōpū pikiniki, mano o te iwi e haere ana! E kore e taea e te reira i reira! Te reira i te rau ki te tetahi mo tona te reira! Te reira ki take katoa! "

Ae, i whakaaro ia kaore pea e taea - ara, no te mea kaore ia e whakapono ki tana angitu i kaha ai etahi atu. Ko ngāwari rawa te mea, na reira e kore i taea e te reira. E kia kau te poka.

Titiro huriu ki a ia ki te ataata aano.

"te mana'o nei i e mene inaianei tika katoa koe," drawled ia ki etahi oaoaraa. "pai, kei te haere mai!" ka haria e ia tona ringa ki roto i te paepae, ka rangahaua i te waa. "te reira he pai raru. Me waiho he rahi torutoru iti atu toku ringa o jane. E kore i e ite tetahi-kahore-mea, he aha te tenei? Gee tāwhirowhiro! "me ki te tupu poipoia ia tahirihiri noa te pākete iti poapoa. "te reira nga taonga tika katoa. Tuia ake i roto i te oilskin. Mau i te reira i whiwhi i taku maripi. "

Te maere i tupu. Puritia tommy te pākete utu nui te here i waenganui i ona ringa. I muri ratou!

"te reira queer," amuamu ia noa, "hiahia whakaaro koutou i te tuinga e kua pirau. Titiro ratou tika rite pai rite hou. "

Āta tapahia ratou ratou, ka pipiripia e atu te oilskin. Roto ko te pepa takai iti o te pepa. Ki wiri maihao wherahia e ratou i te reira. Ko pātea te whārangi! Titiro matatau atu ratou i tetahi ki tetahi, maere.

"he makanga?" tuku nei ko huriu te. "ko danvers he mokai tika?"

Ka ruru te tommy. Kihai taua otinga i makona ia. Kitea rawatia ake whakawāteatia tona mata.

"kua riro e ahau! Waituhi pukuaroha! "

"e penei ana koe?"

"utu ngana ahakoa. Te tikanga e te wera te tinihanga. Te tiki i te tahi mau rakau. Ka meinga tatou he ahi. "

I roto i te meneti torutoru i te ahi o manga me rau iti te ngiha kin. Puritia tommy te whārangi o te pepa e tata ana te tīrama. Te pepa manehau he iti ki te wera. Kahore atu.

Ohorere te hopukanga atu a huriu tona ringa, a ka tohu ki te wahi i puta pūāhua i roto i te tae parauri hemo.

"tāwhirowhiro gee! Kua ka koe i te reira! Mea, he nui taua whakaaro o koutou. Reira e kore puta ki ahau. "

Puritia tommy te pepa i roto i te tūranga te tahi mau meneti roa noa whakawakia ia i mea ai i te wera i tona mahi. Ka haere atu ia i te reira. He kau i muri puaki ia te tangi.

Puta noa i te pepa i roto i te taera parauri i rere nga kupu: me nga mihi a mr. Parauri.

Xxv pene. Ka kitea e tommy

Mo te rua ranei kau tu ratou titiro i ia atu stupidly, te hitimahuta ki te ru. Hopoia, inexplicably, mr. I forestalled ratou parauri. Whakaae tommy hinga ata. E kore e pera huriu.

"pehea i roto i te tarnation i whiwhi ia i mua o tatou? E te aha te patu i ahau! "mutu ia ki runga.

Ruia tommy tona matenga, a ka mea dully:

"pūkete reira mo nga tuinga te hou. Ai kua fifili ki matou ...."

"e kore e whakaaro ki te tuinga darned. I pehea tiki ia mua o tatou? I ta'ita'ii matou katoa matou mohio. Te reira downright taea hoki ki te tangata te tiki konei tere atu i tatou. A, ahakoa, pehea i mohio ai ia? Mahi koe tatau i reira ko he hopu kōrero i roto i te ruma o jane? Te mana'o nei i reira me kua kua. "

Engari tohu tikanga noa o tommy i whakahe.

"kahore tetahi i taea kua i mua mohiotia i haere ia ki te kia i roto i taua whare-nui iti e ruma ngā."

"e te pera," uru huriu. "ka ko tetahi o nga nēhi te puwhenua te, a whakarongo i te tatau. Me pehea?

"e kore i e kite e mea faufaa te reira tonu," ka mea a tommy a meake ko. "ia kua kitea ai i roto i te tahi mau marama ki muri, ka nekehia atu nga pepa, ka - kahore, i te jove, e ka kore horoi! Kua whakaputaina ratou i te wa kotahi.

"mea tino ratou i pai! Kaore, ko etahi kua haere i mua ia tatou i tenei ra i te haora neke atu ranei. Engari pehea i ratou riro te reira toku koati. "

"hiahia i e kua chap kiri edgerton i ki a tatou," ka mea a tommy feruri.

"te aha?" tiriro nga huriu. "i mahi i te kino, i te tatou i haere mai."

"yes--" ruarua tommy. Kihai i taea e ia te whakamārama i tona mana'o-te ake whakaaro huakore e te aroaro o te kc e te hopoia kua mutu te kino. Anō ia ki tana wāhi o mua o te tirohanga. "ehara i te mea he tautohetohe pai mo tana mahi. Ake o te kēmu. Kua tau tatou. I reira te kotahi anake te mea hoki ki te mahi i ahau ".

"he aha tera?"

"whiwhi hoki ki rānana wawe tonu. Mr. Me fakatokanga carter. Te reira i te mea anake o haora i teie nei i mua i taka te pupuhi. Engari, i tetahi auau, tika ia ki te mohio te kino ".

Te hopoi'a i te kino kotahi, engari kahore whakaaro o e ape nei i te reira a tommy. Me pūrongo ia tona kore ki te mr. Carter. I muri i mea ai tona mahi. Ka mau ia te mēra waenganui po ki london. Pōtitia huriu ki noho te po i holyhead.

Te hawhe haora i muri o te taenga mai, te koretake me te hakihaki, ka tu a tommy ki mua o tana rangatira.

"kua tae mai i ki penei, ariki. Kua rahua-rahua i kino. "

Mr. Te kanohi o carter ngangau ki a ia.

"te tikanga koe e te treaty--"

"ko roto i te ringa o te mr. Parauri, ariki. "

"ah!" ka mea mr. Carter ata. Te faaiteraa i runga i tona mata kihai i huri, engari mau tommy te kōpura o te hepohepo i roto i ona kanohi. Whakaae reira ia rite te mea ke atu i mea i ai ko aue te outlook.

"pai," ko mr. Carter i muri i te rua ranei meneti, "e kore matou me tawharuwharu i nga turi, i whakaaro. Au koa ki te mohio tino i. Ti'a ia tatou ia rave i te mea e taea e matou. "

I roto i te ngakau o tommy whiti te e fakapapau: "! Te reira aue, me mohio ia te reira aue"

Te tahi atu ka titiro ake ki a ia.

"e kore e tangohia i te reira ki te ngakau, tamaiti," ka mea ia aroha. "i koe pai koutou. I ake ki tetahi o nga roro nui o te rau tau ki a koutou. A ka haere mai koe angitu rawa tata. Mahara e. "

"ariki whakawhetai koe,. Te reira te pi'oraa tika o koutou. "

"e whakahe ana ahau. Kua ake i kua akaapaanga ahau mai rongo i tenei atu rongo. "

Ko tetahi mea i roto i tana reo e rawe ana te aro o te whaea. Ka mau te wehi hou i roto i tona ngakau.

"ko reira-te tahi mea atu, e te ariki?"

"e mataku ana ahau," e kii ana a mr. Kaata nui. Totoro atu ia i tona ringa ki te whārangi i runga i te tepu.

"tuppence--?" paheke tommy.

"lau hoki koe."

Kanikani nga kupu patapatahia i mua i ona kanohi. Te whakaahuatanga o te pōtae kāmeta matomato, he koti ki te tauera i roto i te pute tohua plc titiro ia he pātai moeahia i mr. Kaari. Ka mea te whakamutunga ki taua mea:

"horoi ake i runga i te ebury takutai-tata yorkshire. Au i wehi-reira titiro rawa nui rite tākaro poke. "

"toku atua!" whakahekea whaea. "tuppence! Aua rewera-, maku e kore okioki kua ka noa i ara ki a ratou! Ka whaia ratou e ahau! I ahau "

Te aroha ki mr. Mutu te mata o carter ia.

"e mohio ana ahau he aha koutou ite rite, toku tamaiti rawakore. Engari kaore he pai. Ka maumau to kaha i a koe. Kia tangi reira pakeke, engari toku whakaaro ki a koutou kei te: tapahia koutou parekura. He atawhai i te waa. Ka wareware koe. "

"wareware tuppence? Aua! "

Mr. Ka rara te pane.

"na koe whakaaro inaianei. Pai, e kore e manawanuitia e ia whakaaro o-taua kotiro iti maia! Au i pouri e pā ana ki te mahi-confoundedly katoa pouri. "

Haere mai tommy ki ia ki te tīmatanga.

"ahau tango i ake koutou wa, te ariki," ka mea ia ki te kaha. "kaore he take e whakahe koe i a koe ano. Maia i mea ko tatou o wairangi taitamariki te tokorua ki te tango i runga i te mahi taua. Fakatokanga koe matou tika katoa. Engari e hiahia ana i ki te atua i ua i te tetahi ki te tiki i te reira i roto i te kaki. , te ariki poroporoaki pai-. "

Hoki i te ritz, kikī tommy ake torutoru ana taonga mihini, ona whakaaro i tawhiti atu. I tonu pohehe ana ia i te whakataki o te ati ki tona oraraa matarohia mahorahora. He aha te ngahau i ratou i huihui, ia me te tuppence! A inaianei-oh, ia i taea e kore e whakapono ai-reira e kore i taea e pono! Tuppence — mate! Iti tuppence, ki tonu i runga i ki te ora! Ko reira he moe, he moe hanga whakawehi. Kahore atu.

Ka kawea mai e ratou ki a ia he tuhipoka, he torutoru nga kupu ahua o te aroha i te kiri edgerton, nei i pānui i te rongo i roto i te pepa. (i reira i te kupu matua nui: wehi ex-vad toremi.) Te pukapuka mutu ki te tuku o te pou i runga i te faaapu i roto i te parata, te wahi i hemi ariki nui ngākau nuitanga.

"atawhai rawakore tawhito," hamumu tommy, rite panga e ia i te reira peka.

Te tatau e tuwhera ana, a ka pakaru huriu i ki tona tutu mua. Puritia e ia he nūpepa tuwhera i roto i tona ringa.

"mea atu, he aha tenei mea katoa? Titiro ratou ki te i ka etahi whakaaro wairangi e pā ana ki tuppence. "

"he pono," i kii ta tommy maana.

"te tikanga o koutou kua meatia ia ratou i roto i?"

Tere a tommy.

"whakaaro i ka ka e ratou te tiriti ia-e ere ra i tetahi pai ki a ratou i tetahi roa, ka mataku hoki ki te tuku haere ia ratou."

"pai, au darned i!" ka mea a huriu. "tuppence iti. Ia tino ko te girl-- iti pluckiest "

Engari ohorere whakaaro te tahi mea ki te anganga i roro o tommy. Whakatika ia ki ona waewae.

"aue, haere atu! E kore e tino tiaki koutou, whakatara koutou! Ka ui koe ia ki te marena koe i roto i tou ara matao-toto pirau, engari aroha i ia. Kua hoatu e ahau te wairua i roto i toku kopu hei whakaora ia ia i te kino. Hiahia kua e tu i na kahore te kupu, me te kia marena ia koutou, no te mea kua taea e hoatu e koe ki a ia te ahua o te wa tika ia ki te kua i, a ko i anake he rewera rawakore, kahore te pene ki te manaaki ia ia ki. Heoi e kore e kua reira no te mea e kore i i tiaki! "

"kite i konei," timata huriu nga takaro e.

"oh, haere ki te rewera! Kaore au e kaha ki te tu i to haerenga mai ki konei ka korero mo te 'tuppence iti.' haere me te titiro i muri i to koutou whanaunga. Tuppence ko toku kotiro! I aroha ahau ki a ia, mai i te wa i purei ai matou ki te tamariki. Tatou tupu ake a ko reira tika te taua. Kore i e wareware, i te i roto i te hōhipera, ka haere mai ia i roto i roto i taua pōtae wawau, me te ārai! He rite ki te merekara ki te kite i te kotiro e arohaina ana e au ka huri i roto i te kete a te nēhi "

Engari haukotia te ia huriu.

"he kete nēhi! Whine gee! Me haere i ki colney pao! I taea oati kua kite i jane i roto i te pōtae o te tapuhi rawa. Me e te paramu taea! Kare, na te gum, kua riro mai i a au! Ko reira ia i kite korero ki whittington i taua fare utuuturaa i bournemouth. Ehara ia i te manawanui i reira! Ko ia he nēhi! "

"maia mea i," ka mea a tommy riri, "ngā pea kua ia i roto i ki ratou i te tīmatanga. E kore e i fifili ki te tahaetia e ia te hunga pepa i danvers ki timata ki. "

"oku ou darned i, ki te meatia e ia i!" karanga huriu. "te ia toku whanaunga, ka rite tāmau whenua he kotiro rite tonu marere."

"e kore e i tiaki i te whakatara aha te mea ia, engari tiki atu o konei!" whakahoki ano tame i te tihi o tona reo.

Nga tangata taitama i runga i te mata o te haere mai ki nga whiu. Engari ohorere, ki te abruptness tata tinihanga, i heke noa te riri o huriu.

"tika katoa, tama," ka mea ia ata, "haere i. E kore i e whai kupu tetahi koe mo te mea kua koutou i mea. Te reira kaha waimarie i te mea koutou i te reira. Kua ahau i te tino kaha nui i roto i te hianga ka taea ki te whakaaro. Ata iho "i hanga -tommy te pouri gesture-" haere tika atu i teie nei-te haere ki te london me raki taupuni rerewe uru, ki te hiahia koe ki te mohio. "

"e kore e i tiaki i te whakatara e haere ana koe ki hea," meinga tommy.

Rite te tatau katia muri huriu, ka hoki ia ki tona take-take.

"koinei te rota," ka amuamu a ia, ka pa te pere.

"tango toku tueke ki raro."

"ae, e te rangatira. Haere atu, te ariki? "

"kei te haere i ki te rewera," ka mea a tommy, ahakoa o mana'o te poroteke o.

Engari ko taua kaiwhakahaere, ko te whakahoki mai ma te aroha:

"ae, e te rangatira. Ka karanga i te tēkihi? "

Tere a tommy.

E haere ana ia ki hea? Kihai i ia te whakaaro hemo. Tua atu i te whakaaro whakatau ki te tiki ara ki a mr. Parauri i ia kahore mahere. Anō-lau ia pukapuka o hemi ariki, a ka ruia tona matenga. Me utu tuppence. Tonu, ko te ahua o te hoa tawhito.

"pai ki te whakahoki i te reira, ki taku mahara." ka haere ia ki tera taha o te teepu tuhituhi. Ki te tikanga parori ke mua o te whare moenga tuhituhi, i reira nga pūhera tatau me kahore pepa. Ka tu ia. Kaore tetahi i haere. Fumed tame i te whakaroa. Ka mahara ia e reira ko he supply pai i roto i te noho-ruma o huriu. Ua faaite te amerika i tona haerenga tonu, i reira e kia kore wehi o te rere ake ki a ia. Haunga, e kore ia e whakaaro ki te meatia e ia. I timata ia ki te kia kaua whakama o nga mea i mea ia. Tangohia ko huriu te tawhito i ratou fakafiefia pai. Hiahia tatarahapa e ia, ki te kitea e ia ia ki reira.

Area te piha, ua mou roa. I hikoi a tommy ki te tepu tuhituhi, ka whakatuwhera i te kaituhi waenganui. He whakaahua, he tupuna te puhipuhi i te kanohi ki runga, ka kite tona kanohi. Mo te wa poto nei ka tu ia ki te whenua. Ka tangohia e ia a reira i roto i, tutakina te afata ume, haere āta runga ki te ringa-tūru, ka noho iho titiro tonu i te whakaahua i roto i tona ringa.

He aha i runga i te whenua, ko te whakaahua o te kotiro wīwī annette mahi i roto i te tuhituhi-ripanga huriu o hersheimmer?

Pene xxii. I te ara whakararo

Pātōtō te pirimia te tēpu i mua o ia ia ki maihao tailiili. Ka tūpaka tōna mata me te porotēhi. Ka mau ake ia i tona whakahaere ki te mr. I te wāhi i whati ai atu carter. "e kore i e matau," ka mea ia. "e ki ana koe he iti rawa nga mea katoa?"

"na te mea tenei tamaiti ki te whakaaro."

"kia whai ano o te titiro i tona reta."

Mr. Hoatu carter reira ki runga. I tuhituhia i te reira i roto i te whaanui i te ringa mau fetia.

"e mr. Kaihoko,

"te tahuri te tahi mea ake kua homai e ahau he oko. O te akoranga ka taea pea e au te hanga i tetahi kaihe whakamataku i a au, engari kaore au e penei. Ki te he tika toku whakatau, ko taua kotiro i manchester te tipu noa. I tona kaituku te mea katoa, wawetia pākete me katoa, me te ahanoa o te whakaaro tatou, ko te kēmu ki runga-reira tena i e kuo pau kua kua matou tino wera i runga i te kakara.

"whakaaro i mohio i te hunga i te mau jane finn he, a ka kua ara ka i he whakaaro kei hea nga pepa. E muri te he pōhēhētanga anake, o te akoranga, engari ua i te ahua o te mana'o ka tahuri te reira i roto i tika. Ahakoa, ka kapi ahau ki roto i te kōpaki hiri hei utu. Au te haere i ki te ui koe e kore e ki te whakatuwhera i te reira tae noa ki te kau rawa whakamutunga, waenganui po i runga i te 28 o, roto i te meka. Ka matau koutou he aha i roto i te meneti. Kite koe, kua puta ngā i te reira i roto i taua aua mea o te tuppence o ko te tipu rawa, a ka te ia e kore ake paremo atu i ahau i. Ko te take i penei ai ahau: ko te mea whakamutunga ka tukuna e ratou a jane finn i te tumanako kei te matenui ia ia i tenei mahara mahara, ka mutu kua whakaaro ake ia ka haere tonu ia ki te riipene. O te akoranga he tupono kino mo ta ratau ki te kawe, na te mea e mohio ana ia ki nga mea katoa - engari kei te tino hiahia ratau ki te pupuri i taua tiriti. Engari ki te mohio ratou e kua te pepa ora ake e tatou, e kore o te ora te hunga e rua ngā kōtiro 'ka kia utu hoko o te haora. Me whakamatau ahau ki te pupuri i te tuppence i mua i te mawhiti o jane.

"kei te hiahia ahau ki te tukurua i taua telegram i tukuna ki te tuppence i te ritz. E kii ana a james peel edgerton ka taea e koe te whakahaere i au. Te ia frightfully tupato.

"kotahi te mea-tēnā whakamutunga i taua whare i roto i te soho whanga ana ra me te po.

"ou, me era atu

"tamati beresford."

Titiro ake te pirimia.

"te marae?"

Mr. Ka tino ata whakaekehia e carter.

"i roto i nga ruma o te pēke. Ahau tango i kahore tūponotanga. "

"e kore e koe whakaaro" ruarua i -te pirimia he minuti, "e e te mea pai ki te whakatuwhera i te reira i teie nei? He pono tika tatou ki te mau i te tuhinga, e ko, ngā tahuri i roto i pōhēhētanga o te tangata taitamariki ki te kia tika, i kotahi. Ka taea e tatou te pupuri i te meka o ka mahi ngaro na rawa. "

"ka taea e tatou? Kahore ahau e tino mohio. He tutei a tawhio noa tatou. Te mohiotia kotahi reira e kore e hoatu e ahau e "motumotuhia humarie ki tona fingers-" mo te ora o te hunga kōtiro e rua. Kahore, i whakawhirinaki mai te tama ki ahau, a kaua ahau e tukua.

"pai, pai, tatou me waiho i te reira i taua, na. He aha te rite ia, tenei tamaiti? "

"waho, te ia he mau ma-limbed, pākehā taitamariki kaua poraka-upoko. Pōturi i roto i ona tukanga hinengaro. I runga i te tahi atu i te ringa, te reira rawa e taea ki te arahi ia ia ki tana i roto i tona whakaaro. E kore kua ka e ia tetahi-na te ia uaua ki te mea tinihanga. Ka hohaa ia ki nga mea ka mutu, ana ka mau ano tetahi mea kaore ia e tukuna. Te tino rerekē te wahine iti. Atu pūmanawa me te tikanga iti noa. Hanga e ratou he rua tino mahi tahi. Tere me te haamahu. "

"te mea ia māia," tatari ana te pirimia.

"ae ra, koinei te tino tumanako. Te ia te ahua o te tamarikitanga awangaawanga nei e whai ki te kia tino mohio i mua timata nei e ia he whakaaro i te katoa. "

He hawhe te ngutu i tae ki nga ngutu o tetahi atu.

"a ko reira tenei-tamaiti nei e hinga i te taihara ariki o to tatou wa?"

"tenei-tamaiti, kia rite ki te mea koutou! Engari i ētahi wā rerehua kite i te atarangi ki muri. "

"tikanga koe?"

"edgerton kiri."

"peel edgerton?" ta te pirimia i miharo.

"ae. Kite i tona ringa i roto i tenei. "patua te pukapuka tuwhera ia. "kei kona ia - kei te mahi i roto i te pouri, ma te rangimarie. Kua ua tonu i e ki te ko tetahi ki te rere mr. Parauri ki te whenua, e hei kiri edgerton te tangata. Korero i a koutou te ia i runga i te take nei, engari e kore e hiahia ana mohiotia ai. I te ara, ka pai i te tono rerekē i ia te tahi atu ra. "

"ae?"

"tonoa e ia ki ahau he tuhi i etahi pepa amerika. Tuku reira ki te tinana o te tangata i kitea e tata ana nga kahui i roto i te york hou e pā ana ki toru wiki ki muri. Ka tono ia ki te kohikohi i nga korero mo te kaupapa ka taea e au. "

"pai?"

Koohine carter ana pokohiwi.

"e kore taea e ahau te tiki nui. Hoa taitamariki e pā ana ki toru tekau-rima-painga kakahu-mata rawa kino i ahua ke. Kore i tāutuhia ia. "

"a tena koutou e e hono nga take e rua i roto i te tahi mau ara?"

"hopoia mahi i. Kia i he, o te akoranga. "

I reira ko te okioki, ka mr. Ka haere tonu te kaata:

"i tono atu au ki a ia kia haere mai i konei. E kore e ka whiwhi tatou i tetahi mea i roto o ia e kore ia e hiahia ki te korero ki. He kaha rawa ana instincts ture. Engari i reira te kahore feaa e taea ia maka marama i runga i te kotahi e rua ranei ngā kerekere i roto i te pukapuka o te beresford taitamariki. Ah, i konei ko ia! "

Ka whakatika nga tangata e rua ki te oha te hou-comer. Te whitinga te whakaaro rivet hawhe puta noa te ngakau o te pirimia. "toku mono, pea!"

"kua ta tatou he reta i beresford taitama," ka mea mr. Carter, haere mai ki te wāhi i kotahi. "ka kite koe ia ia, ki taku mahara?"

"ki te whakaaro koe he he," ka mea te roia.

"aue!" mr. He iti nei te kaimene.

Ua ataata ariki hemi, a mirimiri tona kauwae.

"ngateri ia ahau ake," tūao ia.

"e whai koe i tetahi whakahe ki korero tatou rite te mea haere i waenganui ia koutou?"

"kaore rawa. Whakawhetai ki te ahau mo te tetahi reta i tuhituhia i ki a ia-rite te mea o te meka, i tapaea i ia he mahi. Ka fakamanatu ahau e ia o te tahi mea i mea i ki a ia i manchester mo taua waea kēhua i manukawhakitia atu ma'iri cowley. I patai atu ahau ki a ia mehemea kua puta he mea kaore i puta. Ka mea ia i-e te reira i roto i te kaiutuutu i mr. Ruma o hersheimmer kua kitea e ia he whakaahua. "ka tu te roia, ka haere tonu:" i patai atu au ki te whakaahua na te whakaahua me te wahitau o tetahi kaiwhakaahua o california. Ka mea ia: 'kei koe ki runga ki taua mea, e te ariki. I te reira. ' Ka haere ia ki runga ki ki korero ahau te tahi mea e kore i i mohio. Te taketake o taua whakaahua ko te kotiro wīwī, annette, e ora ai tona ora ".

"he aha?"

"rite tonu. Ui i te tangata taitamariki ki etahi pākiki te mea i mea ai ia ki te whakaahua. Ka utua e ia kua tukuna e ia ki te wahi i kitea e ia. "ka mutu ano te roia. "e he pai, e mohio-ata koe pai. Ka taea e ia te whakamahi i ona ngutu, taua hoa rangatahi. I mihi ahau ki a ia. Ko te kitenga he tetahi providential. O te akoranga, i te kau e mohiotia te kotiro i roto i te manchester i ki kia ka puta ke te tipu katoa. Kite beresford taitamariki e hoki ia, kahore toku he ki korero ai ia. Heoi ite ia e kore i taea e ia whakawhirinaki tona whakawa ki runga ki te kaupapa o te ma'iri cowley. I i whakaaro i ora ia? Ka korerotia i a ia, ata taimaha te taunakitanga, e reira ko he tupono rawa faaoti i roto i te manakohia o reira. E kawea tatou whakahokia ki te waea. "

"ae?"

"tohutohu i a ia ki te tono ki a koe mo te tārua o te waea taketake. I puta ai ki ahau rite pea e, i muri panga reira ma'iri cowley i runga i te patunga witi, etahi kupu ai kua murua, ka puta ke ki te whakaaro faaite o te whakatakoto tutei i runga i te makatea teka. "

Ka peke te kaihoko. Ka mau ia te whārangi i tona pute, a reo lau:

"haere mai i te kotahi, priors astley, whare taonga, kent. Nui whanaketanga-tommy. "

"tino māmā," ka mea a ariki hemi, "me te tino kakama. Noa ki te kupu torutoru whakaputa ke, a ka meatia te mea. A tuwhanga mea ratou te clue nui kotahi. "

"he aha tera?"

"ko te korero a te tamaiti-wharangi kua ngaro te kauhau i te whiti. Ko ratou na tino o ratou e tangohia e ratou a reira hoki i hanga homai e ia he hape. "

"beresford ka taitama ko inaianei?"

"i whare taonga, kent, te kore ahau i nui atu to."

Mr. Titiro carter ki a ia ata whakairohia.

"i kaua fifili e kore koutou kei reira rawa, kiri edgerton?"

"ah, au i pukumahi i runga i te take."

"whakaaro i ko koe i runga i tou hararei?"

"oh, i kua kore i kāti i. Pea e te mea tika atu ki te mea au te whakarite i te take. Tetahi atu meka e pā ana ki taua chap amerika hoki ahau? "

"au i wehi kore. He mea nui kia kite ko wai ia?

"oh, e matau ana i te tangata ko ia," ka mea a hemi ariki ngāwari. "e kore e taea e ahau te whakamatau i te reira ano- engari e matau ana i."

Te atu e rua ka ui kahore pātai. I ratou he parapara e pai kia reira ururua noa o te manawa.

"engari te mea e kore i e matau," ka mea ohorere te pirimia-minita, "ko e founga haere mai taua whakaahua ki kia i mr. Kaiutuutu o hersheimmer? "

"pea e kore te reira i mahue reira," te whakaaro te rōia ata.

"engari te kaitirotiro kēhua kua? Kaitirotiro parauri?"

"ah!" e kii ana a sir james ma te whakaaroaro. Whakatika ia ki ona waewae. "e kore me i puritia e koutou. Haere i runga i ki nga take o te iwi. Me hoki whakamuri ahau - ko taku kehe.

E rua nga ra i muri mai ka hoki huriu hersheimmer i te manchester. Takoto he nota i tommy i runga i tona tepu:

"hersheimmer aroha,

"pouri kua ngaro toku riri. Ina, kaore ahau e kite ano ia koe. Kua tukuna mai e au he mahi ki te tautohetohe, ana maau ano hoki.

"nau,

"tommy beresford."

Roa te ataata i rawe ki mo te kau i runga i te mata o huriu. Maka e ia te pukapuka ki te kete koraha-pepa.

"te wairangi darned!" amuamu ia.

Xxiii pene. He whakataetae ki te waa

I muri i waea ake hemi ariki, ko tukanga muri o tommy ki te hanga i te karanga i nohonga audley tonga. Kitea e ia albert fakahoko hono ngaahi fatongia ngaio, a whakaurua ia, kahore atu ngangau rite te hoa o te tuppence o. Tonu unbent albert.

"kua tino rangimarie nga mea i konei noa," ka mea ia ma te ngakau. "te ti'aturi nei o te kotiro pupuri pai, te ariki?"

"e te tika te wāhi, albert. Ngā ngaro ia. "

"ehara koe i te mea kua riro ia ia nga awa?"

"e ratou."

"i te reinga?"

"kahore, tutuki te reira i katoa, i roto i tenei ao!"

"te reira he h'expression, ariki," faataa albert. "i te pikitia i nga wa katoa nga pupirikana he restoorant i roto i te reinga. Engari koe e whakaaro rite kua mea ai ratou ia i roto i, te ariki? "

"e tumanako ana au kaore. I te ara, kua koutou e tetahi tupono he whaea keke, he whanaunga, he kuia, ranei tetahi atu e pā ana wahine e tika ana nei kia māngai ai rite te pea ki te whana i te peere? "

He menemene hari āta horahia ki runga te mata o albert.

"au i runga, te ariki. Kua toku whaea keke rawakore te mea ora i roto i te whenua kua matemate kino mo te wa roa, me te tono hoki ahau ia me tona manawa mate. "

Ka tawhiri atu tommy whakaaetanga.

"ka taea e pūrongo koe tenei i roto i te hauwhā tika, me te whakatau i ahau i charing cross i roto i te wa o te haora?"

"ka kia i reira, e te ariki. Ka taea e koe te tatau i runga i ahau. "

Rite tommy i whakawakia, te albert pono whakamatauria he hoa tino taonga. Ka mau te rua ake ratou wahi i te whare tira i roto i te whare taonga. Ki a albert i hinga nga mahi hei kohi korero. Kahore he uaua e pā ana ki reira.

Priors astley ko te taonga a te dr. Adams. Kaore i whakatauhia e te taakuta, kua reti, i whakapono te rangatira o te rangatira, engari i mau ia ki etahi torangapu tūmataiti - ko te hoa pai i pao ai tona rae ma te mohio - "maamaa! Mahino koe! "ko te tākuta he ahua rongonui i roto i te kainga, tuhituhia noa atu ki te sports- rohe katoa" he tino ahuareka, gentleman matareka. "kua roa i reira? Oh, he mea o kotahi tekau tau ranei pera-ai kia roa. Gentleman pūtaiao, ko ia. Maha haere mai ki raro ahorangi me te iwi i te pa, ki te kite i a ia. Ahakoa, he whare takakau tenei, he manuhiri i nga wa katoa.

I roto i te mata o tenei volubility katoa, ua tommy feaa. Ko reira taea e taea e tenei manahau, pai-mohiotia ahua kia i roto i te vairaa mau he taihara kino? Ko tana koi, he tino tuwhera, me runga. Kahore tohu o mahi sinister. Whakaaro ko reira he hape ammonite katoa? Ua ite tommy te kani makariri i te whakaaro.

Ka mahara ia te patients- "feia balmy." tūmataiti ui maite ia ki te reira ko te kotiro roto ratou, whakaahua tuppence. Engari kahore whakaaro ki te kia mohiotia e pā ana ki te tūroro-ratou i tātātaha kitea waho nga whenua nui. Rahua ano he whakaahuatanga tiaki o annette ki whakapataritari āhukahuka.

Ko nga rangatira a astley he papaa pereki whero, he karapoti i te papa raakau-pai, hei arai i te whare mai i te tirohanga mai i te huarahi.

I te ahiahi tuatahi o te whaea, i haere tahi me albert, i tirotiro haere i te papa. Runga ki te onoonoraa a albert toia e ratou ratou haere mauiui i runga i o ratou puku, reira whakaputa he mahi nui atu haruru atu ki te i tu tika ratou. I roto i tetahi take, i tino tikanga enei whakatūpatotanga. Nga whenua, rite te hunga o tetahi atu whare tūmataiti muri ahiahi, te titiro untenanted. Whakaaro tommy i te tipene taea e mura. Rere rerehua o albert ki te puma, he neke mokai ranei. Engari tae ratou he rākau e tata ana te whare tino kauaka a.

Nga ārai o te matapihi kai-ruma i runga. He nui te kamupene i huihuia ki te tepu. I haere i te tauranga i ringa ki te ringa. E au ra te reira i te noa, kamupene ahuareka. Na roto i te tuwhera o te matapihi o te korerorero kua puta i runga i te ohorere i te hau o te po. Ko reira he kōrero wera i runga i mataeinaa kirikiti!

Ano i whakaaro ano i te tiamana i te makariri o te korekore. Te whakaaro o ki te whakapono i te tahi atu atu ratou whakaaro i enei iwi. I ia tinihanga kotahi atu? Te, gentleman spectacled ataahua-te ahipare nei noho i te matenga o te tepu titiro taa tika, me te noa.

Moe tommy kino i taua po. Te ata e whai ake nei i te nakawhiti albert, ka timahia he haumi ki tamaiti o te greengrocer, ka mau wahi o te whakamutunga, ka ingratiated ia ki te tuari i malthouse. Ka hoki ia ki te kōrero i ko ia ta'etoeveiveiua "tetahi o nga hunga hao taonga," engari mistrusted tommy te taoto ra o tona whakaaro. Ui, taea adduce ia tetahi mea i roto i te tautoko o tona tauākī anake tona whakaaro ake e kore ko ia te ahua mua. Taea e koe te kite e i te mawhiti.

Te whakauru i toutou (nui ki te painga moni o te tamaiti o te greengrocer tūturu) i te ra e whai ake, kawea hoki albert te wahi tuatahi o te rongo ti'aturiraa. I reira ko te kotiro wīwī noho i roto i te whare. Hoatu tommy ana veiveiuá peka. Konei ko te haamauraa o tona ariā. Engari te wā e aki. Ki-ra ko te 27. Te 29, ko te ngangau nui-korero-a "ra mahi," e pā ana ki nei rere katoa o nga hau i. Kua oho nga niupepa. Ko nga tohu whakaongaonga o te motuhanga mahi i puta i te purongo. Kāre te kāwanatanga i kī. I mohio te reira a ka rite. Kua puta nga korero whakahee i waenga i nga rangatira o nga kaimahi. Kihai i ratou o te whakaaro kotahi. Ko te kitenga i waenga i a raatau ka mohio ko ta ratau i whakaaro ai tera pea ka mate te mate i te tuawhenua i tino aroha ki a raatau. I peka mai ratou i te matekai me te aitua ka mate te patunga whaanui, ka pai ki te whakatau i te kawanatanga. Engari kei muri i a ratou he mana ngoikore, he tohe ki te mahi, me te akiaki i nga maharatanga mo nga he o mua, me te aukati i te ngoikore o te hawhe-haurua o te inenga, te peka kore.

Ua ite tommy e, whakawhetai ki mr. Carter, i matau ia te tūranga tika tika. Ki te tuhinga mate i roto i te ringa o te mr. Parauri, e piu whakaaro tūmatanui ki te taha o nga extremists mahi me mua. Te kore e, ko te whawhai, he noa tupono. Te kāwanatanga me te ope, me te pirihimana mateaki kaha muri ratou kia riro-engari i te utu o te mamae nui. Engari he mea whakatupu tommy tetahi me he moe maamaa. Ki te mr. E itehia parauri a riro whakapono ia, tika hetia ranei, e e hu'ahu'a i te whakahaere katoa ignominiously me hangatonu. Te mana ke permeating o te rangatira ngaro puritia tahi reira. Kahore ia, i whakapono tommy he aitua tonu e whakatakotoria i roto i; a, nga tangata tika i mahue ki a ratou ano, e kia taea te houhanga rongo te tekau ma tahi-haora.

"ko te whakaaturanga kotahi-tangata tenei," ka mea tommy ki ia. "te mea ki te mahi i te mea ki te whiwhi mau o te tangata."

Ko tetahi waahanga i roto i te whaainga o tenei whakaaro whakakeke kua tono ia mo mr. Taraiwa kia kaua e whakatuwhera i te kōpaki hiri. Te tiriti tauira ko mōunu a tommy. Katoa i teie nei a ka ko ia miharo i tona ake whakaaro. He pehea te maia ki tana whakaaro kua kitea e ia he aha nga mea nui kua wareware atu ki nga taangata tangata mohio? Heoi, i piri tonu tana whakaaro ki tana whakaaro.

Taua ahiahi ia ko albert kotahi atu huri nga whenua o priors astley. Ko te hiahia o te whaea ko etahi atu mea ranei kia uru ki te whare ake. Rite whakatata ratou āta, hoatu tommy he kiha ohorere.

I runga i te matapihi papa tuarua etahi tetahi e tu ana i waenganui i te matapihi, me te marama i roto i te ruma maka he silhouette i runga i te matapo. Ko reira kotahi tame e kua mohio ki hea! Ko tuppence i roto i taua whare!

Clutched ia albert i te pokohiwi.

"e noho ki konei! Ka timata ahau ki te waiata, matakitaki i taua matapihi. "

Rere ia hohoro ki te tūranga i runga i te puku matua, a timata i roto i te haruru hohonu, i honoa e me he kiwi e tere tere, te ruri e whai ake nei:

    he kaipoau ahau

    he hoia rangatira taua;

    ka taea e koe te kite e au i te hoia i toku waewae ....

He tino pai ki runga i te karamu i nga ra o te hōhipera tuppence. Kihai ia i ruarua engari e e ite i e ia taua mea, ka utu ia ake whakatau. Tommy kihai i he tuhipoka o waiata i roto i tona reo, engari i pai tana pūkahukahu. Ko faahiahia te ngangau hua ia.

Wawetia te kaiwhakainu e ekengia e, tahi e te footman rite e ekengia e, whakaputaina i te tatau mua. Ka whakahokia e te kaiwhakainu ki a ia. Tonu tommy ki waiata, te whakatutuki i te kaiwhakainu aroha rite "pāhau tawhito aroha." ka mau te footman ia i tetahi ringa, te kaiwhakainu i te tahi atu. Oma ratou ki a ia ki raro i te puku, a neatly i roto o te kuwaha. Whakawehi te kaiwhakainu ia ki te pirihimana, ki te homaitanga o ano ia. I meatia-whakaaro reira nehenehe me ki te ti- tino. Ko te tangata nana te oati he tino patu tuutupa, he he tuuturu te haki, ko te peera anake te whittington!

Mutu tommy ki te whare tira, ka tatari mo te hoki a albert. I muri i hanga e tika tona ahua.

"pai?" tangi a tommy maana.

"te reira tika katoa. Ia ko e ratou he-rere o koutou i te matapihi e tuwhera ana, me chucked te tahi mea i roto i. "hoatu e ia he mau o te pepa ki tommy. "i takaia ia he reta."

I runga i te pepa raruatere i toru kupu: "wa ki-apopo-taua."

"hua pai!" karanga tommy. "kei te haere maatau."

"tuhituhi i te karere i runga i te wahi o te pepa, takaia ana e ia a tawhio noa te kohatu, a ka chucked reira i roto i te matapihi," tonu albert te aho pau.

Aue a tommy.

"ko to maauatanga ko te mahi wehe i a maatau, albert. E pehea ana koe?

"ka mea ko matou he-noho i te whare tira. Ki te taea e te tiki atu ia, ki te haere mai i reira, ka croak rite te poraka. "

"ka mohio ia e te koutou," ka mea a tommy ki te korero e o te tauturu. "rere atu ki a koutou to koutou whakaaro, e matau ana koutou, albert. He aha, e kore koutou e mohio ki te croaking poraka, ki te rongo koe i te reira. "

Titiro pai ake a albert.

"ngakau ake," ka mea a tommy. "kahore kino mahi. E kaiwhakainu te he hoa tawhito o toku-i bet mohio ia te tangata ko i, ahakoa kahore ia i tuku i runga i. E kore te reira ratou kēmu ki te whakaatu whakapae. E te aha kua kitea e matou i te reira rere tika mania. E kore ratou e hiahia ki te pehi i toe i ahau. I runga i te tahi atu i te ringa, e kore ratou e hiahia ki te hanga i te reira ngāwari rawa. Au i he kurumetometo i roto i to ratou kēmu, albert, e te aha ahau i. Ka kite koe, ki te puhoi te pungawerewere kia kore e rere te rere, ka whakaaro pea te rere, he mahi tino kore. No reira ko te whaihua o taua taiohi whakaari, mr. T. Beresford, blundered nei ngā roto noa i te kau e tika mo ratou. Engari i muri, mr. T pai i beresford titiro i roto i! "

Mutu tommy mo te po i roto i te āhua o etahi ataahua,. I whakawhānuitia e ia he mahere tupato mo te ahiahi e whai ake. Ua ia tino e kore e nga tangata o priors astley pokanoa ki a ia ki runga ki tetahi wāhi etahi. I muri i tera ka kii te tiamana kia puta to raatau miharo.

No te tekau ma rua o nga haora, heoi, ko tana ata mariri i wiri. I ki te kii ko etahi e tono ana i a ia i roto i te kaaka. I tohu te kaitono he kaihoroi ahua ahua-kore e tineia ana ki te paru.

"pai, toku hoa pai, he aha te mea te reira?" ka mea tommy.

"? Ai tenei hei mo koutou, te ariki" puritia atu te carter he tuhipoka takai rawa paru, i runga i te waho o te mea i tuhituhia: "tangohia tenei ki te hūmārie i te whare tira tata priors astley. Ka hoatu e ia ki a koe tekau hereni ".

Ko te ringaringa he tuppence's. Mauruuru tommy ia tere-wittedness i roto i te ite e ai ia kia noho i te whare tira i raro i te ingoa riro. Kapohia e ia ki reira.

"kei te pai katoa."

Kaiponuhia te tangata i te reira.

"ka pehea ahau tekau nga putunga o te tekau?"

Tommy hohoro hua he tuhipoka tekau-hereni, a wakamahuetia te tangata tona kitea. Ua tatara tommy reira.

"tommy aroha,

"i mohio i ko reira koutou whakamutunga po. E kore e haere tenei ahiahi. Ka kia takoto ratou whanga i roto i hoki koe. E tango ratou ia tatou atu tenei ata. Rongo i te tahi mea e pā ana ki wēra-holyhead, whakaaro i. Ka maturuturu i tenei i runga i te ara, ki te whiwhi i te tupono. Annette korerotia ki ahau pehea koutou hiahia mawhiti. Topa.

"nau,

"twopence."

I whakaohooho a tommy kia albert i mua i a ia ano kia oti te whakakaha i tenei reta tohu.

"pōkai toku peke! Kei tatou atu! "

"ae, e te ariki." taea te rongo i te pūtu o albert racing runga. Tapu? I taua tikanga e, i muri i pororaru te katoa: tommy. Ka panui tana.

Ko nga hu o albert i kaha haere tonu ki te papa o runga.

Na ka puta whakarere mai ano he reo tuarua i raro.

"albert! Au i te wairangi mala'ia! Wetewetea e putea! "

"ae, e te ariki."

I ata whakaarohia e tommy te tuhi.

"ae, he wairangi kanga," mahaki ana mea ia. "engari pera ano etahi atu! Me i muri mohio i ko wai te mea te reira! "

Pene xxiv. E huriu te ringa

I roto i tona huinga i claridge a, noho kramenin i runga i te moenga, me te mangai ki tona papa'i parau i roto i sibilant russian.

Wawetia te waea i whatīanga o te kaituhituhi purred, a ka mau ake ia te kaiwhiwhi, ka korero hoki i te rua ranei meneti, ka tahuri ki tona kaituku mahi.

"kei te tono etahi kei raro i a koe."

"ko wai te mea te reira?"

"ka hoatu e ia te ingoa o mr. Huriu p. He hersheimmer. "

"hersheimmer," toutou kramenin feruri. "kua rongo i taua ingoa i mua."

"ko tona papa kotahi o te parahi kingi o amerika," faataa te kaituhituhi, ko tona mahi i reira ki te mohio i nga mea katoa. "me te tangata taitama tenei he milioni e rave rahi taime i runga i."

Whāiti hounga'ia kanohi te tahi atu o te.

"i koe pai haere ki raro, ka kite ia ia, ivan. Kitea i roto i te mea e hiahia ana ia. "

Rongo tonu te kaituhituhi, kati te tatau heheke muri ia. I roto i te torutoru meneti hoki ia.

"pato'i ia ki te kī i tona mahi-ta ko reira katoa tūmataiti me te whaiaro, me e me kite ia koe."

"he milioni e rave rahi taime i runga," amuamu kramenin. "kawea mai ia, e taku hoa here."

Te kaituhituhi i mahue te ruma kotahi ake, a hoki ana arahi huriu.

"monsieur kramenin?" ka mea te muri koimutu.

Te russian, ako ia mai ki ona kanohi werewere koma, piko.

"pai ki te whakatau ia koe," ka mea te amerika. "kua ka i etahi mahi tino nui hiahia ana i ki te kōrero i runga i ki a koutou, ki te taea te kite i anake koe." titiro ua ia i te tahi atu.

"toku hēkeretari, monsieur grieber, kaore nei au i te ngaro."

"e kia pera-engari kua i," ka mea huriu dryly. "no reira me haangai au ki te kii atu koe ki a ia kia wahia."

"ivan," ka mea te russian ata, "pea e kore koutou e mahara paunga ki te room-- muri"

"te ruma i muri e kore e meatia e," haukotia huriu. "e matau ana i enei suites-a ducal hiahia i tenei paramu kotahi kau anake hoki koutou me ahau. Tonoa ia tawhio ki te toa ki te hoko i te penn'orth o pīnati. "

Ahakoa e kore e tino pārekareka noa, me te ngāwari tikanga o kupu te amerika o, i pau kramenin i te pākiki. "ka roa pea to pakihi ki te korero?"

"kia waiho hei mahi po katoa ki te mau koe ki runga ki."

"tino pai, ivan. E kore ahau e tono ki a koe i tenei po. Haere ki te whare tapere-tango atu i te po ".

"whakawhetai ki a koe, tou rangatiratanga."

I piko te hēkeretere ka haere.

Tu huriu i te kuwaha e matakitaki ana tona taui. Pae hopea, ki te korero e makona, katia ia reira, a hoki ana ki tona tūranga i roto i te pokapū o te ruma ka haere mai.

"i teie nei, mr. Hersheimmer, pea ka waiho koe kia atawhai rite ki te haere mai ki te wāhi? "

"te mana'o nei i kore e e tangohia he meneti," drawled huriu. Na, ki te huringa ohorere o te tikanga: "! Ringa ki runga-ranei kopere i"

Mo te kau kramenin titiro matatau matapo ki te nui aunoa, ka, ki te hohoro tata pukuhohe, panga ake e ia ona ringa ki runga ake i tona matenga. I taua wa ano kua tangohia e te julius. Te tangata ia ia ki te mahi ki a e kia ngāwari hei whakahouhou tinana hauwarea-te toenga.

"ko te mahi poauau i tenei," karanga te russian i roto i te reo hysterical tiketike. "he riri! E te tikanga koe ki te whakamate i ahau? "

"e kore, ki te puritia e koe i tou reo ki raro. E kore e haere niao tītaha ki taua pere. E te pai. "

"he aha e hiahia ana koe? Kaua hoki e hikaka. Mahara ko toku ora o te uara rawa ki toku whenua. Kua ai i kua maligned-- "

"i whakaaro iho," ka mea a huriu, "e te tangata e tukua awatea ki e koe e mahi i tangata i te tahuri pai. Engari koe e kore e manukanuka i tetahi. E kore ahau i marohitia kia whakamatea koe i tenei haerenga-e ko, ki te kei tika koe. "

Quailed i mua i te tuhinga kei roto i kanohi te tahi atu o te russian. Haere e ia tona arero ki runga ki ona ngutu maroke.

"he aha e hiahia ana koe? Moni? "

"kare. Hiahia i jane finn. "

"jane finn? Kaore au i rongo ki a ia!

"kei te teka darned koe! E mohio ana koe ki ko wai ahau. "

"korero i a koutou i kore kua rongo o te kotiro."

"a korero i a koutou," whakahoki huriu, "e willie iti konei te tika mokowhiti i haurangi ki te haere atu!"

Te riihi o te rusia.

"e kore koe e dare--"

"aue, ae ra, e, e tama!"

Me kua mohio kramenin te tahi mea i roto i te reo i kawea tui, hoki ka mea ia sullenly:

"pai? Whakaaetia e mohio i nei te tikanga-he aha koutou o reira? "

"ka korero koe ki ahau inaianei-matau konei-kei hea te ia e kitea ki."

Ruia kramenin tona matenga.

"daren't i."

"hei aha?"

"daren't i. Ui koe te ore e tupu. "

"wehi, nē? O wai? Mr. Parauri? Ah, e titongi koutou ake! I reira ko te tangata taua, ka? Kua tore ahau. Me te whakahua noa o ia akakoa kaki koe! "

"kua kite i a ia," ka mea te russian āta. "korero ki a ia he kanohi ki te kanohi. Kihai i i mohio reira noa muri iho. Ko ia tetahi o te mano. E kore e i mohio ano ia. Ko wai hoki ia? Kahore i e mohio. Engari e matau ana i tenei-e ia ko te tangata ki te wehi ".

"e kore e matau ia," ka mea huriu.

"mohio ia nga mea katoa-a he tere tona utu. Ara i-kramenin! E kore -would watea! "

"ka kore koutou e mahi i rite i ui koe?"

"ui koe, eita."

"tino e te he aroha mo koutou," ka mea a huriu fiefia. "engari ka whai hua i te ao i roto i te whānui." whakaarahia e ia te hurihuri.

"mutu," karanga te russian. "e kore e taea e koe te tikanga ki te kopere i ahau?"

"o te akoranga mahi i. Rongo i kua tonu koe revolutionists puritia te ora cheap, engari te mea te reira i reira te he rerekētanga, ina te reira i to outou iho ora i roto i te pātai. Hoatu i koe tetahi noa tupono o te tiaki koutou kiri paru, a e kore koutou e tango! "

"e whakamatea ratou i ahau!"

"pai," e kii ana a julius, "kei a koe. Engari i ka tika mea tenei. Ko iti willie konei he tiwhikete mate, a ki te ko i koe hiahia tango i te tupono hākinakina ki te mr. Parauri! "

"ka whakairi koe, ki te kopere koe ahau," ka nguguru ake te russian irresolutely.

"kahore, tangata ke, e te wahi kei he koutou. Wareware koe i te tara. He ropu o nga kaikorero kua raru, ka whai atu i nga taakuta-raima nui i runga i te mahi, a ko te mutunga ka pau katoa ka kii mai ratou kaore i roro taku roro. Ka noho i te marama torutoru i roto i te hōhipera ata, ka whakapai ake i toku hauora hinengaro, ki ahau e whakapuaki haupapa ano nga tākuta, a ka mutu katoa oaoa hoki iti huriu. Te mana'o nei i taea i mau whakatā i te marama torutoru 'i roto i te tikanga ki te whakakahoretia te ao o koutou, engari e kore e meatia e koutou ko koe koati ka whakairi i hoki reira! "

Whakapono te rusia ki a ia. Kino ia, i whakapono kakato ia i roto i te mana o te moni. I tai'o ia o mau tamataraa kohuru amerika rere nui i runga i nga aho tohua e te huriu te. I hokona e ia, ka hokona te tika ia. Tenei taitamariki marohirohi amerika, ki te reo drawling nui, i te ringa whiu a ia.

"kei te haere i ki te tatau e rima," tonu huriu, "me te mana'o nei i, ki te tukua e koe whiwhi ahau wha mua, e kore koutou e manukanuka i tetahi e pā ana ki mr. Parauri. Pea ka tonoa e ia etahi puawai ki te tangihanga, engari e kore e koutou hongi ratou! Kua rite koe? Ka timata i. Kotahi-rua-toru-four-- "

Te russian haukotia ki te karanga:

"e kore e kopere. Ka mahi i katoa e hiahia ana koe ".

Tuku iho huriu te hurihuri.

"whakaaro i hiahia rongo koutou tikanga. Kei hea te kotiro?
"

"i whare taonga, i roto i te kent. Priors astley, huaina te wahi ko. "

"ko ia he herehere i reira?"

"e kore te whakaaetia ia ki te waiho i te whare-ahakoa te reira haumaru nui tino. Kua ngaro te wairangi iti tona mahara, kanga ia! "

"kua e te hōhā hoki koutou me o koutou hoa, i tatau. E pā ana ki te atu kotiro, mea nukarau ki ta te tetahi koe atu i runga i te wiki i mua? "

"te ia ki reira rawa," ka mea te russian sullenly.

"e te pai," ka mea a huriu. "e kore te mea katoa roiroi i nehenehe? Me he po ataahua mo te oma! "

"he aha te oma?" ui kramenin, ki te tiro mākutu.

"ki raro ki te toa, tino. Te ti'aturi nei i kei aroha o te pūrere koutou? "

"he aha te e te tikanga koutou? Kore i ki te haere. "

"inaianei e kore e whiwhi haurangi. Me kite koe i kore au i te koati pēnei i ki te waiho koe i konei. Hiahia waea koe ake o koutou hoa i runga i taua waea mea tuatahi! Ah! "kite ia te hinga ki runga ki te mata o te tahi atu o te. "e kite ana koe, kua ea katoa. Kahore, te ariki, e haere mai me koe ki ahau. Tenei whare moenga e whai ake nei i konei? Haere tika i roto i. Iti a willie, a ka haere mai i muri. Hoatu i runga i te koti matotoru, e te tika. Huia te huruhuru? A koe i te hapori! Inaianei kei rite tatou. Haere tatou i heke a roto i roto i te whare ki te tatari i reira o toku motokā. A kahore e koutou e wareware kua ka i hipokina e koe nga inihi o te ara. Ka taea e i kopere tika me i roto i toku pute koti. Kotahi kupu, he para noa, ki tetahi o te hunga menials liveried ranei, a ki reira ka tino kia te mata ke i roto i te whanariki, i te whanariki mahi! "

Huihui heke ratou nga kaupae, ka haere atu ki te waka e tatari. Te russian i wiri ki riri. Karapotia ratou nga pononga hotera. Whakapaho te tangi i runga i ona ngutu, engari i te meneti whakamutunga i taka ia tona karere. Ko te amerika he tangata o tona kupu.

Ka tae ratou ki te motokā, ka hemo huriu te korero e o te tauturu. I haere te ati-rohe. I pai te hypnotized wehi te tangata i tona taha.

"tiki i roto i," whakahau ia. Katahi ka mau tana titiro ki te taha o tera taha, "kaore, e kore e whai mana te miihini ki a koe. Tangata manane. I runga i te waka ruku i roto i russia ka wahia te revolution i roto i. He teina o tona i kohurutia e koutou iwi. Wairua! "

"ae, e te rangatira?" ka huri te upoko.

"ko tenei tangata he bolshevik rusia. E kore matou e hiahia ana ki te kopere a ia, engari kia waiho te reira e tika ana. Matau koe? "

"maitai, e te ariki."

"e hiahia ana i ki te haere ki whare taonga i roto i kent. Mohio te ara i te katoa? "

"ae, e te ariki, ka waiho i te reira e pā ana ki te haora, me te oma o te hawhe."

"hanga reira te haora. Au i roto i te hohoro. "

"ka mahia e au te pai, e te rangatira." i peke te motuka i te huarahi.

Te noho huriu ia whakamarie i te taha o tona patunga. Puritia e ia tona ringa i roto i te pute o tona koti, engari ko a urupane ki te tohu whakamutunga tona tikanga.

"i reira ko tetahi tangata koperea i kotahi i roto i arizona--" timata fiefia ia.

I te mutunga o te oma a te haora ko te kramenin meapango atu mate atu i te ora. I roto i te riiwhitanga ki te talanoa o te arizona tangata, i reira i te uaua i 'frisco, me he wāhanga i roto i te rockies. Kāhua kōrero o huriu, ki te kahore tika tino, i picturesque!

Tērā iho, ka karanga te kaitaraiwa ki runga ki tona pokohiwi i tika haere mai ratou ki te whare taonga. Mea huriu e whakatika te russian ratou. Tona mahere i ki te pei tika ki runga ki te whare. Reira kramenin i ki te ui mo nga kotiro e rua. Faataa huriu ki a ia e kore e iti a willie e ngāwari ana o te kore. Kramenin, i tenei wa, i rite putty i ringa i te tahi atu o. I tonu te tere faahiahia i ratou mai atu unmanned ia. I hoatu e ia ia ia ki runga mo te mate i te kokonga katoa.

Kahakina te motokā ake te puku, a ka mutu i mua i te whakamahau. Titiro a tawhio noa te kaitaraiwa mō whakahau.

"tahuri te motokā tuatahi, george. Ka waea atu te pere, a ka whiwhi hoki ki tou wahi. Kia mau te pūkaha haere, ka kia rite ki te mā rite te reinga, ina hoatu e i te kupu. "

"tino pai, e te ariki."

Te tatau mua i whakatuwheratia e te kaiwhakainu. Ua ite kramenin te paraire o te hurihuri aki ki tona rara.

"i teie nei," ka whakahi huriu. "a kia tupato."

Tohu atu i te russian. I ma ona ngutu, a kihai i tino on tona reo:

"ko reira i-kramenin! Kawea iho te kotiro i kotahi! Kahore he wa ki te ngaro! "

I heke iho whittington te kaupae. Puaki ia hei hitirere o miharo i te kitenga i te tahi atu.

"koe! He aha te ake? E mohio ana koe i te plan-- "

Haukotia te kramenin ia, te whakamahi i te kupu e kua hanga maha panics faufaa:

"kua oti matou i tuku! Me mahue mahere. Ti'a ia tatou ia faaora i to tatou iho hiako. Ko te kotiro! Me te wa kotahi! Te reira i to tatou tupono noa anake. "

Whakaroa whittington, engari mo whakauaua he kau.

"e koe whakahau-i a ia?"

"māori! Kia waiho i konei te kore? Whakahohoro! Kahore he wa ki te kia ngaro. I pai mai te wairangi iti atu rawa. "

Tahuri whittington a rere ana hoki ki te whare. Haere i te taha o nga meneti te tumatatenga. Katahi - e rua nga taarua i tere ki roto i nga koroka ka puta i runga i nga kaupae ka tomohia ki roto i te motuka. I anga ki te te tu atu te iti o te rua, a kaore ano whittington ia i roto i, koirā. Okioki atu huriu, a i roto i te raveraa i na te marama i te tatau tuwhera tahuna ake tona mata. Hoatu tetahi atu tangata i runga i te kaupae muri whittington te hauhā maere. Ko huna i te mutunga.

"te tiki i te nekehanga i runga i, george," karanga huriu.

Paheke te kaitaraiwa i roto i tona mamau, a ka ki te herea tīmata te motokā.

Puaki te tangata i runga i te kaupae he oati. Haere tona ringa ki tona pute. I reira ko te flash me te pūrongo. Te matā ngaro noa te kotiro roroa e te inihi.

"whiwhi ki raro, jane," karanga huriu. "flat i runga i te raro o te motokā." wero ia ia koi atu, ka tu ki runga, ka mau ia whāinga tupato, me te pupuhi.

"e patua koe ia?" ka karanga tuppence vēkeveke.

"tino," ka mea huriu. "kaore ia e patua. Skunks rite e tango i te rota o te patu. Ko te katoa tika, tuppence koe? "

"o te akoranga ko i. Kei hea te tommy? Ko wai hoki tenei? "i kii ia i te kramenin ohorere.

"ara hanga a tommy mo te parata. Te mana'o nei i whakaaro ia hiahia tahuri koe ake o koutou waewae. On roto i te kuwaha, george! Kei te tika tena. Ka rima pea nga meneti ka mahi maatau i muri i a maatau. Ka whakamahi ratou te waea, i mana'o, na titiro atu hoki he rore mua-a kahore e tangohia te ara tika. E te tenei, i koe mea, tuppence? Kia kramenin monsieur reira ahau. Whakakikitia e i a ia ki te haere mai i runga i te haerenga mo tona hauora. "

Ko te russian he wahangu, he marama tonu me te whakamataku.

"engari he aha i hanga kia ratou haere tatou?" ui tuppence parikārangaranga.

"i tatau ui konei monsieur kramenin ratou na prettily ratou kihai noa i taea e kore!"

He roa rawa tenei mo te rusia. Pakaru ia i roto i arita rawa:

"kanga koe-kanga koe! Ratou e matau nei i kaituku i ratou. E kore e waiho haumaru mō te haora i roto i tenei whenua toku ora. "

"e te pera," whakaae huriu. "hiahia tohutohu i a koutou ki te hanga ara mo russia tika atu."

"tukua ahau haere, ka," karanga te tahi atu. "kua mahi i te mea ui koe. He aha e pupuri tonu koe i ahau ki a koe?"

"e kore hoki te pai o to koutou kamupene. Te mana'o nei i taea te tiki tika atu koe i teie nei, ki te hiahia koe ki te. Whakaaro i hiahia koe kaua tooled i koe hoki ki london."

"e kore koutou e tae london," a amanono te tahi atu. "tukua ahau haere konei me inaianei."

"mea tino. Hutia ake, george. Te taata e kore ngā hanga i te haerenga hoki. Ki te tae atu au ki russia, monsieur kramenin, ka tumanako ahau he mihi aruaru, and-- "

Engari i te aroaro o huriu i mutu tona korero, me i mua i te mutunga o te motokā totitoti, akina iho te russian i ia i roto i a ngaro ki te po.

"noa ki te mite manawanui waiho matou," kōrero huriu, rite huihuia te ara ano te motokā. "me kore whakaaro o mea pai-poroporoaki huatau ki te kotiro. Mea, jane, e taea te tiki e koe ake i runga i te nohoanga i teie nei."

Mo te wa tuatahi ka korero te kotiro.

"pehea koe i 'whakapati' a ia?" ka ui ia.

Pātōtō huriu tona hurihuri.

"konei e iti willie te nama!"

"kororia!" karanga te kotiro. Piki te tae ki tona mata, ka titiro tenei rongopai ona kanohi i huriu.

"annette me i kahore i mohio he aha i haere ki te pa ki a tatou," ka mea tuppence. "hohoro tonu atu tatou whittington tawhito. Whakaaro matou ko reira reme ki te parekura. "

"annette," ka mea huriu. "ko e te mea karanga koe ia?"

Te ahua nei tana tarai ki te whakatika i a ia ano ki te whakaaro hou.

"te reira tona ingoa," ka mea tuppence, te whakatuwhera ona kanohi rawa whanui.

"shucks!" whakahoki huriu. "kia whakaaro ia te reira tona ingoa, no te mea o tona mahara riro, koati rawakore. Engari te reira i te kotahi tūturu me taketake finn jane kua ka tatou i konei. "

"aha?" ka karanga tuppence.

Engari i haukotia ia. Ki te spurt riri, tāmau he matā ano i roto i te upholstery o te motokā tika i muri tona matenga.

"ki raro ki a koutou," ka karanga huriu. "te reira te pehipehi. Kua ka enei takatu pukumahi tino hohoro. Pana ia he moka, george. "

Te motokā tika tupa'i i mua. Ngateri ana atu e toru matā i, engari haere oaoa whanui. Julius, tika, tuitui ki runga o te waka.

"kahore ki te kopere i," ua faaite ia e taupuru. "engari mana'o nei i reira ka kia tetahi atu pikiniki iti hohoro. Ah! "

Whakaarahia e ia tona ringa ki tona paparinga.

"e kino ia koutou?" ka mea a annette hohoro.

"he wahanga anake."

Tupu te kotiro ki a ia waewae.

"tukua ahau i roto i! Tukua ahau i roto i, mea i! Mutu nga motuka. Ko au tena i muri i a raatau. Au i te kotahi e hiahia ana ratou. E kore e ngaro koe koutou ora hoki o ahau. Tukua ahau kia haere. "i fumbling ia ki nga pu o te tatau.

Ka mau a huriu ia e ringa e rua, a ka titiro ki a ia. I korero ia ki kahore he wahi o te nako ke.

"noho ki raro, koati," ka mea ia ata. "te mana'o nei i reira te kahore he ki tou mahara. I whakapohehe ana ratou i te wa katoa, tēnā? "

I titiro te kotiro ki a ia, ka whakahi, ka haere ohorere ana me te roimata nga roimata. Pōpōnga huriu ia i runga i te pokohiwi.

"i reira, i reira-noa noho koutou raru. E kore e haere tatou ki te tuku whakatane koutou. "

I roto i ona tangi ka mea te kotiro hakiri:

"kei koe i te kāinga. Ka taea e i korero i to koutou reo. Hanga reira ahau kāinga-turoro. "

"tino au i i te kāinga. Au to koutou hersheimmer whanaunga-huriu i. Haere mai i runga i ki europe i whakaaro ki te kitea e koutou-me te kanikani tino kua arahina koutou ki ahau. "

Kahakore noa iho te motokā tere. Korero george mo tona pokohiwi:

"ripeka-ara konei, e te ariki. E kore au i mohio o te ara. "

Tōmuri te te motokā iho reira whakauaua oho noa. Rite i te reira na piki he ahua ohorere i runga i te hoki, ka rere te upoko tuatahi ki te waenganui o ratou.

"pouri," ka mea a tommy, extricating ia.

He papatipu o mau tuôraa puputu'u oha ia. Ka mea ia ki a ratou takitahi:

"ko i te rakau i te puku. Whakairihia ki runga ki muri. Kaore e taea te mohio ki a koe i mua i te wa e haere ana koe. Ko reira katoa i taea e ahau te mea i ki te whakairi ki runga. Na inaianei, a koutou kotiro, tiki atu! "

"tiki atu?"

"ae. I reira te he teihana tika ake taua ara. Tereina e tika ana i roto i te toru meneti. Ka hopu koe i te reira ki te hohoro koe ".

"he aha e te rewera koe peia i?" ka ui ko huriu te. "koe e whakaaro e taea e koe tinihanga ratou e mahue i te motokā?"

"e kore e haere koe me i ki te waiho i te motokā. Te kōtiro anake. "

"kei koe heahea, beresford. Haurangi titiro mahoi ou wahi! E kore koe e taea e tuku aua kotiro haere atu anake. Ka waiho i te reira i te mutunga o taua mea ki te mahi koe. "

Tahuri tommy ki tuppence.

"tiki atu i kotahi, tuppence. Tango ia ki a koutou, a ka mahi i tika rite mea i. E kore tetahi e mahi koe i tetahi kino. Kei te ora koe. Ka haere te tereina ki ruia. Haere tika tonu ki te ariki hemi kiri edgerton. Mr. Ora carter i o pa, engari ka waiho koutou haumaru ki a ia. "

"darn koe!" karanga huriu. "kua haurangi koe. Jane, noho koe te wahi e koe. "

Ki te kaupapa tere ohorere, kapohia tommy te hurihuri i te ringa o huriu, a mara te reira i a ia.

"ka whakapono koe inaianei ahau i roto i fakamātoato? Te tiki atu, e rua o koutou, a ka mahi i rite i mea-ranei ka kopere i! "

Pihi tuppence i, e kukume ana i te pai jane i muri ia.

"haere mai, pai katoa. Ki te o tommy tino-ia te tino. Kia tere. Ka mahue tatou i te pereoo auahi. "

Ka anga ratou i te oma.

Mai pakaru riri e taheke-ake a huriu.

"he aha te kehena"

Haukotia te ia tommy.

"maroke ake! Hiahia ana i te kupu torutoru ki a koutou, mr. Huriu hersheimmer. "

Xxv pene. Te korero a jane

Tona ringa i roto i jane o, e kukume ana ia haere, tae tuppence te teihana. Mau ona taringa tere te tangi o te tereina tata.

"kia tere ake," ka akiaki ia, "kei ngaro tatou."

Tae ratou i runga i te tūāpapa tika rite te tereina ka haere mai ki te standstill. Whakatuwheratia tuppence te tatau o te wehenga tuatahi-te piha kau, a totohu iho hēmanawa i runga i te nohoanga ngāwari nga kotiro e rua.

Titiro te tangata i roto i, ka haere i runga i ki te hariata muri. Tīmata nervously jane. Dilated ona kanohi ki te wehi. Titiro questioningly ia i tuppence.

"ko ia tetahi o ratou, e koutou whakaaro?" ka whakaha ia.

Ruia tuppence tona matenga.

"kahore, kahore. Te reira tika katoa. "ka mau ia te ringa o jane i roto i ana mea. "kihai tommy kua korerotia e tatou ki te mahi i tenei te kore ko ia tino hiahia kia tatou tika katoa."

"engari e kore ia e mohio ratou rite te mahi i!" whatiia te kotiro. "e kore e taea e koe matau. E rima nga tau! E rima tau te roa! Ētahi wā whakaaro i kia haere i haurangi ".

"e kore e whakaaro. Te reira ki runga ki katoa. "

"koinei?"

Te tereina i neke inaianei, tere i roto i te po i te tere āta whakanui ake. Ohorere tīmata ake jane finn.

"he aha i taua? Whakaaro i kite i te mata-titiro i roto i roto i te matapihi. "

"kahore, i reira te kahore. Kite. "haere tuppence ki te matapihi, a ka ara te here kia te pihanga iho.

"kei koe tino?"

"tino tino."

Te tahi atu te whakaaro ki te ite i te tahi kupu whakahoki i tika:

"te mana'o nei i ahau mahi i rite te koni wehi, engari e kore e taea i te āwhina i te reira. Ki te mau ratou ki ahau inaianei whānui, me te titiro whakatuwheratia they'd-- ona kanohi ".

"e kore e!" ka inoi tuppence. "takoto hoki, a kaua e whakaaro. Taea e koe rawa mohio kihai i pai i mea e tommy ko reira haumaru ki te kahore i reira. "

"kihai i whakaaro pera toku whanaunga. Kihai ia i hiahia ki a tatou mahi i tenei. "

"kahore," ka mea tuppence, kaua whakama.

"he aha koe e whakaaro o?" ka mea a jane koi.

"he aha?"

"ko to koutou reo pera-queer!"

"kei te whakaaro ahau ki tetahi mea," e whaki ana i nga tuppence. "engari e kore i e hiahia ki te korero ki a koutou- e kore e inaianei. Kia i he, engari e kore e whakaaro pera i. Te reira noa te whakaaro i haere mai ki toku matenga te wa roa i mua. Tommy o ka reira rawa-homai tata tino he ia. Engari e kore koe manukanuka-there'll hei wā nui mō taua muri. A mayn't te mea na i te katoa! Mahi i te mea i korero koutou-teka hoki, ka e kore whakaaro o tetahi mea. "

"ka tamata i." drooped nga whiu roa i runga i te kanohi he aramona.

Tuppence, mo tona wahi, noho tutaki tika-nui i roto i te huru o te māhunga mataara i runga i kaitiaki. I roto i te noa'tu o ia i io ia. Rererere tonu ona kanohi i te matapihi kotahi ki te tahi atu. Tuhia e ia te tūranga tangohia o te taura kōrero. He aha te mea i mataku ai ia, ka whakapau kaha ia ki te kii. Engari i roto i tona whakaaro ko ia i tawhiti atu i te whakaaro i te maia i whakaatuhia ki ana korero. E kore e whakapono ia i roto i tommy, engari taime i rurea ia ki veiveiuá rite ki ranei tetahi kia ohie, me te tika kia rite ko ia ake i taea e he ōrite mo te tinihanga mātu'aki o te kikorangi-taihara.

Ki te kotahi tae ratou hemi ariki tipitipi edgerton i haumaru, e kia pai katoa. Engari e tae ratou ki a ia? Pai e kore nga ope puku o te mr. He parauri kua kohia mai ki a ratou? Rahua noa taua pikitia whakamutunga o tommy, hurihuri i roto i te ringa, ki te whakamarie ia. E teie nei kia kaha ia, whanau iho i te kaha anake o tau .... Maheretia tuppence i tona mahere o pakanga.

Rite te tereina i roa ka whakatata āta ki charing cross, ka noho ake jane finn ki te tīmatanga.

"kua tae matou? Kore i whakaaro kia tatou! "

"oh, whakaaro i hiahia whiwhi tatou ki te london matau katoa. Ki te reira te haere ki te hei i tetahi ngahau, inaianei ko ina e timata i te reira. Tere, te tiki atu. Ka kikini tatou ki te tēkihi. "

I roto i tetahi atu meneti i haere ratou i te arai, i utua nga tīkiti tika, a ka takahi ki te tēkihi.

"ripeka, a kingi" tuppence whakahaua. Kātahi ka peke atu a ia. Titiro te tangata i roto i i te matapihi, tika rite tīmata ratou. Ko ia tata etahi ko reira te tangata ano i eke ki te hariata i muri ki a ratou. I ia he mana'o rawa o te āta tutakina mai i roto i runga i nga taha.

"kite koe," faataa ia ki a jane, "ki te whakaaro ratou e haere tatou ki te ariki hemi, ka hoatu tenei ratou atu te kakara. Inaianei ka whakaaro ratou e haere tatou ki te mr. Kaari. Tona wahi whenua ko te raki o london vahi ".

Whakawhiti i te holeroto he poraka, ka araa te waka. Ko tenei he aha te tuppence i tatari mo.

"tere," fanafana ia. "whakatuwhera te tatau tika-ringa!"

Marere nga kotiro e rua i roto i ki te waka. Rua meneti i muri mai i noho ratou i roto i tetahi atu taxi me i ratere ratou takahanga, tenei wa tika ki te whare carlton terrace.

"i reira," ka mea tuppence, ki mauruuru nui, "e tika ana kia mahi ratou i tenei. E kore e taea e ahau te āwhina whakaaro e au i tino pai tupato! Me pehea e oati e atu tangata tēkihi! Engari ka mau i tona maha, a ka tukua atu i a ia he tikanga poutāpeta ki-apopo, na e kore ia e ngaro e reira, ki te tupu ia ki te kia mau. He aha te tenei mea e korara - oh "!

I reira ko te haruru huri me te tukinga. I tuki tetahi taxi ki a ratou.

I roto i te tuppence flash ko atu i runga i te papa kohatu. I tata i te pirihimana. Hoatu i mua tae ia tuppence i te taraiwa e rima hereni, a kua hanumi ia ko jane ratou i roto i te mano.

"e rua noa iho te waahanga, inaianei," ko te tuppence te manawa. Tangohia te aituā i wahi i roto i te trafalgar tapawha.

"koe e whakaaro te tutukinga i te aituā, ranei mahi āta?"

"e kore i e mohio. Kua reira kia rānei ".

Ringa-i roto i-ringa, hohoro haere nga kotiro e rua.

Hei taa tuppence te ahua, "engari he ahua ano kei muri i a matou."

"hohoro!" amuamu te tahi atu. "oh, hohoro!"

Inaianei ratou ko i te kokonga o te whare carlton terrace, a ka whakamama ratou wairua. Ohorere tutaki he tangata nui, me te āhua haurangi to ratou ara.

"ahiahi pai, kotiro," hiccupped ia. "atu ai atu na nohopuku?"

"tukua kia haere," e kii ana a tuppence imperiously.

"he kupu tika ki tou hoa tino konei." totoro ia i te ringa teka, a clutched jane i te pokohiwi. Rongo tuppence atu hikoinga muri. Kihai i ki'i tu'u ia ki te kitea ai mehemea ranei i hoa ranei hoariri ratou. E tukupu ana tona matenga, korerotia ia he manœuvre o ra tamariki, a koutou peke ratou te kaipahua, ki tonu i roto i te waenganui te horo. Ko tonu te angitu o ēnei tātai unsportsmanlike. Te tangata noho iho koimutu i runga i te papa kohatu. Tuppence ko jane tangohia ana ki o ratou rekereke. Ko te whare rapu ratou etahi ara ki raro. Faahiti atu takahanga muri ratou. E haere mai ratou manawa i roto i te karenga rāoa rite tae ratou te tatau o hemi ariki. Ka mau tuppence te pere me jane te knocker.

Tae te tangata i mutu nei ratou i te waewae o te kaupae. Mo te kau whakaroa ia, a rite i pera ia te tatau whakatuwheratia. Hinga ratou ki roto ki te whare tahi. Haere mai atu te ariki james i te tatau whare pukapuka.

"hullo! Aha te tenei? "

Marere ia i mua, a hoatu tona ringa a tawhio noa jane rite whakangaueuetia ana e ia i ngaro. Hawhe ia kawea ia ki roto ki te whare pukapuka, me whakatakotoria ia ki runga ki te moenga hiako. Mai i te tantalus i runga i te tepu, i riringi e ia etahi pata o te moutere, ka akiaki ia ia ki te inu. Ki te mapu noho ia ki runga, mohoao tonu ona kanohi, a wehi.

"te reira tika katoa. Kaua e wehi, e taku tamaiti. Kei a koutou haumaru rawa. "

Haere mai atu tikanga ia manawa, a ka hoki mai i te tae ki ona paparinga. Titiro te ariki james i tuppence quizzically.

"na e kore koutou kei mate, ngaro tuppence, ko tetahi neke atu i te tame e tamaiti o koutou!"

"te pi kiri māia tango te rota o te patu," whakakake tuppence.

"na te mea te reira," ka mea a hemi ariki dryly. "ko i tika i roto i te whakaaro e kua mutu te mahi tahi i roto i te angitu, me e tenei" tahuri ia ki te kotiro i runga i te couch- "he ma'iri jane finn?"

Noho jane ake.

"ae," ka mea ia ata, "ko i jane finn. Whai i te rota ki te korero ki a koutou ".

"ka e stronger-- koe"

"kahore-i teie nei!" ka whakatika ia reo, he iti. "ka ite i haumaru ina kua korerotia i nga mea katoa."

"rite koe pai," ka mea te rōia.

Noho iho ia i roto i tetahi o te nui ringa-tūru anga i te moenga. I roto i te reo iti timata jane ia kōrero.

"haere mai i runga i runga i te lusitania ki te tango ake i te pou i roto i te paris. Ko i ngaua hiahia e pā ana ki te whawhai, a tika mate ki te āwhina te hopoia atu ranei. I i ako wīwī, ka mea toku kaiako i hiahia ratou te tauturu i roto i te hōhipera i paris, na tuhituhi i, a whakaekea ana aku ratonga, a ka whakaaetia e ratou. Kihai i i ka tetahi iwi o toku ake, na hanga ana e ia te reira ngāwari ki te whakarite nga mea.

"ka aro te lusitania, ka haere mai tetahi tangata ki runga ki ahau. Ua ite au ia'na hau atu i te hoê taime - e ua ite au i to'u mana'o e, ua m afraidta'u oia i te tahi taata e aore ra te tahi mea. Ka ui ia ki ahau, ki te ko i te tāmau whenua amerika, a korerotia ki ahau i mau ana ia pepa i nga tika te ora ranei te mate ki nga hoa. Ka ui ia ki ahau ki te tango i tiaki o ratou. Ko i ki mataara hoki tētahi pānuitanga roto i te wa. Mena kaore i puta, me kawe atu ahau ki te kaipoata o amerika.

"te nuinga o te mea i aru te mea rite te moepapa tonu. I kite i te reira i roto i toku moemoea ētahi wā .... Ka hohoro i runga i taua wahi. Mr. I korerotia ki ahau danvers ki mataara i roto i. Ai kua ia i kapakapa i york hou, engari kihai ia i i whakaaro pera. I te tuatahi i i kahore whakaaro, engari ki runga ki te kaipuke ki te holyhead timata i ki te tiki manawarau. I reira ko tetahi wahine e i kua tino hiahia ki te titiro i muri i ahau, a ka chum ake ki ahau te tikanga-he mrs. Vandemeyer. I te tuatahi hiahia kua i mauruuru anake ki a ia mo te he kia atawhai ki ahau; engari te wa katoa ite i reira ko te tahi mea e pā ana ki a ia kihai i rite i, a ka kite i a ia e korero ana ki te tahi mau tangata queer-titiro i runga i te kaipuke irish, a titiro ratou i te ara ka kite i te hunga i korero ratou e pā ana ki ahau. Mahara i e hiahia kua ia tino tata ahau i runga i te lusitania ka mr. Hoatu danvers ahau te pākete, me te aroaro o taua hiahia tamata ia ki te kōrero ki a ia kotahi, e rua. Timata i ki te tiki mataku, engari kihai i i tino kite aha ki te mahi i.

"i i te whakaaro mohoao o tu i holyhead, a kahore e haere i runga i ki london taua ra, engari hohoro kite i e pai kia taua wairangi paramu. Anake te mea i ki te mahi me te mea i akonga kite kahore, a ka tumanako mo te pai. Kihai i taea e i kite pehea ratou i taea te tiki i ahau, ki te ko i runga i toku kaitiaki. Kotahi te mea ua mahi i kua rite te tuwhera te pākete oilskin whakatupatotanga-pipiripia ka whakakapia pepa pātea, a ka tuia ake ano. Na, ki te mea i te whakahaere tetahi ki te tahae i taku o reira, e kore e mea faufaa te reira.

"aha ki te mahi ki te mea tūturu māharahara ahau kahore mutunga. Pae hopea whakatuwheratia i te reira i roto i flat-i reira nga rua anake pepa-a whakatakotoria ana e ia ki waenganui e rua o nga whārangi pānuitanga o te makasini. Titi i nga whārangi e rua tahi a tawhio te mata ki etahi kapia atu te kōpaki. Kawea i te moheni wehikore puru ki te pute o toku mua.

"i holyhead tamata i ki te tiki ki te hariata ki te iwi e titiro tika katoa, engari i roto i te ara queer reira whakaaro ki te waiho i te mano a tawhio noa ahau popo me aki ahau tika te ara kihai i i hiahia ki te haere tonu. I reira ko te tahi mea purepure, me te whakawehi e pā ana ki reira. I roto i te mutunga i kitea i ahau i roto i te hariata ki te mrs. Vandemeyer muri katoa. Haere i roto ki te kauhanga, engari i ki tonu nga atu hariata katoa, na i i ki te haere hoki a noho iho. Whakamarietanga i ahau ki te whakaaro e reira i te tahi atu mau taata i roto i te hariata-i reira ko rawa he tangata pai-titiro, me tona wahine e noho tika te ritenga. Na ite i tata hari e pā ana ki reira tae noa ki london waho noa. I okioki i hoki, ka katia i aku kanohi. Te mana'o nei au e whakaaro ana au i te moe, engari kaore i tutakina oku kanohi, ka kite au i te tangata rawe e tino pai ana e mau mai ana i tana putea ka tuku ki a mrs. Vandemeyer, a rite ai ia na i whakaaroa e ia ....

"e kore i taea korero ki a koe te āhua o taua whakakini ahua o piri ahau i roto i, me te i roto i. Toku whakaaro anake i ki te tiki i roto i roto i te kauhanga roa rite tere rite tonu taea i. Ka i runga, e ngana ana ki te titiro tūturu me ngāwari. Pea ka kite ratou i te tahi mea-i kore e matau-engari ohorere mrs. Ka mea a vandemeyer 'inaianei,' me te tahi mea pāmamao i runga i toku ihu, me te mangai rite tamata i ki te hamama. I te kau ano ite i te pupuhi faahiahia i runga i te hoki o toku matenga .... "

A wiri ia. Amuamu te ariki james te tahi mea ngākau. I roto i te meneti anō ia:

"e kore i e mohio pehea te roa i te reira i mua i hoki ki te mahara ka haere mai. Ua ite i te tino mate, me te mate. I takoto i runga i te moenga paru. I reira ko te mata a tawhio reira, engari i taea rongo i rua iwi korero i roto i te ruma. Mrs. Vandemeyer ko tetahi o ratou. Tamata i ki te whakarongo, engari i te tuatahi e kore i taea te tango i i nui i roto i. Ka i muri i timata i ki mohio ki nga mea i haere i runga i-i i wehi noa! Fifili i kore i ia i karanga tika i roto i reira, me te ka.

"ratou kihai i kitea nga pepa. Hiahia ka ratou te pākete oilskin ki te reni, a ko ratou haurangi noa! Kihai ratou i mohio ranei ua puta ke i te pepa, ranei ahakoa danvers i mau ana i te kupu makanga, ia ia e tonoa te tetahi tūturu ara tetahi. I korero ratou "—kahia ana ona kanohi -" whakamamaetia ahau kia kitea!

"kore i hiahia mohiotia he aha te wehi-tino whakaririhariha wehi-i i mua! Kotahi ka tae ratou ki te titiro ki ahau. Tutakina i toku kanohi, ka ahua ki kia tonu te kohatu, engari i wehi hiahia rongo ratou i te patu o toku ngakau i. Heoi, ka haere ano ratou ki atu. Timata i whakaaro ngana. Aha i taea e i mahi? I mohio au e kore e kaha ki te tu atu ki te whakamamae roa rawa atu.

"ohorere hoatu te tahi mea i te whakaaro o te mate o te mahara ki roto ki toku matenga. I pai tonu te kaupapa ki ahau, a he panui nui taku korero mo taua mea. I i te mea katoa i toku maihao-tohutohu. Ki te anake i taea e angitu i roto i mau ana i te pari i roto i, kia ora ia ahau. Ka mea i te inoi, a ka unuhia ana he manawa roa. Na ka puaki i toku kanohi, ka tīmata ngutu i roto i wīwī!

"mrs. Ka haere vandemeyer a tawhio noa te mata i kotahi. Ko na kino tata mate i tona mata, engari kata i runga i a ia doubtfully, a ui ia i roto i wīwī i noho ai te i.

"maere te reira ia, i taea i kite. Ka karanga ia ki te tangata i korero ia ki. Tu ana ia i te taha te mata ki tona mata i roto i te atarangi. Korero ia ki ahau i roto i wīwī. Ko te tino mau, me te ata tona reo, engari te hopoia, e kore i e mohio he aha, mataku ia ki ahau kino atu te wahine. Ua ite i akonga kite ia tika i roto i ahau, engari i haere i runga i te tākaro toku wahi. Ui i ano te wahi i i, a ka haere i runga i taua i reira ko te tahi mea e ti'a ia i mahara-me mahara-anake mo te momeniti i riro te reira katoa. Mahi i ahau ake ki te kia atu me te ake te raru. Ka ui ia ki toku ingoa ki ahau. Ka mea i kore i i mohio-e kore i taea e i mahara tetahi i te katoa.

"ohorere mau ia toku ringa, a ka timata te whiri i te reira. Ko ri'ari'a i te mamae. I aueue. I haere ia. Karanga i a karanga, engari whakahaere i ki te karanga i roto i nga mea i roto i te wīwī. Kahore i e mohio pehea te roa i taea kua haere i runga i, engari waimarie hemo i. Te mea whakamutunga i rongo i ko tona reo e mea: 'e kore ngā e bluff! Tonu, he koati o tona tau e kore e mohio nui. ' Te mana'o nei i wareware ia he pakeke hoki to ratou tau atu i te hunga english kotiro amerika, a ka tango atu moni i roto i ngā kaupapa pūtaiao.

"ka i haere mai ki te, mrs. Ko reka rite honi ki ahau vandemeyer. I hiahia ia ona whakahau, imi i. Korero ia ki ahau i roto i wīwī-korerotia ki ahau akonga i i te ru, me te kua nui hoki te mate. Kia waiho i pai hohoro. Ahua i ki kia kaua te tahi mea e pā ana ki te 'tākuta' te hitimahuta-amuamu ka kino ia toku ringa. Titiro manaaki ia ka mea i taua.

"na roto i te a na haere ana ia i roto i o te ruma kau ano. Ko i tūpato tonu, a takoto rawa ata mo etahi wa. I roto i te mutunga, heoi, ka i runga, ka haere a tawhio noa te ruma, ui i te reira. Whakaaro i e ara, ki te i tatari ki ahau te tangata i tetahi wahi, e mea he maori nui i raro i te mau huru. Ko reira he tiaho ana, wahi paru. I reira ko kahore matapihi, i te titiro queer. Fifili i e kia te tatau kiia, engari kihai i i tamata i te reira. I reira ko te tahi mau pikitia tawhito tāwhito i runga i te taiepa, e tohu scenes i faust. "

Hoatu e faaroo e rua o jane te tukutahi "ah!" tungou te kotiro.

"ae-reira ko te wahi i roto i soho i reira mr. I herea beresford. O te akoranga, i te wa i i kore noa e mohio ki te ko i roto i london. Kotahi te mea i te whakaaro iho ahau e ngaua, engari hoatu toku ngakau he hotu nui o te tauturu no te kitenga o i toku mua e takoto wehikore runga te hoki o te tūru. A ka tonu hurihia te moheni ake i roto i te pute!

"ki te anake i taea e ahau etahi e kore i te wareware i! Titiro i āta tawhio nga taiepa. Reira i kore titiro ki te waiho i te kowhetewhete ana-rua o tetahi ahua-otiia ua i ahua o tino i reira kia. Katoa o te ohorere noho i raro i runga i te mata o te tepu, me te hoatu i toku mata i roto i toku ringa, tangi atu he 'dieu mon! Mon konei! ' Kua ka i taringa rawa koi. Rongo marama i te kaakaho o te kakahu, me te faaroo roahia paku. E he nui hoki ahau. I te whanga ana i!

"takoto iho i runga i te moenga ano, a na me i mrs. Kawea vandemeyer etahi hapa ahau. Ko ia reka tonu rite hanga ratou ratou. Te mana'o nei i hiahia kua korerotia e ia ki ki te riro taku e whakawhirinaki atu. Wawetia hua ia te pākete oilskin, a ka ui ahau ki te mohio i reira, e matakitaki ana ki ahau, ano he lynx te wa katoa.

"ka mau i reira, a tahuri ana e ia ki runga i roto i te ahua pororaru o te ara. Ngaueue ana i toku upoko. Mea i e ua i tika i ki mahara te tahi mea e pā ana ki reira, e ko te reira tika me te mea i haere mai i te reira katoa hoki, me ka, ki te aroaro i taea te tiki mau o taua mea, ka haere ano te reira. Ka korerotia e ia ki ahau e ko i tona irāmutu, a e i ko ki te karanga ia 'whaea keke rita.' i talangofua i, a ka korerotia e ia ki ahau e kore e ki te māharahara-toku mahara e hohoro hoki mai.

"ko e he po ri'ari'a. Ua hanga i toku mahere ahakoa i tatari i hoki a ia. Ko nga pepa haumaru kia tawhiti, engari e kore e taea e i tango i te mōrea o te mahue ratou i reira i muri. Kia maka e ratou e makasini atu tetahi meneti. Takoto i tatari ara noa i whakarite i me te mea e pā ana ki e rua haora i roto i te ata. Ka ka i ake rite toropuku rite taea i, a ua i roto i te pouri me te taiepa maui-ringa. Rawa ata, unhooked i tetahi o nga pikitia i tona titi-marguerite ki tona afata o mea. Tomo i runga ki toku koti, a tangohia ana i roto i te moheni, me he kōpaki rerekē ranei e rua e i kaore ano i roto. Ka haere i ki te washstand, a damped te pepa parauri i te hoki o te pikitia a tawhio katoa. Wawetia i taea ki te wahia te reira atu i. I kua haea i roto i te rua ngā whārangi titi-tahi i te moheni, a inaianei paheke ratou i ki ratou marae utu nui i waenganui i te pikitia, me tona tautoko pepa parauri. He kāpia iti i te pūhera i tauturu ahau ki piri te muri ake ano. Kahore tetahi e moemoea i te pikitia i tonu i rawekehia. Rehung i reira i runga i te taiepa, hoatu te moheni hoki i roto i toku pute koti, ka tomo hoki ki te moenga. I pai ai ki te piringa-toku i. Kore hiahia ratou whakaaro o toia ki mongamonga tetahi o ratou ake pikitia. Tumanako i e hiahia haere mai ratou ki te mutunga i i danvers kua mau ana i te makanga haere katoa, me e, i roto i te mutunga, hiahia tukua ratou ahau haere.

"rite te mea o te meka, mana'o nei i e te aha i ratou whakaaro i te tuatahi, a ka, i roto i te ara, ko reira kino hoki ahau. Ako i muri e tata i atu ratou ki ahau ka me-i reira i reira ko kore nui tupono o ratou 'tuku ahau go'-engari pai te tangata tuatahi, ko wai ko te rangatira, ki te pupuri i ahau e ora i runga i te tupono o ka huna toku ratou , a te taea ki te korero ki te wahi, ki te whakahokia mai i toku mahara. Whanga ana ratou ki ahau tonu hoki wiki. Te tahi mau taime hiahia ui ratou ki ahau pātai i te haora-i mana'o i reira ko tetahi mea kihai ratou i mohio e pā ana ki te toru o nga tohu! Otira te hopoia whakahaere i ki mau toku ake. Ko ri'ari'a te matatu o reira, ahakoa ....

"ka mau ratou ki ahau hoki ki ireland, me mo nga hikoinga ano o te ara, akonga huna i roto i te take reira wahi en ara. Mrs. Vandemeyer me tetahi atu wahine kore mahue ahau mo te kau. Korero ratou o ahau kia rite ki te kuao whanaunga o mrs. A vandemeyer nei whakaaro i pāngia e te ru o te mua. I reira ko kahore tetahi i taea e i karanga ki mo te awhina, kahore hoatu atu ahau ki a ratou, a ki te raua i reira, ka rahua-me mrs. Titiro na taonga, a pera kakahu nehenehe vandemeyer, e ua mau i hiahia tango ratou ia kupu ki toku, ka whakaaro ko reira wahi o toku raruraru hinengaro ki te whakaaro ahau 'persecuted'-i ongo'i e e waiho te mamae i roto i te taonga hoki ahau ri'ari'a rawa mohio kotahi ratou i hiahia i shamming anake. "

Tungou comprehendingly ariki hemi.

"mrs. Vandemeyer ko tetahi wahine o tuakiri nui. Ki taua me tona tūranga pāpori kua e i ia iti uaua i roto i marutuna tona mata o te tirohanga i roto i te hiahia ki koutou. Koutou whakapae autaia ki a ia e kore e ngāwari i kitea whakapono. "

"e te aha i whakaaro. Mutu reira i roto i tono tangata ki te hōhipera i bournemouth toku nei. Kihai i taea e i hanga ake toku ngakau i tuatahi ranei ko reira he take wawetia tūturu ranei. I tiaki o ahau he nēhi hōhipera. Ko i te manawanui motuhake. E au ra na pai me te noa e i muri takoto i ki whakawhirinaki i roto ia ia. He maitai atawhai noa whakaorangia ahau i roto i te wa i hinga ki te mahanga. Tupu toku tatau ki kia ajar, a rongo i a ia e korero ana ki etahi tetahi i roto i te irava. Ko ia tetahi o ratou; tonu puāwaitanga ratou kia waiho ai hei pari i runga i toku wahi, a ka hoatu e ia ki roto ki tiaki o ahau ki te kia tino! I muri i taua, ka haere toku karere rawa. Maia i tangata whakawhirinaki.

"whakaaro i i tata hypnotized ahau. I muri i te ia, i tata wareware e ko tino i jane finn. Ko i na piko i runga i te tākaro i te wahi o janet vandemeyer e timata aku raru ki te tākaro ahau tinihanga. Ka i tino kino-no te marama totohu i ki te ahua o te hiamoe. Ua i tino e mate i hohoro, me e kahore tino faufaa. He tangata hinengaro haupapa tutaki ake i roto i te whakarurutanga haurangi maha mutu i hoko haurangi, mea ratou. Te mana'o nei i ko i rite taua. Te tākaro toku wahi i riro natula tuarua ki ahau. Kihai i i ara pouri i roto i te tau'a mutunga-tika. Kahore te titiro ki te faufaa. A haere ana nga tau i runga i.

"a ka ohorere whakaaro ki te huri i mea. Mrs. Haere mai iho vandemeyer i te london. Ia me te tākuta ui ahau mau uiraa, kāre ki ngā maimoatanga. I reira ko etahi korero o te tuku i ahau ki te mātanga i roto i paris. I roto i te mutunga, e kore ratou i maia aituä reira. Rongo i te tahi mea e au ra ki te whakaatu e te tahi atu iwi-hoa-i rapu hoki ahau. Ako i muri mai i haere te tapuhi i titiro i muri i ahau ki paris, ka runanga i te mātanga, e tohu ia ki hei ahau. Hoatu e ia ki a ia i roto i te tahi mau whakamātautau te rapu, a ka kitea tona mate o te mahara ki te kia tinihanga; engari i tangohia e ia te tuhipoka o ana tikanga, a tāruatia ratou ki runga ki ahau. Maia i mea kihai i taea e i i tinihangatia te mātanga mō te meneti-te tangata nana nei i hanga, kua he ako mo'uí o te mea, ko te ahurei-engari whakahaere i kotahi ano ki te pupuri toku ake ki a ratou. Te meka e kore i hiahia whakaaro o ahau kia rite ki jane finn hoki na roa i hanga māmā te reira.

"kotahi te po i whisked i atu ki rānana i te pānui o te kau. Hoki ka mau ahau e ratou ki te whare i roto i te soho. Kotahi ka atu i te hōhipera i ite i rerekē-me te mea te tahi mea i roto i ahau e kua tanumia hoki te wa roa i oho ake ano.

"tonoa ratou ki ahau i roto i ki te tatari i runga i mr. Beresford. (o te akoranga e kore i i mohio tona ingoa ka.) Ko tūpato-i i whakaaro ko tetahi mahanga reira. Engari titiro na pono ia, whakauaua taea whakapono i reira. Heoi, ko i tupato i roto i te katoa i mea i, hoki i mohio i taea te rangona tatou. I reira te he poka iti, tiketike ake i roto i te taiepa.

"engari i runga i te ahiahi rātapu kawea mai he karere i ki te whare. Ko ratou katoa rawa raruraru. Kahore ratou mohio, whakarongo i. I haere mai kupu i ko ia ki kia whakamatea. E kore e i korero te wahi i muri, no te mea e mohio ana koe i te reira. Whakaaro i hiahia whai i te wa ki te rere ki runga, ka whiwhi i te pepa i te piringa-ratou, engari i mau i. Na karanga i roto i rere ia, a ka mea i hiahia i ki te haere hoki ki te marguerite. Karanga i te ingoa e toru nga wa rawa nui. I mohio i e whakaaro i te etahi auraa i mrs. Vandemeyer, engari tumanako i kia meinga ai mr. Beresford whakaaro o te pikitia. Ua unhooked ia tetahi te ra-i te tuatahi te mea i hanga e ahau mangere, ki te whakawhirinaki ki a ia. "

I mutu ia.

"katahi nga pepa," e kii ana a sir james, "kei te tuunga o muri o te pikitia i roto i taua ruma."

"ae." i totohu te kotiro hoki i runga i te sofa pau ki te matatu o te kōrero roa.

Whakatika te ariki james ki ona waewae. Titiro ia ki tona tiaki.

"haere mai," ka mea ia, "me haere tatou i kotahi."

"ki-po?" te uitanga tuppence, miharo.

"kia mutunga o rawa kia ki-apopo," ka mea a hemi ariki kaingākau. "haunga, na roto i te haere ki-te po i tatou i te tupono o hopu taua tangata nui, me te super-taihara- mr. Parauri! "

I reira ko te puku mate, a tonu hemi ariki:

"kua aru koutou i konei-kore i te feaa o reira. Ka waiho tatou i te whare, ka tatou e aru ano, engari e kore e kekeri, hoki he reira mr. Mahere o parauri e e tatou ki te arahi ia ia. Engari ko te whare soho raro pirihimana po mātakitaki me te ra. I reira e rave rahi tangata e matakitaki ana i te reira. Ka tomo tatou e whare, mr. E kore e parauri utu hoki-ia ka aituā katoa, i runga i te tupono o te whiwhi i te mura ki te ahi i tona oku. A te hanga noa ia e kore e nui-mai te mōrea ka ia tomo i roto i te ahua o te hoa! "

Tuppence ngahau, na ka puaki tona mangai rūhia.

"engari i reira te tahi mea e kore koutou e mohio-e kore i korerotia e matou ki a koutou." noho ona kanohi i runga i jane i roto i te pokaikaha.

"he aha te mea e?" ka mea te tahi atu koi. "kahore te tautohetohe, ngaro tuppence. Me matou ki kia tino o to tatou haere ".

Engari tuppence, hoki kotahi, whakaaro arero-here.

"he uaua rawa - ka kite koe, mehemea he he taku - oh, he tino whakamataku tenei." ka tawai ia ki te tiimata kore. "e kore e muru ahau," kite ia cryptically.

"e hiahia ana koe ki ahau te āwhina koe i roto i, tēnā?"

"ae, tēnā. E mohio ana koe e mr. Parauri ko, e kore koe? "

"ae," ka mea a hemi ariki kaingākau. "i muri te mahi i."

"i muri?" te uitanga tuppence doubtfully. "oh, engari thought-- i" tūtatari ia.

"koe whakaaro tika, ngaro tuppence. Kua i morare etahi o tona tuakiri mo etahi wa-tonu mai te po o te mrs. Mate ngaro o vandemeyer. "

"ah!" whai manawa tuppence.

"hoki i reira e tatou ki runga ki te arorau o meka. I reira e rua anake rongoā. Rānei i whakahaere te chloral na tona ringa ake, e ariā paopao i rawa, ranei else-- "

"ae?"

"ranei atu i faaterehia te reira i roto i te parani i hoatu e koe ki a ia. Pa e toru anake iwi e te parani-koutou, ngaro tuppence, i ahau, me tetahi atu-mr. Huriu hersheimmer! "

Whakaohokia jane finn, ka noho ki runga, e pā ana ki te kaikōrero ki te kanohi miharo whānui.

"i te tuatahi, i te mea whakaaro taea
rawa. Mr. Hersheimmer, rite te tama a te milioni rangatira, ko te ahua pai-mohiotia i roto i amerika. Reira te whakaaro rawa taea e ia, me te mr. Parauri taea e tetahi me te taua. Engari e kore e taea e koe mawhiti i te arorau o meka. Mai ko te mea pera-reira te tikanga kia manakohia. Mahara mrs. Rōpū, ohorere, me te haa o vandemeyer. Tetahi atu tohu, i hiahiatia ki te tohu.

"ka mau i ha faingamālie wawe o hoatu koe he tīwhiri. I te tahi mau kupu o mr. A hersheimmer i manchester, huihuia i e i mohio ki a koutou, ka mahi i runga i taua tīwhiri. Ka whakaturia i ki te mahi ki te whakamatau i te taea
taea. Mr. Ngateri ana ahau beresford ake, ka korero ki ahau, he aha i i whakapae kua, e i kore tino kua i te whakaahua o pahemo jane finn i roto o mr. Possession-- o hersheimmer "

Engari te kotiro haukotia. E pupu ki ona waewae, ka karanga ia i roto i riri:

"he aha te e te tikanga koutou? He aha e ngana ana koe ki te whakaaro? E mr. Parauri he huriu? Huriu-toku ake whanaunga! "

"kahore, ngaro finn," ka mea a hemi ariki ohorere. "e kore koutou whanaunga. Te tangata e karanga ia ko huriu te hersheimmer he kahore pā ana ki a koutou mea katoa ".

Xxvi pene. Mr. Parauri

Ka haere mai nga kupu te ariki james o rite te poma- anga. Titiro rite maere e rua ngā kōtiro. Haere te rōia puta noa ki tona tēpu, ka hoki ki te tuhi nūpepa iti, i hoatu e ia ki a jane. Tai'o tuppence reira ki runga ki tona pokohiwi. Mr. Carter i mohio e te reira. Tuku reira ki te tangata ngaro kitea mate i roto i te york hou.

"rite i i mea ki te mahue tuppence," anō te ture, "whakaturia i ki te mahi ki te whakamatau i te taea taea. Te nui tutukitanga waewae-poraka ko te meka veiveiua e kore a huriu hersheimmer he ingoa riro. Ka haere mai i puta noa tenei paratarafa i kitea toku raruraru. Huriu hersheimmer whakatakotoria atu ki te ite i te mea i riro o tona whanaunga. Haere ia ki waho hauauru, te wahi whiwhi ia rongo o ia me tona whakaahua ki te tauturu ia i roto i tona rapu. I runga i te mahana o tona haerenga i york hou i whakaturia e ia ki runga ki a kohurutia. Kakahu tona tinana i roto i te kakahu shabby, ka mate i ahua ke te mata ki te ārai i tāutu. Mr. Ka mau parauri tona wahi. Rere tonu ia mo ingarangi. Tetahi o hoa o te hersheimmer tūturu takatāpui ranei kite ia ia i mua ia rere-ahakoa te mea e whakauaua kua mea faufaa te reira, ki te i ratou, ko na tino te tāwhai. Mai na i ia ringa, me te karapu ki te hunga oati ki te hopu ia ia ki raro. Kua mohiotia nga mea ngaro o ratou ki a ia. Kotahi anake i haere mai ia te kino e tata. Mrs. Mohio vandemeyer tona ngaro. Ko reira kore wahi o tona mahere e kia tonu kia whakaekea e utu nui ki a ia. Engari mo te huringa waimarie ma'iri o tuppence o mahere, e kua tawhiti atu i te papa rawa ia, ka tae matou ki reira. Titiro matatau te rongo ia ia i roto i te mata. Ka mau ia te taahiraa pau, e whakawhirinaki ana i roto i tona huru riro ki te karohia whakapae. Ia tata i muri-engari e kore e rawa. "

"e kore i taea whakapono reira," amuamu jane. "e au ra ia na kororia."

"ko te hersheimmer huriu tūturu te hoa pai! Me te mr. Parauri ko te kaiwhakaari teitei. Engari ui ma'iri tuppence ki te kore hoki i a ia ona whakaaro. "

Tahuri mutely jane ki tuppence. Tungou te whakamutunga.

"e kore i i hiahia ki te mea i te reira, jane-i mohio e kino ia i te reira koutou. A, i muri i te katoa, i taea e kore e tino. I kore tonu e matau he aha, ki te te ia mr. Parauri, whakaorangia ia tatou. "

"i a huriu reira hersheimmer tei tauturu ki a koe mawhiti?"

I korero a tuppence ki a sir james i nga mahinga whakaongaonga i te ahiahi, ka mutu: "engari kaore au e kite he aha!"

"e kore e taea e koutou? Taea i. Pera taea beresford taitamariki, i ana mahi. Rite te tumanako whakamutunga ko jane finn ki kia whakaaetia ki te mawhiti-a me whakahaere te mawhiti kia e whanga ia kahore whakaaro o tona he mahi ai ki-ake. E kore ratou kei ngakaukore ana ki te o taitamariki beresford i te tata, ka, ki te tika, te kōrero ki a koutou. Ka tango ratou tiaki ki te tiki ia ia i roto i o te ara i te meneti tika. Na ko huriu te hopu hersheimmer ake me whakaorangia koe i roto i te kāhua melodramatic pono. Matā rere-engari e kore e patua te tangata. Aha e kua tupu i muri? E kua koutou peia tika ki te whare i roto i te soho me noaa te tuhinga e mahue finn e pea kua tukua ki te pupuri o tona whanaunga. Ranei, ki te whakahaere ia te rapu, e kua ahua ia ki te kitea te wahi-piringa kua pahuatia. E kua i ia he tatini ara o e pā ana ki te āhuatanga, engari e kua te hua i te taua. Me i kaua rerehua e kua etahi aituā tupu ki e rua o a koutou. Kite koe, e mohio ana koe, kaua he nui whakararuraru. E te te whakahuahua taratara. Whakaae i i mau i napping; otiia kihai i te tahi atu taata. "

"tommy," ka mea tuppence ata.

"ae. Mahino, no te haere mai te taime tika ki te pehea o ia-ia i koi rawa hoki ratou. , e kore au i ohie rawa i roto i toku ngakau e pā ana ki a ia te taua katoa. "

"he aha?"

"no te mea ko huriu te hersheimmer he mr. Parauri, "ka mea a hemi ariki dryly. "a e te reira nui atu i te kotahi te tangata, me te hurihuri ki te mau ake mr. Parauri .... "

Tuppence pareded he iti.

"he aha tatou e nehenehe e rave i te?"

"kahore noa kua kua matou ki te whare i roto i te soho. Ki te mea kua ka tonu beresford te ringa o runga, i reira te kahore ki te wehi. Ki te kore, ka haere mai to tatou hoariri ki te kitea tatou, a kore e kitea e ia tatou rokohanga atu! "i te kaiutuutu i te tēpu, ka mau e ia he hurihuri mahi, a whakanohoia ana e ia i roto i tona pute koti.

"i teie nei koe rite tatou. He pai ake taku mohio ki te kii ki te haere me te kore koe, ngaro tuppence "

"kia whakaaro i na pono!"

"engari mahi i whakaaro e ma'iri finn kia noho ki konei. Ka tino ora ia, ka wehi ahau kei te tino piripono ia me ana mea katoa.

Engari ki te ohorere o tuppence ruia jane tona matenga.

"kare. Te mana'o nei i haere i rawa. Aua pepa ko taku e whakawhirinaki. Me haere i roto i i ki tenei mahi ki te mutunga. Au i puranga pai inaianei tonu. "

I whakahau motokā ariki james o tawhio. I roto i te ngakau o te tuppence puku poto whiua huihui. I roto i te noa'tu o kaitope taime poto o te ano'ino'iraa te mo tommy, e kore i taea e ia, engari ite hari. I haere ratou ki te riro!

Ka mauria te motuka ki te kokonga o te tapawha a ka puta. Haere te ariki james ki runga ki te tangata mania-kakahu nei i runga i ohipa ki te maha ētahi atu, ka korero ki a ia. Ka anō e ia te kotiro.

"kua riro kahore tetahi ki te whare pera tawhiti. Kei te whanga ana te reira i te hoki rite te pai, na ko ratou rawa tino o taua. Ka te tangata e whakamātau ki te tomo i muri i tatou mahi pera kia hopukina tonu. Ka haere matou i roto i?
"

Whakaputaina he polisi he kī. Pai mohio ratou katoa hemi ariki. I i hoki ratou whakahau mo tuppence. Anake i mohiotia ki a ratou te toru o nga mema o te rōpū. Tomo te toru te whare, toia te tatau ki muri ia ratou. Āta eke ratou nga pikitanga rickety. I te tihi ko te kanukanu pihi huna i te hikinga te wahi huna tommy i taua ra. Rongo tuppence i te aamu i jane i roto i tona huru o "annette." ka titiro ia ki te wereweti taretare me ona hua ano. Ara inaianei tata taea e oati ia whakakorikoria-rite reira ahakoa etahi tetahi i muri i te reira. Ko na kaha te tokonga e ia tata puāwaitanga taea hanga atu ia te whakahuahua o te puka .... Mahara mr. Ko parauri-huriu-reira tatari ....

Kore taea! Heoi ano i tata ia ki te hoki ake ki te wehe i te arai ki te whakarite ...

Inaianei i tomo ratou i te ruma whare herehere. Kahore wahi hoki ki te tangata e huna ki konei, whakaaro tuppence, ki te korero e o te tauturu, ka ngangare ia riri. Kore me hoatu ia ara ki tenei fancying-tenei mana'o tohe pākiki wairangi e mr. Ko pakaka i roto i te whare .... Reo! He aha i taua? He taahiraa avae stealthy i runga i te arawhata? I reira ko etahi tetahi i roto i te whare! Heahea! I hysterical hoko ia.

I haere jane tika tonu ki te pikitia o te marguerite. Unhooked ia te reira ki te ringa on. Takoto matotoru ki runga reira te puehu, a ka takoto festoons o pungawerewere ki waenganui reira me te taiepa. Hoatu te ariki james ia he pute-maripi, a haehaea ana e ia te pepa parauri i te hoki .... Hinga te whārangi pānuitanga o te makasini i. Tangohia jane reira ake. E pupuri ana, motu ke i te taha i roto maikiikí tango ia e rua pepa kikokore hipoki ki te tuhituhi!

Kahore makanga tenei wa! Te mea tūturu!

"kua ka tatou i te reira," ka mea tuppence. "i muri ...."

I tata hēmanawa i roto i tona kare te kau. Wareware te creakings hemo, nga reo whakaaro o te meneti i mua. Kahore o ratou i kanohi mo te tetahi, engari te mea tū jane i roto i tona ringa.

Ka mau a sir james, ka ata tirotiro.

"ae," i kii marie ia, "koinei te kirimana kino kore-kino!"

"kua muri matou," ka mea tuppence. Reira ko te wehi, me te whakaponokore tata miharo i roto i tona reo.

I kii a sir james i ana kupu i te whakapiri i te pepa ka maka ki roto i tana pukapuka pute, katahi ka titiro atu ia ki te karawhiu.

"ko reira konei e i herea ai a to tatou hoa taitamariki hoki na te roa, e kore te reira i?" ka mea ia. "he ruma pono hinana. Kite koe i te ngaro o matapihi, me te matotoru o te tatau tata-tikanga. Mea katoa ka mau wahi konei e kore e rangona e te ao ki waho. "

Whatiia tuppence. Ara ana kupu i te whakaoho nuinga ki roto ia. He aha te mea i reira ko etahi tetahi huna i roto i te whare? Etahi tetahi e ai whakau e tatau ki runga ki a ratou, ka waiho ia ratou kia rite ki te kiore i roto i te mahanga mate? Ka mohio ia te absurdity o tona whakaaro. I karapotia te whare e te pirihimana e, ki te rahua ratou ki te hiti mai, e kore e mangere, ki te te wahi i roto i, me te hanga i te rapu. Kata ia i ake tona wairangi-ka titiro ake ki te tīmatanga ki te kitea hemi ariki e matakitaki ia. I hoatu e ia ki a ia he ruru iti-hia.

"tino tika, ngaro tuppence. Kakara koe te ati. Na te mahi i. Na e mahue finn. "

"ae," uru jane. "te reira heahea-heoi e kore e taea i te āwhina i te reira."

Tungou ano te ariki james.

"koe ite-rite ongo tatou katoa te aroaro o te mr. Matapanui. Ae "hanga me ta tuppence he movement-" kore i te feaa o reira- mr. Ko konei parauri .... "

"i roto i tenei whare?"

"i roto i tenei ruma .... E kore koe e matau? Ahau mr. Parauri .... "

Matotoru, te hunga whakateka, ka titiro ratou ki a ia. Ke te tino rārangi o tona mata i. Ko reira he tangata rerekē e tu ratou i te aroaro o. Ua ataata ia he ataata nanakia puhoi.

"e kore o koutou e waiho ora tenei ruma! Ka mea koe tika inaianei i muri matou. Kua muri i! Te tiriti tauira ko toku. "tupu whānui tona ataata rite titiro ia i tuppence. "ka korero i a koutou me pehea e waiho ai? Maoro, e whati i te pirihimana i roto i, a ka kitea e ratou e toru patunga o mr. Parauri-toru, e kore e rua, matau koutou, engari waimarie kore e te tuatoru kia mate, anake werohia, a ka taea ki te whakaahua i te whawhai ki te taonga o te taipitopito! Te tiriti? Ko reira i roto i te ringa o te mr. Parauri. Na ka kore tetahi whakaaro o te rapu i te whitiki o hemi ariki tipitipi edgerton! "

Tahuri ia ki jane.

"tahuti koe ki ahau. Hanga i toku whakaaetanga. Otiia e kore e meatia e ano koe i te reira. "

I reira ko te tangi hemo i muri ia, engari, matenui ai ki te angitu, kihai i tahuri ia tona matenga.

Paheke ia tona ringa ki tona pute.

"checkmate ki te taitamariki kiri māia," ka mea ia, a āta whakaarahia te aunoa nui.

Engari, ara pera i pera ia, ua ia ka mau ia ia i muri i roto i te ringa o te rino. I wiri te hurihuri i tona ringa, a ka mea te reo o huriu hersheimmer drawlingly:

"te mana'o nei i kei mau redhanded ki te taonga ki a koutou ki a koutou."

Tino rerenga o te toto ki te mata o te kc, engari ko whakamiharo tona mana-whaiaro, rite titiro ia i tetahi ki te tahi atu o ana kaiherehere rua. Titiro ia roa i tommy.

"ko koe," ka mea ia i raro i tona manawa. "koe! Kua matau ai i. "

I te kitenga o ia kaore i whakaekea, ka raru to ratau puhipuhi. Tere rite tona ringa maui he flash, te ringa i whanau te mowhiti nui, i whakaarahia ki ona ngutu ....

" 'ave, hiha! Te morituri salutant, ' "ka mea ia, titiro tonu i tommy.

Na puta ke tona mata, a ka hinga ia i mua ki te wiri roa takiri i roto i te puranga manusinusi, ahakoa kua ki te kakara o aramona kawa te rangi.

Maereraa pene. He rōpū hapa i te savoy

Te rōpū hapa homai e mr. Ka roa e maharatia huriu hersheimmer ki te torutoru hoa i runga i te ahiahi o te 30 i roto i ngā porowhita whakatutuki. Ka mau te reira i wahi i roto i te ruma tūmataiti, me mr. I poto, me te kaha whakahau a hersheimmer. Hoatu e ia blanche-a carte ina homai he milioni blanche carte te tikanga riro ia i te reira!

Nga kai i roto i o wa i ata whakaratohia. Kawea kaimahi ipu o waina tawhito, me te kingi ki te here tiaki. Whakataranga nga whakapaipai floral nga taima, me hua o te whenua tae noa motu rite kia ka kitea whiringa ratou semeio taha i taha. Te rārangi o manuhiri i iti, me te tīpako. Te karere amerika, mr. Carter, i tango nei i te haere noa, ka mea ia, o te mau mai he hoa tawhito, e te ariki wiremu beresford, ki a ia, ātirīkona cowley, dr. Whare, te hunga e rua kiri māia taitamariki, ngaro te ngarahu cowley, me te mr. Thomas beresford, me o muri, engari e kore e iti, rite te āheinga o te kororia, e taha jane finn.

Tohungia huriu i kahore mamae ki te hanga ahua o jane te angitu. Kawea mai he tukituki ngaro i tuppence ki te whatitoka o te fare i te faaiteraa i ia ki te kotiro amerika. Ko reira huriu. I roto i tona ringa pupuri ia te haki.

"mea, tuppence," timata ia, "ka meatia e koe he tahuri pai ahau? Tangohia tenei, a ka whiwhi auau togged jane ake mo tenei ahiahi. E koe katoa e haere mai ki te hapa ki ahau i te savoy. Kite? E tohungia e utu. Whiwhi koe i ahau? "

"mea tino," rangonahia tuppence. "ka koa ki tatou ia tatou iho. Ka waiho hei pai whakakakahuria jane. Te ia te mea ataahua kua kite ake i. "

"e te pera," whakaae mr. Hersheimmer u'ana.

Kawea mai tona toko tonu he amoraa rangitahi kau ki te kanohi o te tuppence.

"i te ara, ko huriu," parau ia demurely, "i-aranga homai e koe toku whakahoki ano."

"whakahoki?" ka mea a huriu. Hono kāpui 'tona mata.

"e matau ana-ka koe ui koe ki ahau ki-marena koe," paruparu tuppence, ona kanohi e whakapoururu te te tikanga pono o te wahine pūrotu victorian wawe, "a kihai kahore e tangohia e mo te whakahoki. Kua whakaaro i reira pai over-- "

"ae?" ka mea a huriu. Tu ana te werawera i runga i tona rae.

I puta ke ohorere tuppence.

"koe pōrangi nui!" ka mea ia. "he aha i runga i te whenua, piri koe ki te mahi i te reira? Taea i kite i te wa e kore koe i tiaki te tuku twopenny hoki ahau! "

"e kore i te katoa. I ahau tonu - kei a au ano — nga tino whakaaro nui me te whakaute - me te whakamihi ki a koe " "h'm!" ka mea tuppence. "ko te hunga te ahua o whakaaro e tino hohoro haere ki te taiepa, ka tae mai te tahi atu mana'o haere! Kahore mahi ratou, mea tawhito?"

"e kore i e mohio ki te tikanga a koutou," ka mea a huriu ki stiffly, engari kapi ai te pāpāringa nui, me te tahu i tona mata.

"shucks!" whakahoki tuppence. Kata ia, ka tutakina te tatau, mēna e te reira ki te tāpiri ki te rangatiratanga: "! Pae morare, ka whakaaro tonu i kua jilted i"

"he aha i reira?" ka mea jane rite tuppence anō ia.

"ko huriu te."

"te mea i hiahia ai ia?"

"tino, i whakaaro, hiahia ia kia kite i a koutou, engari e kore e haere i ki kia ia. Kore tae noa ki-po, ina e haere koe ki te pakaru ki runga ki nga tangata katoa e rite ana te kingi horomona i roto i tona kororia! Mai! E haere tatou i ki te hoko taonga!"

Ki te nuinga o te iwi i te 29 o, te "ra mahi," nui-te faaara i haere nui rite tetahi atu ra. I hanga whaikōrero i roto i te papa, me te trafalgar tapawha. Kiromo whakawhetai, waiata te haki whero, e haereere ana i roto i te ara i roto i te tikanga nui atu iti iho ranei tekateka. Nūpepa i faahohonu i te patu whānui, me te kōkuhutanga o te kingitanga o te wehi, i takoha ki te huna o ratou matenga iti. Rapu maia me te ake te mūrere hoki i roto ia ratou ki te whakamatautau e te rongo i nonaianei e whai ratou whakaaro. I roto i te pepa rātapu te pānui poto o te mate ohorere o hemi ariki tipitipi edgerton, te kc rongonui, i puta mai. Mahi hounga'ia pepa o rāhina ki mahi a te tangata mate. Kore tangohia te tikanga o tona mate ohorere i hanga tūmatanui.

Kua tommy i tika i roto i tona matapae o te āhuatanga. I kua reira he whakaatu kotahi-tangata. Tangohia o ratou rangatira, ka hinga te whakahaere ki mongamonga. Hanga kramenin i he hoki hohenga ki russia, mahue wawe i te ata rātapu ingarangi. I rere te rōpū i priors astley i roto i te aitua, mahue i muri, i roto i to ratou hohoro, ngā tuhinga e totohu i faaoti ratou tūnga. Ki enei tohu o te whakatupu he i roto i o ratou ringa, tauturuhia atu i te rātaka parauri iti tangohia i te pute o te tangata mate i roto i te resume tonu, me te e taotia o te wahi katoa, i karangatia e te kāwanatanga he hui tekau ma tahi o-haora. I akina atu nga kau taki mahi ki te mohio ki taua i whakamahia ratou rite wae o te ngeru. I hanga i etahi tikanga e te kāwanatanga, ka i vēkeveke whakaaetia. Ko reira ki te kia te rangimarie, e kore te pakanga!

Engari te rūnanga mohio i pehea whakawhāiti i te taha i ratou mawhiti kino puaki. Ka tahuna i roto i runga i mr. Ko roro o carter te scene ke i tangohia wahi i roto i te whare i roto i soho te po i mua.

I tomo e ia te ruma e tiaho ana ki te kitea e taua tangata nui, i te hoa o te ora, kua mate-tukua i roto o tona mangai ake. I tiki i te pukapuka-pute o te tangata mate ia te tiriti hukihuki kino-omened, a ka a reira, i roto i te aroaro o te tahi atu e toru, i heke ai ki te pungarehu .... I ora ingarangi!

A inaianei, i runga i te ahiahi o te 30, i roto i te ruma tūmataiti i te savoy, mr. Julius p. I te fariiraa i hersheimmer ana manuhiri.

Mr. Ko carter te tuatahi ki te tae. Ki a ia ko te rangatira tawhito choleric-titiro, i titiro a nei toona ake tommy ki nga pakiaka o tona makawe. Haere mai ia i mua.

"ha!" ka mea te taata tawhito, rūri ia apoplectically. "na koe toku iramutu koe, e koe? E kore nui ki te titiro i-engari kua mahi koutou mahi pai, te mea te reira. Me kua tou whaea kawea koutou ake pai i muri i te katoa. Ka tuku tatou bygones hei bygones, tēnā? Kei a koutou toku kainga, e mohio ana koe; a i roto i te heke mai whakaaro i ki te hanga koe i te tahua-a taea e koe te titiro ki runga ki chalmers park rite tou whare. "

"ariki whakawhetai koe,, te reira te pi'oraa tika o koutou."

"te wahi te tenei kotiro kua kua i rongo i te rota taua e pā ana ki?"

Tommy whakaurua tuppence.

"ha!" ka mea a ariki william, kanohi ia. "e kore e mau tamahine te mea ratou whakamahia ki te hei i roto i toku ra taitamariki."

"ae, ko ratou," ka mea tuppence. "ko o ratou kakahu rerekē, pea, engari he tika ratou ratou te taua."

"pai, tera pea kei te tika koe. Minxes ka-minxes inaianei! "

"e te reira," ka mea tuppence. "au i te minx kapiti ahau."

"i whakapono koe," ka mea te taata tawhito, chuckling, a kowhakina tona taringa i roto i te tiketike pai-whakakatakata. Te nuinga taitamariki wahine i wehi o te "pea tawhito," hangē ko hono fakalea e ratou ki a ia. Whakaahuareka pertness o tuppence te misogynist tawhito.

Ka haere mai te ātirīkona ngakau rahirahi, he iti pohehe ana e te kamupene i roto i i kitea e ia ia, koa e whakaaro tana tamahine i ki kua whakanuia ia, engari taea ki te āwhina i te hi'ohi'oi i ia i te wa ki te wa ki te tatari ahua io. Engari mahi tuppence te au. Mutu ia ki te whiti ona waewae, whakaturia he kaitiaki ki runga ki tona arero, a matatau i pai ki te paowa.

Dr. Haere mai i muri whare, a ka i aru ia e te karere amerika.

"kia rite te pai tatou noho iho," ka mea a huriu, ka i whakaurua e ia ana manuhiri katoa ki tetahi ki tetahi. "tuppence, ka watea"

Tohua e ia te wahi o te kororia ki te poipoi o tona ringa.

Engari ruia tuppence tona matenga.

"kahore-e te wahi o jane! Ka whakaaro tetahi o te āhua o ngā puritia ia i roto i enei tau katoa, e tika ia ki te kia hanga te kuini o te hakari ki-po ".

I rere atu a julius ki a ia, a, ka haere mai a jane ma te whakama ki te nohoanga. Ataahua rite i whakaaro ia i mua, ko reira rite ki te kahore ki te ataahua i haere tino oti te inaianei. Whakamana tuppence i tona wahi pono. Te tauira gown tukua e te wahine tuitui rongonui i tika "te tiger rengarenga." ko reira golds me te takahanga o me käkäriki katoa, a i roto i o reira whakatika te tīwae parakore o korokoro ma o te kotiro, me i te tini parahi o te makawe i karaunatia ia ataahua upoko. He whakamiharo nga kanohi katoa, i a ia e noho ana.

Hohoro ko te rōpū hapa i roto i te tārere tonu, a ki tetahi tame tonu i huaina ki a mo te whakamārama tonu, me te oti.

"kua kua koe tata darned rawa e pā ana ki te mahi katoa," e whakawakia huriu ki a ia. "kia koe i runga i ki ahau e nga atu ki te koe parata-ahakoa imi i ia koe koutou take mo taua. Te whakaaro o koutou e rua me te tuppence e maka ana ahau mo te wahi o te mr. Parauri tika titongi ahau ki te mate! "

"kihai i taketake ki a ratou te whakaaro," ka mea mr. Carter kaingākau. "i fokotu'u ai, me te paihana rawa āta hare, i te mua-ariki i roto i te toi. Te kōwae i roto i te pepa york hou te whakaaro te mahere ki a ia, a na te tikanga o taua mea i whatu ia he tukutuku e tata tākekengia koe e mate rawa. "

"e kore i pai ki a ia," ka mea a huriu. "ua ite i i te tuatahi e reira ko te tahi mea he e pā ana ki a ia, a i whakapae tonu e ko ia te reira te tangata wahangu mrs. Vandemeyer pera appositely. Otiia kihai i reira i rongo noa i taua haere mai te tikanga mo te mahi o tommy tika i runga i nga rekereke o to tatou uiuiraa ki a ia i taua rātapu e timata i ki mairi i ki te meka i ko ia te bug nui ia. "

"e kore i whakapae reira i te katoa," te tangi ki tuppence. "kua whakaaro tonu i ko i na nui cleverer atu tommy-ko ia te kore piro i runga i ahau handsomely."

Whakaae huriu.

"kua tommy te nga taonga tenei haerenga! Na, kaua ra e noho ki reira hei apa, ano he ika, waiho i ona ngutu, kia korerotia mai ai ki a tatou katoa.

"whakarongo! Rongo! "

"i reira te kahore ki te korero," ka mea a tommy, te ume nei fiemālie. "ko i te ri'ari'a maka-matau ki runga ki te wa i kitea i taua whakaahua o annette, a mohio e ko ia jane finn. Ka mahara i pehea wawe i karanga ia i roto i taua kupu 'marguerite'-a whakaaro i o nga pikitia, a-pai, e te e. Na o akoranga haere i runga i te mea katoa ki te kite i te wahi i ua hanga i te kaihe a ahau. "

"haere tonu", e kii ana a mr. Carter, rite tommy whakakitea tohu o tango whakaora i roto i te puku kotahi atu.

"e mahi e pā ana ki a mrs. I pe'ape'a ahau vandemeyer ka korerotia huriu ki ahau e pā ana ki reira. I runga i te mata o taua mea, e au ra i te reira e te tikanga kua mahi te ariki ia ranei hemi te tinihanga. Heoi kihai i i mohio ai. Te kimi e whakaahua i roto i te afata ume, i muri i taua aamu o te pehea i ka ai i ia i kaitirotiro parauri, meinga ana ahau e huriu te parenga. Ka mahara i e ko te reira hemi te ariki nei i kitea te teka jane finn. I roto i te mutunga, e kore i taea e ahau te hanga ake toku hinengaro-a tika faaoti ki te tango i tetahi tūponotanga rānei ara. Mahue i te tuhipoka mo huriu, i roto i te take ko ia mr. Parauri, ka mea ko i atu ki te parata, a maturuturu iho i reta o hemi te ariki ki te tuku o te mahi i te tēpu kia e kite ia ko reira he whakameremere pono. Na tuhituhia ana i toku pukapuka ki mr. Carter a ngateri ana ake hemi ariki. Tango ia ki toku whakawhirinaki e kia te mea pai rānei ara, na korerotia i ia mea katoa anake te wahi i whakapono nga pepa ki te kia huna. Te ara i awhina ia ahau ki te tiki i runga i te ara o te tuppence me annette tata pauhua ahau, engari e kore e tino. I pupuri i taku mahara tuwhera i waenganui i te tokorua o ratou. A ka ka i he tuhipoka kēhua i tuppence-a mohio i! "

"engari me pehea?"

I tangohia e tommy te panui i te patai mai i tana pute, ka whiti atu i te tepu.

"te reira tika tona ringaringa katoa, engari i mohio i kore i te reira i a ia no te mea o te waitohu. E kore ia hiahia takikupu 'twopence,' tona ingoa, engari te tangata e hiahia kore kitea tuhituhia reira kia tino ngāwari rave i te reira. Kite huriu i reira-ia whakakitea ki ahau he tuhipoka o ana mea ki a ia kotahi-heoi e kore te ariki james i! I muri i taua mea katoa he rere mania. Tonoa atu i albert pouhohoro ki te mr. Carter. Ahua i ki te haere atu, engari rererua hoki ano. Ka haere mai a huriu pakaru ake i roto i tona waka, ua i kore i reira tetahi wahi o te mr. Mahere-a o parauri e reira e pea kia raruraru. Te kore i mau hemi ariki mau i roto i te mahi, pera ki te korero, i matau i mr. E kore e carter whakapono ai o ia i runga i toku word-- whanau "

"kihai i i," whakaurua mr. Kaata te ata.

"e te aha tonoa i te mau tamahine atu ki hemi ariki. Ko i mohio hiahia tiki e ratou ki runga i te whare i roto i soho maoro,. Whakatuma i huriu ki te hurihuri, no te mea ua hinaaro i tuppence ki faahiti e ki ariki hemi, na kia kore ia e manukanuka tatou. Te kau, ko te kotiro i o aroaro korerotia i huriu ki te pei rite te reinga mo rānana, a rite haere matou haere korerotia i ia te kōrero katoa. Ka matou ki te whare soho i nui o te wa, ka tutaki mr. Ka tuara ki waho. I muri i te whakarite mea ki a ia ka haere matou i roto i a huna i muri i te arai i roto i te hikinga. Nga pirihimana i whakahau ki te mea, ki te i ui ratou, e haere kahore tetahi i ki te whare. E te katoa. "

A ka haere mai tommy ki te kopa ia'na.

Reira he aha i rangona hoki he kau.

"i te ara," ka mea a huriu ohorere, "kei he katoa e pā ana ki taua whakaahua o jane koutou. I tangohia ai i ahau, engari i kitea ano i reira. "

"kei hea?" ka karanga tuppence.

"i roto i taua haumaru iti i runga i te taiepa i roto i te mrs. Whare moenga o vandemeyer. "

"i matau i kitea e koe te tahi mea," ka mea tuppence tawai. "ki te korero ki te pono ki a koutou, e te aha tīmata ahau atu suspecting koe. He aha kihai i koe e mea? "

"i imi i i he iti tūpato rawa. I ka ai atu i ahau kotahi, a takoto i kore i pai ki te tuku i runga i hiahia ka i reira hanga noa te photographer i te kape tatini o reira! "

"e puritia ana tatou katoa te tahi mea atu ranei hoki," ka mea tuppence feruri. "i whakaaro hanga koutou mahi ratonga ngaro rite taua!"

I roto i te okioki i papatu, mr. Ka mau a carter i tona pute he pukapuka parauri shabby iti.

"kua tika mea beresford e kore e i i whakapono edgerton hemi te ariki kiri ki te kia hara te kore, pera ki te korero, i mau ia i roto i te mahi. Pera. Pono, e kore noa lau i te tāurunga i roto i tenei pukapuka nohinohi taea tino kawea i ahau ki whakairia ki te pono mīharo. Ka haere tenei pukapuka ki te kainga o te iari scotland, engari e kore e e faaite te taata i te reira. Roa feohi ariki james o ki te ture e kia houhou reira. Engari ki a koutou, e mohio ana ki te pono, whakaaro i ki pānui i etahi irava e ka maka etahi marama i runga i te mentality faahiahia o tenei te tangata nui. "

Whakatuwheratia e ia te pukapuka, ka tahuri nga whārangi kikokore.

"... He haurangi te pupuri i tenei pukapuka. E matau ana i e. He tuhinga whakaatu kei ahau. Engari e kore kua i manawapa ki te tango tūponotanga. A ite i te hiahia akiaki mō te whaiaro faaiteraa-.... Ka anake te pukapuka e tangohia i toku tinana mate ....

"... Mohio i i te wawe tau e i i aravihi rawa. Anake underestimates te wairangi tona kaha. Ko nui taku kaha roro i runga i te toharite. E matau ana i e i whanau i ki angitu. Toku ahua i anake te mea ki ahau. Ko i ata me te iti-rawa puaatoro ....

"... Ka ko i he tamaiti rongo i te tamataraa kohuru rongonui. Ko i hohonu maere i te mana me te aravihi o te whakaaro mo te korero. Mo te wa tuatahi manuhiri i te whakaaro o te tango toku taranata ki taua mākete ngā .... Ka ako i te taihara i roto i te ū .... Ko te tangata he wairangi-ia i kua mīharo, atâ poauau. Ara i whakauaua pea ki te whakaora ia ia i te aravihi o tona whakaaro. Ua ite i te whakahawea hira whakaharahara a ia .... Ka puta reira ki ahau e ko te paerewa taihara he tetahi iti. Ko reira te wastrels, nga rahunga, te whānui riff-tangata hara o te ao nei paea ki hara .... Ke e kore i nga tangata o roro kitenga ona wāhitanga faahiahia .... I takaro ki te whakaaro .... Aha te nehenehe mara-aha taea mutunga! Hanga reira toku hurori roro ....

"... Lau i mahi paerewa i runga i te hara me te kaimahi kino. Whakapumautia ratou katoa toku whakaaro. Hope'ao te ino, mate-kore te miroi āta o te mahi i te tangata tawhiti-te kitenga. Ka whakaaro i. I te kitenga o-e hua noa toku hiahia rawa i huaina i ki te pae, ka whakatika ki te tiketike o toku tikanga? E tomo i tōrangapū-mea, ara, i meinga i pirimia o ingarangi? Ka pehea? I taua mana? Raruraru i nga tahuri na toku hoa, te rahiri e te pūnaha manapori o e kia i te figurehead mere! Kore-te kaha moe i o ko tūturu! He tangata mārō! He tonotono! A taea anake te whiwhi taua mana na roto i te mahi i waho o te ture. Ki te tākaro i runga i nga ngoikoretanga o te natura tangata, ka i runga i nga paruparu o nga iwi-ki te tiki tahi, ka whakahaere i te whakahaere nui, a te mutunga ki te turaki i te tikanga ngā, ka whakahaere tikanga! Haurangi te whakaaro ki ahau ....

"... Ka kite i e me arahi i rua ora. Te tangata rite ahau herea te ki te kukume pānui. Me whai i te mahi angitu e e huna kanohi aku mahi pono .... Me faahotu i hoki i te tuakiri. Whakatauira i ahau ki runga ki te kc rongonui. Tāruatia i ratou ngaanga, ratou aukumetanga. Ki te i whiriwhiria i ki hei he kaiwhakaari, e kua i kua te kaiwhakaari rahi ora! Kahore e huna-kore hinu peita-kore pahau teka! Tuakiri! Whakanohoia i te reira i runga i rite te karapu! Ka whakahekea i reira, ko i ahau, ata, unobtrusive, he tangata rite katoa atu tangata. Ka karanga i ahau mr. Parauri. I reira e karangatia e rau o te tangata parauri-i reira he rau o tangata titiro rite noa ahau ...."

"... I muri i roto i toku mahi teka. I herea i ki angitu. Ka angitu i roto i te tahi atu. E kore e taea e te tangata rite ahau kore ...."

"... Kua oti i te tai'oraa i te ora o te napoleon. Ia me i whai nui i roto i te noa ...."

"... Hanga i te mahi o te tiakina kaimahi kino. Kia titiro te tangata ki tona ake iwi ...."

"... Ua ite wehi kotahi, e rua i. Ko te wa tuatahi i roto i te italy. I reira ko te hakari i homai. D-- ahorangi, te alienist nui, i reira. I puta te korero i runga i te wairangi. Ka mea ia, 'he haurangi, he maha nga tangata nunui, me kahore tetahi tangata e mohio i te reira. Kahore ratou e mohio ki a ratou ano. E kore i e matau he aha titiro ia ki ahau, no te mea ia e. He rawe tona ahua .... Kaore au i pai ...."

"... Kua ohorere ahau i te whawhai .... Whakaaro i pai atu i te reira i aku mahere. Ko na tōtika nga tiamana. Ratou pūnaha tirohia, rawa, i pai. E ki tonu o enei tamariki i roto i te khaki te ara. Katoa kuao wairangi kahore rawa ona hinengaro .... Ano kahore i e mohio .... Riro ratou i te whawhai .... Disturbs reira ahau ...."

"... E haere pai aku mahere .... Koutou peke he kotiro i roto i-i kore e whakaaro i mohio tino ia tetahi mea .... Engari me hoatu e tatou ki runga i te esthonia .... Kahore tūponotanga inaianei ....

".... Kei te pai katoa. Ko pukukino te mate o te mahara. E kore e taea e te mea he rūpahu. Kahore kotiro taea tinihangatia ahau! ...

"... Te 29th .... E tino tata ...." mr. Ka mutu te kaimene.

"e kore i e lau nga taipitopito o te tukipoto i i whakaritea. Engari i reira e rua noa ngā tāurunga iti e kōrero ki te toru o koutou. I roto i te marama o te mea i tupu e ngā ratou.

"... Na roto i te kukume i te kotiro ki te haere mai ki ahau o tona ake tonu, kua muri i roto i wewete to ia. Engari kua ia hiko pūmanawa e ai kia kino .... Me ka ia i roto o te ara .... E taea e ahau tetahi mea ki te amerika. Ka hae ia ki a kino ahau. Otiia e kore ia e taea e matau. Tena i te mea kē toku patu .... Ētahi wā wehi i kua hoohonutanga i te tahi atu tamaiti. Ehara ia i te tangata whakaaro, engari he mea uaua ki te matapo ona kanohi ki te maarama .... "

Mr. Tutakina carter te pukapuka.

", he tangata nui" ka mea ia. "poto, wairangi ranei, ka taea e te hunga e mea nei?"

I ata noho.

Kaare a mr. Whakatika carter ki ona waewae.

"ka hoatu i te kupu moku koe. Te mahi tahi e kua pera e oia mau whakatikaia ano e angitu! "

Ko reira haurangi ki acclamation.

"i reira te tahi mea atu matou e hiahia ana ki te whakarongo," mr tonu. Carter. Titiro ia ki te karere amerika. "korero hoki i mo koutou, e matau ana i. Ka ui tatou i ma'iri jane finn ki korero tatou te aamu e anake mahue kua rongo tuppence pera tawhiti-engari i mua i te mahi matou na reira ka inu tatou tona hauora. Te hauora o tetahi o nga toa o nga tamahine a amerika, ki nei he tika te whakawhetai me te mauruuru o rua whenua nui! "

Pene xxviii. A muri

"e ko he inu pai kaha, jane," ka mea mr. Hersheimmer, ia ratou e te peia hoki e ia ko tana whanaunga, i roto i te rolls-royce ki te ritz.

"te tetahi ki te mahi tahi?"

"kahore-te tetahi ki a koutou. Kahore he i reira tetahi kotiro i roto i te ao nei i taea kua kawea reira i roto i rite ai koe. Ko koe whakamiharo tika! "

Ka raru a jane.

"kaore au e rawe. I te ngakau au i ngenge tika me mo'emo'e-me hiahia mo toku whenua ake. "

"e hopoi mai i ahau ki te tahi mea hiahia i ki te mea. Rongo i te karere korero koutou tana wahine tumanako e haere mai koe ki a ratou i te karere tika atu. E te pai nui, engari kua ka i tetahi atu mahere. Jane-i e hiahia ana ki a koe marena ahau! E kore whiwhi mataku, me te mea kahore i kotahi. E kore koe e taea e aroha ki ahau tika atu, o te akoranga, e te taea. Engari kua aroha koutou i i te kau rawa whakaturia i kanohi i runga i tou whakaahua-a inaianei kua kite i a koutou ahau haurangi noa e pā ana ki a koutou i! Ki te ka marena anake koe ahau, e kore e manukanuka i koe tetahi-koe ka tango i a koutou ake wa. Pea e kore e haere mai koe ki te aroha ana ki ahau, a ki te e te te take ka whakahaere i ki whakaturia koe noa. Engari e hiahia ana i te tika ki te titiro i muri ia koutou, a ka tango i tiaki o koutou ".

"e te aha i te hiahia," ka mea te kotiro ā,. "etahi tetahi e ka kia pai ki ahau. Oh, e kore koutou e mohio pehea mo'emo'e i ite! "

"mahi i te mea tino. Na mana'o i e te katoa whakaritea ake, a ka kite i te pīhopa e pā ana ki te raihana motuhake ki-apopo te ata ".

"oh, ko huriu te!"

"pai, e kore i e hiahia ki te tute koutou i tetahi, jane, engari i reira te kahore tikanga i roto i tatari e pā ana ki. Mahi e kore e mataku-i kore e titau ki a koutou te aroha ahau katoa i kotahi. "

Engari i paheke te ringa iti ki tona.

"aroha i a koutou inaianei, ko huriu," ka mea a jane finn. "aroha i a koutou e momeniti tuatahi i roto i te motokā, ka kai te matā tou paparinga ...."

E rima meneti i muri mai toropuku amuamu jane:

"e kore i e mohio london rawa pai, ko huriu, engari he mea i te taua ara tino roa i te savoy ki te ritz?"

"tei reira pehea te haere koe," faataa huriu unblushingly. "e haere ana tatou i te ara o te park o regent!"

"oh, ko huriu te-aha e te kaitaraiwa whakaaro?"

"i nga utu e utua ana e au, he pai ake tana mohio ki te mahi i tetahi whakaaro motuhake. He aha, jane, ko te take anake i a au i te tina kai i te savoy i taea ai e au te peia i a koe ki te hokinga atu. Kihai ahau i kite pehea ahau i mau tonu ai koe. Koutou me te tuppence kua piri tahi rite ki te mahanga siamese. Te mana'o nei i tetahi atu ra o reira e kua peia ahau me beresford haurangi titiro mahoi ou wahi!"

"aue. Ko he--?"

"o te akoranga ko ia. Upoko i runga i taringa."

"whakaaro i na," ka mea a jane feruri.

"he aha?"

"i te tuppence mea katoa kihai i mea!"

"e koe ki reira whiua ki ahau," ka mea mr. Hersheimmer. Engari anake kata jane.

I roto i te wā, e noho ana i te pi kiri māia i tutaki tika, rawa kaki, me te kino i te humarie, i roto i te taxi i, ki te kore te motuhia e o te taketake, ko e hoki ano ki te ritz mā park o regent.

Au ra ki kua noho ki raro, i waenganui ia ratou he herenga e wehingia ana. Kahore rawa i mohio he aha te mea kua meatia, e au ke katoa. I te arero-here-pararutiki ratou. Haere te māua tawhito katoa i.

Tuppence taea whakaaro o tetahi mea ki te mea.

I pa ano te whiu a tommy.

Noho ratou rawa tonu na kihai ki te titiro i tetahi ki tetahi.

I tuppence whakamutunga hanga he kaha pau.

"kaua ngahau, e kore i te reira?"

"engari."

Tetahi whakamutua.

"e pai ana ahau ki te julius," tuhi tuppence ano.

I ohorere piauau tommy ki te ora.

"e kore e haere koe ki te marena ia ia, e rongo koe?" ka mea ia te haavīraa. "ka rukuhia e au."

"oh!" ka mea tuppence hamumu ake.

"tino, matau koutou."

"e kore ia e hiahia ki te marena ahau-e ia ui tino anake ahau i roto i o aroha."

"e kore te e tino pea," tawai tommy.

"he tino pono. Te ia upoko i runga i taringa i roto i te aroha, me jane. Titau i te marohitia ia ki a ia inaianei. "

"ka meatia e ia mo ia rawa kiri," ka mea a tommy condescendingly.

"e kore e koe whakaaro te ia te mea tino ataahua kua kite ake koe?"

"oh, maia i mea."

"engari i whakaaro koutou hiahia utu moni," ka mea tuppence demurely.

"i-oh, tutuki reira katoa, tuppence, e mohio ana koe!"

"rite i tou matua keke, tommy," ka mea tuppence, hohoro te hanga he aukati. "i te ara, he aha e haere koe ki te mahi i, manako mr. Ko te tuku a te kaihoko mo te mahi a te kawanatanga, ki te whakaae ranei i te tono a julius me te tango i tetahi pou utu nui i amerika i runga i tana roopu? "

"ka piri i ki te kaipuke tawhito, i whakaaro, ahakoa te reira te pi'oraa pai o hersheimmer. Engari ite i hiahia kia koe ake i te kāinga i roto i london ".

"e kore i e kite wahi mai i roto."

"mahi i," ka mea a tommy pai.

Tahaetia tuppence he para ki a ia tītaha.

"i reira te te moni, rawa," kite ia feruri.

"he aha te moni?"

"e haere tatou ki te tiki i te taki ia. Mr. Carter korerotia ki ahau na. "

"i ui koe ki te nui o?" ui tommy kōiwi o.

"ae," ko te tuppence te angitu. "engari e kore i e korero koe."

"tuppence, ko koe te rohe!"

"kua reira ngahau, e kore te mea, tommy? I e tumanako ka whai tatou atu mahi mātātoa rota. "

"kei koe ngata, tuppence. Kua i i mahi mātātoa rawa nui mo te hakari. "

"pai, he tata rite pai hokohoko," ka mea tuppence dreamily. "whakaaro o hoko taonga tawhito, me whariki kanapa, me pihi hiraka futurist, me te oro kai-tepu, me te toka'anga ki rota o urunga."

"mau pakeke," ka mea a tommy. "he aha te tenei katoa hoki?"

"pea te whare-engari whakaaro i te flat."

"ko wai maatua?"

"koe whakaaro i ngakau i mea i te reira, engari e kore i te mahi i roto i te iti rawa! Na matou i reira! "

"darling koe!" karanga tommy, ona ringa piri taha ia. "i takoto i ki kia mea koe i te reira. Nama i koe te tahi mea mo te ara ta'etuku kua mohungahunga koutou ahau te wa e kua tamata i ki kia hoê mana'ona'oraa. "

Tuppence whakaarahia tona mata ki tona. Haere te taxi i runga i tona akoranga a tawhio noa te taha ki te raki o te park o regent.

"e kore i tino whakaarohia e koe inaianei," tuhu atu tuppence. "e kore te aha e karanga matou kuia i te tono. Engari i muri i te whakarongo ki te tetahi pirau rite ko huriu te a, au i hehema ki te tuku atu koe. "

"e kore e waiho e koe taea ki te tiki i roto i o e marena ahau, na e kore koutou whakaaro i te reira."

"he aha te fun ka waiho reira," pahono tuppence. "i huaina faaipoiporaa ko katoa o nga mea, he wahapu, me te rerenga atu, me te kororia whakakarauna, me te āhua o te pononga, me rota atu. Engari e koutou e mohio ki ta i whakaaro ko reira? "

"he aha?"

"he hākinakina!"

"me he hākinakina kua kanga pai rawa," ka mea a tommy.